青岛市文艺精品扶持项目

观相山

艾玛 著

长江出版传媒 长江文艺出版社　青岛出版集团 青岛出版社

图书在版编目（CIP）数据

观相山 / 艾玛著. -- 武汉：长江文艺出版社；青岛：青岛出版社 2023.12
ISBN 978-7-5702-3320-5

Ⅰ. ①观… Ⅱ. ①艾… Ⅲ. ①长篇小说－中国－当代 Ⅳ. ①I247.5

中国国家版本馆CIP数据核字(2023)第186677号

观相山
GUANXIANGSHAN

责任编辑：刘芳明　龙子珮	责任校对：毛季慧
封面设计：好谢翔	责任印制：邱　莉　王光兴

出版：长江出版传媒　长江文艺出版社
地址：武汉市雄楚大街268号　　邮编：430070
发行：长江文艺出版社
http://www.cjlap.com
印刷：湖北新华印务有限公司

开本：787毫米×1092毫米　　1/32　　印张：10.25
版次：2023年12月第1版　　　　　　2023年12月第1次印刷
字数：179千字

定价：48.00元

版权所有，盗版必究（举报电话：027—87679308　　87679310）
（图书出现印装问题，本社负责调换）

1

邵瑾买好啤酒，在海边看了会儿海鸥，回家就比平常晚了点。

走到楼下，她抬头看了看自家阳台，范松波在阳台上抽烟，见她抬头，冲她挥了挥手，指间有轻烟缭绕。

邵瑾常在下班后去单位附近的一家老啤酒屋买啤酒，一般买一扎，用塑料袋拎回家。如今她和范松波常在晚餐时对坐小酌，俨然一对老酒友。

往日，邵瑾买完酒，会顺海边往东步行一段路，在观相南路路口坐公交车回家。如今她住观相山北坡，经过以前范家在观相南路的老宅，上坡两站路，到山顶，过基督教堂、山顶小广场、菜市场，以及一条有一家小超市、五六家小店铺的短短的商业街，下坡两站路，到家。今日，她刻意耽搁了一会儿，在海边看一群刚被旅游大巴放下来的游客喂海鸥。

已有很长一段时间没看到过成群结队的游客了。若是以往，这个季节的海边早已被蜂拥而至的游客占领了，现在海边最多的还是黑尾鸥。黑尾鸥喜欢追逐船只，这个傍晚，它被游客抛掷到空中的食物吸引到了岸边。邵瑾听到它们

"呼呼"拍打翅膀的声音，翅膀扇动的气流吹拂到脸上，一改往日它们因婴儿般的啼声留给邵瑾的凄怨印象。

这群游客以女性居多，彼此似乎都很熟络。邵瑾猜测她们可能是同一单位的退休职工，比如学校这样女性比较集中的单位。她们在衣着上应该也是有过商量的，都戴着白色遮阳帽，穿着一模一样的白色T恤衫，脖子上也都有一条丝巾。下身搭配不尽相同，却也显示出相似的趣味，有的是颜色鲜艳的花裙子，有的则是肥大的绣红花、蓝花的黑色中式裙裤。她们从旅游大巴上下来后，便涌上了栈桥，喂海鸥、拍照，欢声笑语不断。邵瑾从她们的口音，猜测她们大约来自西南部的某个城市。范松波还有十年才能退休，邵瑾至少还有十二三年，她还没想过退休后要做什么。无暇去想。她和松波结婚这些年，还没怎么出去玩过呢，他们最向往的新疆、西藏，都还没去过。邵瑾看着这些开心的女游客，不由心情黯然。她最想要的旅行方式，是开着房车，一路走走停停，优哉游哉。没有房车，至少也要开着现在家里这辆老旧的轿车自驾游。不过，邵瑾心里也清楚，即便再过十年，这样的旅行对她和松波来说也是不现实的。他们身上背着两套房子的贷款：一是他们自己住的这套，观相山北坡三居室，还款期限是三十年，已经供了十一年，还有十九年；一套是松波的女儿得慧在新都心商业中心附近的小公寓，才供了两年。邵瑾没问松波，得慧那套房贷了多少款，每个月他要出多少。她只知道，这些年来，每个周末，还有寒暑假，松波都在给高中生补习功课。范松波是高中数学老师。

天快要黑的时候，那辆大巴又开过来，接走了那群兴奋的游客。

邵瑾拎着啤酒，顺着坡道往家里走去。几位身穿工作服、头戴黄色安全帽的人正往路边的梧桐树上钉铁皮做的小牌子，牌子上有一个二维码。邵瑾一路慢慢走着，一路四处看看。她担心小观会跟着松波到他们家来，她不想见小观。

早晨，临出门上班前，松波跟她提起来，今日要出门一趟，和小观约好去看松涛。今日是松涛的忌日，邵瑾当然不会忘记。一大早，天还未亮，她醒来，听到远远的一声轮船汽笛的长鸣。她闭着眼，一动不动地躺着。想起来松涛，她叹了一口气，在心里对他说：

"一别十年，你可还好？"

邵瑾不喜欢小观。她虽从未说出口，但松波和小观大约都是知道的。所以小观并没有跟着松波到他们家来。至少他没有在松涛的忌日这天来。邵瑾推门见家里只有松波一个人，松了一口气。

十年了，她还是不想见小观。

晚饭时他们多摆了一副碗筷，倒了一杯啤酒搁在那副碗筷边。桌上有香煎小黄鱼、辣炒花蛤。显然，松波和小观扫完墓，去渔港了。去年，松涛的忌日正好是个周末，松波特意找补习班的老师调了课，和邵瑾一起去看松涛。墓园距渔港只有十来分钟车程，他们看完松涛，又顺便开车去渔港买鱼，还看了落日，就像平常的周末远足。

两人刚在餐桌边坐下来，就听到松波的手机响。是他们的儿子范得安打过来的，他常在这个点跟他们视频。一来，是看他们在吃什么好吃的；二来，得安有个比他早两年入伍的战友要参加明年的高考，遇到不会解的题，便攒到一起，托得安来问松波。范得安在山西当兵，通信兵，离家在外，别的都挺好，就是有时馋海鲜。邵瑾呵呵笑着把那盘香煎小黄鱼端给儿子看，馋他。范松波一扭身躲开了，起身进了卧室。邵瑾只听到儿子在电话里喊："妈你好残忍！爸，这是我亲妈吗？！"父子俩在卧室聊了好一阵，邵瑾想着也许在解题，便不去打扰。松波出来时，满面笑容。

邵瑾问道："臭小子怎么样？"

"臭小子挺好。"松波笑眯眯地答。

范松波在餐桌前坐下后，拿起筷子拣了条大点的小黄鱼夹到邵瑾盘子里,说:"咱俩得喝一个。臭小子在团里的通信技能大赛中拿了第一名,下个月要去参加军部的比赛呢。"

"是吗?"邵瑾高兴起来,端起杯子跟松波碰了一下。范得安打小野,学习不上心,高考成绩不理想,不愿复读,就参军了,有种"读书不成去学剑"的意思。邵瑾一直担心他在部队不安心,"学剑"又不成,现在听到这个消息,心里高兴,便一口气把杯中酒都干了。

"近朱者赤,今年那小伙子要是能考上军校的话,说不定得安也会动心的。"范松波说,"反正我们学生用的复习资料,我都寄过去,得安不看,他的战友看,也是好的。"

邵瑾笑。她真希望得安的战友能心想事成。

范松波干了一杯后,抹了抹嘴,欣慰地说:"也懂事了,问我们有没有去看他叔,他倒没忘记。"

得安小时候,总爱跟在松涛屁股后面跑,松涛也很宠得安。出于一种邵瑾自己都不能直视的担忧,那时她总是费尽心思地管着得安,不让他太黏着松涛。

"上午看过松涛,我们就去渔港买鱼了,本来想早点回来的,小观又拉着我去长岭村见他一个老朋友,那人姓周,在终南山时和松涛他们是邻居,现在在长岭弄了块地养鸽子呢。"范松波说。

"是信鸽吗？"邵瑾吃着饭，随口一问。

"肉鸽。老周说他原先也养过信鸽的，现在也养着几只玩。"范松波看着邵瑾，说，"今天我在那儿见到了一只叫宝钗的鸽子，跟你们单位那小黑有得一比。哪天我带你去瞧瞧，可有意思了。"

邵瑾在市社科研究院所属的一家杂志社工作，社科院的门卫师傅养了只叫小黑的八哥，见人会说"你好"，倘若你问它叫什么，它会"小黑、小黑"地连声回答。养得极熟，常从笼子里放出来，任它在院子里玩耍，也不飞远。门卫房边上有块高地，几级台阶上去，是一块平台，平台上长着一棵百年红玉兰树，树下有张休闲长椅。小黑常独自在椅背上踱步，步态从容，与众不同。邵瑾是社科院主办的杂志《半岛社科论坛》的副主编，主编由社科院院长挂名，所以邵瑾实际上统管杂志社的工作，还负责法学评论栏目的编审工作，事情比一般的编辑多，一周她总要去几趟办公室的。来来去去，她也常以逗小黑为乐。看它在长椅椅背上走一步头一拧，"小黑、小黑"地叫自己，邵瑾每次都会笑起来。

春天的时候，不知从哪飞来一只野八哥，这只野八哥每日午后飞来跟小黑一起玩。没几天，二鸟就打得火热，小黑竟知道将自己的面包虫留一半儿给它享用，等野八哥吃完，两只鸟就飞去那棵百年红玉兰树上，你一句我一句地聊天，瞅着甚是恩爱。大约那只野八哥还没放下对人类的戒心，两只鸟从不在长椅上停留，都是去人们够不着的树上。大家为小黑高兴，就不去打扰它们，只是远远地瞅着，像看一出爱情剧。门卫师傅能识辨，断定那只野八哥是雌的，和小黑正好凑一对儿，就计划着张网捕它。可网还没弄好，小黑就和这只野八哥一起飞走不见了。

小黑不见了后，邵瑾跟范松波念叨过几回，"也不知它现在怎么样了……"听上去像在怀念久别的故人。

2

晚饭后,夫妇俩去遛弯。他们出了小区,顺着坡道往山顶走去,远远就听到了从山顶传来的嘈杂声,有人在跳广场舞,歌声顺坡而下,清晰可闻:"心上人我在可可托海等你,他们说你嫁到了伊犁……"

范松波对邵瑾说:"小观见老了。"

邵瑾不答话,默默行路。她就当松波这话不是说给她听的。如果松涛有知,他大约会这样回答他:"嘻!谁还能不老呢!"

路过山顶那家烘焙店时,范松波问邵瑾,要不要买点绿豆糕做早餐。邵瑾说好。这家烘焙店店面狭窄,仿佛是出于谦卑,比别家往后缩了小半步;又像是担心因此被人忽略,就靠浓烈的香味来吸引大家的注意。偏偏邵瑾嫌他家的东西太香,不爱吃,只有一样无糖绿豆糕,她却喜欢的。

范松波进门买绿豆糕,邵瑾站在门外等他,看小广场上一群着白上衣红裙子的妇女跳舞。"那夜的雨没能留住你,山谷的风陪着我哭泣……"歌声悲切,可妇女们却都跳得很欢乐。范松波很快就从烘焙店出来了,对邵瑾说绿豆糕已售罄。

听到"售罄"二字,邵瑾的嘴角不由现出一丝笑意。

她听松波说过,现在烘焙店的位置,三十多年前是一家旧书店，松波说他和松涛的一点古文基础，皆来自于此。"郑卫之故墟有老妇焉，年已七十，发白齿落，寄居陋巷……"多年以后，松波还信手拈来的。据松波说，那时这家书店的生意非常红火，许多书，都是只租不卖的，一毛钱租一天，看完一本还想看，看完一本舍不得还，去还时都有同学跟着去，生怕租不到。一套《笠翁十种曲》，里面不仅仅是戏曲，还收有《十二楼》之类。有一本也叫《绿野仙踪》的，讲的却是花场失意、风月招邪的故事，跟那本外国人写的《绿野仙踪》毫不相干。松波说他后来买外国人写的《绿野仙踪》给得慧和得安看时，不放心地打开来看了又看，生怕搞错。也有一些杂志，《情与法》《大案纪实》《当代人体艺术》之类，打着严肃报道、严肃艺术的旗号，行低俗之事。印刷粗糙，有股墨臭。翻开尽是些耸人听闻的故事，或不忍直视的图片。题目也相当抓人眼球，"喋血双雄""雌雄大盗""风流女贼落网记"什么的。书店刚开业时，那书店的老板要把报纸卷成喇叭状，站在门口向来往的人吆喝，后来就供不应求了。人们不请自来，买上一本出门后便迫不及待地坐在教堂下面的台阶上看起来。很快书店老板就发家致富了，竟能买得起一台彩色电视机——那时只有观相山南坡脚下的国营大东方饭店才有彩色电视机。书店老板是观相山一带最早拥有彩色电视机的人。

风流总被雨打风吹去，浪花淘尽英雄。现在这书店老板不知去了哪里。

松涛也偷偷读过这些书。那时无论是家庭还是学校，都没有对青少年进行性教育的意识，大家全是这样，从这些低俗出版物里吸取猛烈的营养，野蛮生长。范松波说后来他在语文课堂上学白居易，不管是《琵琶行》，还是《长恨歌》，首先想到的，都会是他弟弟白行简的《大乐赋》。松波跟她说过发现松涛看小黄书的旧事。

那大约是松涛上初二时的事。老师布置了一篇作文，题目是《我懂得了珍惜时间》。松涛开篇便写道："黑发难留，朱颜易改，人生不比青松。"文中还有"花须连夜发，莫待晓风吹"。老师给了满分，却被松波看出端倪。高中生的松波一下生出了端严的责任，私下里告诫松涛要少看坏书，以学习为重，不要做太多伤害身体的事。他吓唬松涛，老撸会脸上生痘，个子长不高，撸多了会精尽人亡。

"我没有变坏，一是本质好，二是因为松涛唤起了我的责任感。"松波曾有些得意地如此总结道。

"那棵小冬石南怎么样了？开花了吗？"邵瑾问松波。

那棵冬石南又开花了。范松波原本就想跟邵瑾说的，但又怕因此令邵瑾想起那些不愉快的事，所以就闭口不提。

见邵瑾问，松波只得说："开了几朵。"

去松涛的墓地要路过一个花卉市场，每次他们都会在那停车买花。去年今日，邵瑾一进花卉市场，就在一个摆满小盆栽的货架前停了下来。她蹲下来盯着一小盆盆栽看。松波也弯下腰来，只见矮矮的针叶密布的枝条上，开着好看的小白花，枝叶纤细，花朵娇弱，是以前不曾得见的。枝条上别着一张心形的小卡片，上面写着小盆栽的名字、习性。原来叫冬石南，看上去有些楚楚可怜，却是极为耐寒的。范松波没等邵瑾开口，就捧了它去付款。他们将它种在了松涛墓前。回来时他们又路过花卉市场，邵瑾让松波停车，她进了花卉市场后到处找，终于在另一家又找到了一盆冬石南。邵瑾本打算将它拿到办公室去养的。就在回家的路上，范松波接到了得慧打来的电话，他们约在一家咖啡店见面。范松波把邵瑾放到了临近咖啡店的一家商场门口，独自去见得慧。聊完他先送得慧回家，结果得慧见到放在后座脚垫上的那盆冬石南，不由分说就抱走了。得慧总是这样。邵瑾倒没说什么。只是过了一阵子，得慧的妈妈却抱着这盆花上门来大闹了一场。得慧妈姓曹，得慧和松波都叫她老曹。老曹把那盆冬石南砸在他们家门上，指着范松波的鼻子大骂，骂他不是个东西，把送死人的东西送给了女儿。值得庆幸的是，老曹来闹那天，邵瑾去办公室了，她只看到门上被砸出来的一个深痕，没看到那场闹剧。过后她也没问松波，松波猜她应该是从邻居那听到了些什么。

"可长大了些？"邵瑾问。

范松波想了又想，有些迷茫地答道："应该长大了点的。"他完全不记得去年它有多大，所以也不知该怎么回答。墓园的植物有人浇水，但谈不上什么打理，那株冬石南看上去有些营养不良，花朵仿佛也比去年小一些、少一些。

邵瑾说："去年冬天那么冷，没冻死算不错了。"

"长得跟盐蒿似的，应该也没那么容易死。"

怕邵瑾顺着冬石南想到得慧，范松波飞快地转移话题。他看了邵瑾一眼，说："小观问你好呢。"邵瑾不语，单是点头。松波又看了邵瑾一眼，说："今日他正好要回观相一路的家里取点东西，我本想叫他来喝酒的，在地铁上他接了个电话，那个叫妙一的还俗和尚——你还记得吗？"说到这里松波扭头看着邵瑾。邵瑾想了想，摇了摇头。

范松波提醒邵瑾道："就是那年给松涛抄《地藏经》的妙一嘛。"

邵瑾想起来，松涛去世后，有次松波安慰邵瑾说，小观的一个朋友，原本是出家人，后来还了俗，这个人给松涛抄了四十九遍《地藏经》。原来这个人叫妙一。

"妙一前些年到处跑，听小观说，还去国外待了几年。

近来回来了,在湛山寺里帮忙呢。寺里在维修药王塔,刻药师经碑,妙一一手好字,用得上。小观就在湛山下了车。我本来想着也去看看妙一的,手上拎着鱼,腥,去寺里不好,就先回来了,改日吧。"

邵瑾不语。

"我说,"范松波看了看邵瑾,道,"小观的娘有些老年痴呆了,他带着他娘搬到了温泉镇那边。挑个日子,我们去给他温温锅吧?"

邵瑾默默走在范松波身边,既没有说好,也没有说不好。

温泉镇一带是岛城别墅小区、疗养院最集中的地方。汉代时那里就因海水温泉出名,被封为温水侯国。史书上记载,这一带曾到处都是温泉眼,大者如拳,小者如豆,所以又名汤上。小观家那套小别墅,邵瑾和松涛曾去住过两日。她听松涛说过,那房子可能是小观舅舅的,因为小观一家,怎么也不像是买得起别墅的样子。小观的舅舅是军人,在温泉镇附近的一家部队疗养院工作。不过他舅舅一家都住在部队大院里,这小别墅一直空着,钥匙便丢在小观家。小观身体弱,最怕过冬天,每年入冬后,小观娘都会带他去那里住几天,泡泡温泉。邵瑾根据以前跟小观和小观娘有限的交往得到的印象,小观的舅舅似乎是很怕小观娘的。邵瑾还记得,有一天,她和松涛正好在小观家,小观的舅舅来了,给小观家送来一条烤羊腿。小观娘坐在沙发上看电视,既没起身,也没说话,连看也没看小观舅舅一眼。她和松涛站在沙发边,都感到了说不出的尴尬。小观舅舅站在客厅中央,摘下头上的军帽擦汗,和小观说了几句话后,冲邵瑾和松涛点点头,就走了。

邵瑾隐约记得,那别墅小区的周边,多是果园和园艺场,种着樱桃、杏树、蓝莓和各种花木。距果园不远处,有几座小山,绵延成屏障。从小观家二楼的房间窗口,能看到其中一座,山上多是洋槐树和野桑树,春上倘若刮北风,远远能闻到槐花香。——有一年,松涛去果园写生,便找小观要了钥匙,带着邵瑾去那住了两天。正是樱桃熟时,所以那两天里,他们也吃了很多樱桃。

"小观家那个小区好像叫……巴冬小镇?"

邵瑾记起来,说:"叫巴登小镇。"

她记得松涛说过,巴登小镇是德国一个著名度假胜地,位于黑森林边上,有条清澈的河流流经小镇中央,河水流过时会发出"巴登巴登"的声响,所以小镇得名巴登。邵瑾记得当时她还对松涛说,德国小河发出的声音好奇怪啊,不是叮咚响,而是巴登响。两个人还因为这译名浮想联翩,想象中应该是一条水流湍急的河,河岸陡峭,流经小镇处,落差大，水势雄壮，声有回响……他们在巴登小镇住了两日。那时温泉镇开发不久，整个小区都看不到什么人，晚上只有路灯是亮的，星空下的果园暗得像夜海。

小观姓刘，名观海，他的哥哥叫刘观山，小名大观。大观和松涛是发小，两个人从小学到初中都同校、同班，形影不离的。高中时他们分开了，大观去了十五中，高中毕业读技校，后分配到火柴厂，做了一年刷磷工后，调到销售部跑销售。松涛喜欢画画，高中上的是美术职业高中六中，学画画，后来考到省艺术学校，志愿填的是西画系，却被录取到国画系，不过好歹学的还是画画，算是"专通水墨，旁通油画"。他也曾自嘲学贯中西。松涛毕业那阵，观山正好出差到省府，有个晚上，他特地打车跑到松涛学校附近请他吃饭。学校在远郊，两人在校门口一家小餐馆点了几个菜，喝了不少啤酒。松涛惦记着第二天的毕业展，没有跟观山回城里耍，他在校门口给观山打了辆黑出租。上车时观山还好好的，不像喝多了的样子。汽车一跑起来，观山扒着车窗就吐了。司机怕他弄脏车，骂骂咧咧地把他丢在了半道上……那晚观山就在那条路上出了事，被一辆卡车撞飞到路边麦田里。

邵瑾还记得第一次见小观时的情景。那是快二十年前的事了，在杂志社大院里。

一个秋日的下午，她去单位看二校的稿子，刚进社科院的大门，远远地见松涛带着一个长相清秀的小伙子往外走。邵瑾叫住松涛，待他们走近了些，她便问松涛，杂志新一期封二的大师照从哪里找的，好像有点不对呢。松涛一手插在满是油彩斑点的风衣口袋里，一手拿着本画册。他微微低下头来，亲昵地问："你从哪里看出来不对的？"邵瑾笑着说："腼腆的神情，不像米塞斯，倒像海德格尔。"松涛也笑起来，眼睛里亮亮的，闪着惊奇的光。他柔声说道："你像是见过他们似的。"

他们说话时，那个小伙子站在边上，一直有些害羞地微笑。那个小伙子就是小观。"这是我弟小观。"那天松涛这样跟邵瑾介绍小观，他也让小观喊她姐。

那时，邵瑾和松涛刚开始一场恋爱，周围的人还没有察觉，他们像两个挖到神秘宝藏的人，分享着秘密的欢欣。有什么东西在他们周围萦绕，甜蜜而结实，使他们从这纷乱的世界里抽离出来，自成一国。就连每一天的阳光，似乎都是他们独享的，只灿烂温暖地照着他们两个。风，也只轻柔地吹着他们两个，与别人全不相干。尤其是松涛，简直像被观音大士的杨枝甘露水点过，完全变了一个人，先前的抑郁、萎靡都不见了。他的眼睛亮起来，整个人变得很有生气，这让邵瑾感到幸福。大学时，邵瑾也经历过一次青涩而懵懂的恋爱，但松涛，使她这一生中第一次很确定自己是在爱。爱一个人。爱一个男人。

有两件事，邵瑾至今也还记得。那个秋天，她和松涛牵手时，两人的手指刚接触到的一刻，时常会冒出"噼啪"的火星。另一件，是松涛在和她正式确立恋爱关系之前，跟她说，观相一路刘家的人，也是他的亲人。

那时观相一路刘家，只剩两个人了——小观和他娘。

松涛从未跟邵瑾说起过大观。后来，她是从松波那知道大观的，但她多次听松涛提到小观。他们在一起吃饭，吃到什么好吃的菜，松涛都会说："这个不错，等小观出来，带他来吃。"或者："这也是小观爱吃的，等他好了，带他来吃。"那阵子，小观在市第七人民医院住院，松涛跟她说小观住院治胃疼。邵瑾是外地人，又刚踏出校门，对本市的情况还不太熟悉，不知市七医院是精神病院。所以那天她还笑着问小观："胃疼可都好了？"小观看了松涛一眼，对她笑笑，什么也没说。当时她只是觉得他腼腆。

邵瑾还是从小观娘那儿，知道小观得的是精神病。

她在社科院见过小观后没几天，松涛带着她去了观相一路刘家，一栋部队家属楼顶楼的小单元，打扫得很干净。小客厅朝北，能望见山上教堂的尖顶。窗前摆着两张紧靠在一起的旧办公桌，桌腿上钉着铭牌，标明是军产。桌子上蒙着一块碎花粗棉布，吃饭时卷起来，吃完饭再铺开。墙上倒是什么都没有，雪洞似的白。小观娘提前准备好了一盆饺子馅，准备包饺子款待他们。松涛和小观出门散步，她留下来帮小观娘包饺子。小观娘把桌上那块花棉布往窗边那端卷过去，一边卷，一边回头瞅着她笑。她也便有些不好意思地笑。她们面对面坐在桌边包饺子时，小观娘看看她，又看看她，低叹一声后，道："唉我家小观，不知还能不能带小嫚回家来了。"邵瑾笑道："小观这样的，愁什么。"小观娘又"唉"了一声，歪头浅笑，翘着兰花指慢悠悠地捏一只饺子，半晌方道："可人都是这样啊，一听说是从七医出来的，就没有乐意的了。"邵瑾这才知道七医是精神病院。但松涛说小观治的是胃病也没错，小观那阵子有进食障碍，吃什么吐什么。

小观娘那年不到五十，身上有淡淡的茉莉花香气，长着一双好看的丹凤眼，薄妆浅黛，风韵犹存。

邵瑾自和松涛分手后，就再没去过观相一路刘家。她有年头没见过小观娘了。

有一年，她和松波带得安去中山公园看樱花，远远地，见小观娘站在一棵樱花树下，攀着花枝翘首赏花。她穿着一件藕粉色的毛呢外套，脖子上挂着条白底上晕染着灰色和粉色色块的长丝巾。有个老头头戴礼帽，上着黑色风衣，下着草绿色军裤,殷勤地围着她拍照。邵瑾连忙拉着松波和孩子绕开了。自那以后,邵瑾再没见过小观娘。

这晚睡着后,邵瑾竟梦见了小观娘,只见她从两边开满樱花的小径走来,风摆杨柳一般,背后青山高耸,似是在温泉镇。她也还是当年模样,开口说话前,先低头浅笑,眼波从眼角、眉梢处徐徐兜转上来,一股风流难掩。

3

邵瑾虽然没跟范松波说同意去温泉镇，但她也做好了去的准备。

她家的门厅里有一块白色留言板，小白板一分为二，左边留言用，右边是备忘录，写着近日要办的比较重要的事情。不知何时，范松波已在小白板右边写下了一句话：

去温泉镇看小观

邵瑾觉得，如果松波去，她不去的话，就显得太刻意了，毕竟那么多年都过去了。

"就当是去郊游好了。"她在心里这样说服自己。

她有很多年没去过温泉镇了，还是那年松涛去写生，她跟着去玩了两天。她没在温泉镇泡过温泉，但她喜欢那儿的果园，喜欢那些樱桃树、蓝莓树，还有杏树和桃树。邵瑾记得，小观家的别墅里，也有一棵树；不过，不是樱桃树，也不是杏树、桃树，而是石榴树。

背着范松波，邵瑾整理了一下阳台上的储物柜。这些年，他们积攒下了不少用不大上，却也没舍得扔的东西，都塞在这个储物柜里。她翻出来一床绒毯，是松波学校六十周年校庆时，一个做纺织品出口贸易的学生送的，每个老师都有。包装袋上印着些字，一面是"出口塞浦路斯高级绒毯"，一面是"师恩如海、倾我至诚"，落款是那个学生公司的名字，"某某公司大贺母校六十年华诞"。记得范松波把这床绒毯拿回家时，她看着包装袋上的那几个字，笑得直不起腰来。不知为何当时就觉得好笑，如今看着却都平常了。

除了绒毯，邵瑾还翻出来一套景德镇出产的餐具。这套餐具是滨海大学一个年轻的讲师送给她的。那年他写了篇关于波普尔、加缪和奥威尔的文章，四处投稿不中，退而求其次，投到她这。二战结束那年，有人想撮合波普尔、加缪和奥威尔合写一本书，未成。那篇文章就是关于这本没写出来的书的，邵瑾读完非常喜欢。那时她还只是个小编辑，就编辑部副主任、主任、副主编、主编一路争取过去，后来这篇文章发在了他们杂志的"外国哲学家"栏目里。这件事放在如今也是不可能的了。邵瑾还记得，接到刊用电话，那个年轻作者喜出望外。当时他正在商场给自己买餐具，拎着这套餐具就跑到编辑部看她，临走非要把餐具送给她——一个才华横溢又傻里傻气的年轻人。

碗、碟各六只，都是白底，碗口描蓝边，碟边绘有碗口同色千叶草。邵瑾想着，夏日傍晚，清静的小院里，石榴树下，在旧船木桌边吃饭，用这套餐具倒是蛮好的。

邵瑾做好了准备。但接下来的两个周末，范松波却好像忘了这回事，提也没提要去温泉镇给小观温锅的事，慢慢地邵瑾也就放下了。

"也好。"她在心里说。

这日，邵瑾没去杂志社，在家里审稿。几天没看邮箱，邮箱里塞满了稿件。她打开邮箱浏览了下，挑了几篇作者学术背景不错、选题稳妥、中英文摘要也写得规范的文章下载保存。现在她很少看自然来稿，作为杂志副主编，她完全可以不看自然来稿的，这项工作向来是由年轻编辑负责的。再说，杂志虽然不是核心期刊，但版面有限，名家来稿都要等上一年半载才能发。但邵瑾做不到完全不看，不看内心不安。

时间总是过得很快，邵瑾看了两篇稿子，浇了浇阳台上的花草，就到了要吃午饭的时间了。她打开冰箱看了看，只有一袋水饺。她不想吃水饺，正寻思着叫个外卖，手机响了起来，是她师姐程凌云打过来的，她们有阵子没联系了。程凌云是个律师，平时挺忙的。其实在学校时，她们都不怎么认识，程凌云研二了，她才大一。她研一时在导师家见到程凌云时，程凌云已是岛城最大的一家律师事务所的律师了，年纪轻轻，看上去有些不苟言笑，显得很成熟干练。

后来她才得知，程凌云在东北五常长大，那里出产好米。从小吃着好米长大的程凌云，皮肤白皙，身材高挑，发育得比一般的乡下女孩好。天气寒冷的缘故，程凌云上学也比较晚，比同一届同学要大两岁，加上又长得高挑，自然也比同学们显得成熟很多。上大学后没多久，她就和一个八七级师兄谈起了恋爱，不怎么和同学玩，更不用说和师弟师妹们来往了。等邵瑾毕业留在了岛城，导师逢年过节把她们都叫去吃饭，邵瑾才慢慢和程凌云熟悉起来。导师生前多次跟邵瑾念叨，说程凌云是个苦孩子。

"你都苦了，还有甜的吗？！"有次她俩忆及导师，邵瑾如是说。程凌云笑而不语。

邵瑾觉得导师最是偏爱程凌云。因为这些年，她实在看不出程凌云有什么特别的苦，非要说她有什么苦的话，那可能就是辛苦的苦吧。作为一个律师，而且是一个比较成功的律师，她实在是忙得要命。

邵瑾单位大院里那棵百年红玉兰，春上开花时，整个小院上空就像撑开了一把巨大的花伞。每到花季，邵瑾就会叫"苦孩子"程凌云来单位赏花。这两年程凌云都没能来。去年她出国探望在外访学的老公老徐和留学的儿子小徐去了。今年花开时她去西安开庭，一落地就被弄去某地隔离了两周，庭没开成；等回来又居家隔离了两周，就这样错过了整个花季。

    邵瑾接了电话，只听得程凌云在电话里连声叫她开门。邵瑾家这个单元门的对讲机坏了，物业一直没来修。邵瑾赶紧下楼去给她开门，一路把楼梯踩得"咚咚"响。她开心地问程凌云怎么知道她在家，程凌云隔着单元门的铁栅栏，鄙夷地说："就你那一辈子不出三条街的活动半径！"邵瑾"呵呵"笑着给她开了门，却见她怀里还抱着一只长木箱，足足有一张桌子长，看样子很轻，程凌云抱着并不吃力。程凌云又换了新发型，斜刘海遮去宽大额头，脸显得小了些。程凌云遇事不顺就会去做头发，邵瑾是知道的，但她什么也没问，单是伸手摸了摸程凌云的头。做律师不易的，这点邵瑾也是知道的。

    邵瑾说你来就来嘛，还拿什么东西。程凌云笑着往楼上走，说进屋说。

    待进了门，程凌云把木箱放到邵瑾家的茶几上，打开木箱给邵瑾看，说："你帮我养一阵啊，我这阵子忙，顾不上它。"

    邵瑾弯腰一看，却是只小乌龟，背壳上密布金黄色蛛网一样的花纹，每张小蛛网都带黑色勾边，四肢遍布金色鳞甲，气度不凡。木箱里分成了两个空间，装有灯泡和小加湿器。

看着趴在木箱里一动不动的小乌龟，邵瑾头疼地说："我最忘事了。你说你吧，把自己养好就行了，还养宠物干吗？跟着你也是活受罪。"

程凌云说也不是我的。她拿起茶几上的一本书，《美丽新世界》，问怎么又读这个？你在读还是范松波在读？邵瑾说是松波在读，他不是学数学的嘛，也不知怎么就觉得这样的故事跟某种数学模型有共同之处。程凌云说，哦？你家范松波，有时呆呆的，有时又真神叨，有次他说什么时间向前，把我们遗弃在了超稳定结构中。我总觉得这句话，很牛，一直记得，有一阵还常琢磨，只是呢，有时怎么也琢磨不懂他到底在说什么，有时好像琢磨懂了，心里却又有些难过。说着程凌云边笑边摇头。邵瑾也笑，低头看着木箱中的小乌龟，问程凌云近来读什么书。程凌云长叹一声，说忙得跟猴子似的，上蹿下跳，哪里有空读书，还是之前隔离时读过一本，讲数字时代财产保护的，还不错，你想看的话，下次捎给你。邵瑾"嗯"了一声，又问，你有没觉得，以前那些令人头疼的书，哈耶克也好凯恩斯也好，如今读着好像变得好懂了？程凌云说，有生活做注解了嘛，要不这些年岂不是白活。说着她到处看了看，目光落在了客厅窗台上的一盆花上。

"哎呀你和范松波真是以不变应万变，自打你们搬来这，这屋里的东西就没动过吧？这盆长寿花，应该也没挪过地方。"

"花嘛，没事挪它干吗。"邵瑾伸手摸了摸小乌龟的背，说，"不是你的，那是谁的？你要不想养，我替你送我们邻居家小孩吧。"

程凌云一听花容失色："天呐，你可千万别啊！这乌龟可金贵了，再说我也是替别人养一阵，说不定哪天人家又想要回去了呢，毕竟这龟不易得，不是有钱就能随便买得到的。"说着她笑起来，乐不可支地告诉邵瑾，有人如何投她一个客户所好，千辛万苦弄了一雄一雌两只乌龟奉上，结果她客户大发雷霆。邵瑾不解，两只乌龟罢了，不想要，退给别人不就行了，何至于生气呢？程凌云说，殷勤过度，适得其反。乌龟嘛，送一只刚好，两只，不吉利啊。邵瑾说怎么不吉利了？程凌云笑着说，我客户可是在国企工作的，讲究多。邵瑾愣了好一阵，等悟过来，也不由笑了。她说那你客户断不会要了，好吧，我替你养一阵，什么时候你用得着它了，就来拿走。她笑着问程凌云，得给它取个名儿吧？要不，就叫它程小金吧。又问程凌云该喂它什么。程凌云从随身小包里掏出一本小书来——《爬宠饲养手册》，还有一小包墨鱼骨粉做的干粮。程凌云把它们扔到茶几上，说放心，姓程的都好养，每天喂点菜叶子就行了，龟粮它不爱吃，一月喂一次，补补钙。这本书里有一章专门讲怎么养陆龟的，你看一看，就会了，主要是保持温度、湿度，喂点胡萝卜、苹果、莴苣、青菜叶之类。再就是它爱洗澡，还有就是要遛，常让它出来爬爬。它干净得很，不用担心它会弄脏地板，等等。又交代邵瑾千万不要喂多了，来之前已经喂过，两三天喂一次就可以了。

邵瑾问程凌云喝茶还是喝咖啡。程凌云却担心汽车停在路边会被贴罚单，连声催邵瑾下楼去吃饭，说春水馆上了新菜，去尝尝。邵瑾让她先下楼去，飞快地收拾了一下自己。临出门，又担心下午范松波上完两节课回家不见她，会找她，便在小白板上给他留言：

到春水馆会凌云

程凌云又换了辆车，邵瑾记得先前她开的是辆银灰色的车，这次换了辆红的。邵瑾不会开车，她也搞不懂程凌云换来换去的到底都是些什么车。她家有辆手动挡的老轿车，范松波开着，很多年了。

"文叔最近怎么样了？"邵瑾上了车，一边系安全带，一边问。

还是两个多月前的某天，邵瑾得空，想约程凌云出来聊天。程凌云却在医院陪床，文叔病了。邵瑾本想去瞧瞧，换程凌云回家洗洗澡，休息一天；结果医院管制严格，出入都要凭通行证，只得作罢。

"现在情况不错，回养老院了。唉，就怕他感冒，上了年纪，一场感冒也是要命的。"程凌云开着车，想起来那天邵瑾约她不成的事，又问，"那天你找我没什么事吧？"

"没什么事。"过了好一会，邵瑾又说道，"我啊，都是闲得发慌才找你的嘛。"

两人驱车翻过观相山，直奔八大关春水馆。过观相山后，道路尽头，一抹深蓝扑入眼帘，从车窗外吹进来的风，也似乎更湿滑了些。两人不约而同地做了个深呼吸。

春水馆的老板是个二十多岁的年轻姑娘，留学归来后租下临海这栋老别墅开西餐厅，外籍男友主厨。

姑娘的父亲是岛城知名企业家，程凌云是企业家的法律顾问，因此她常带朋友来捧场，也带邵瑾来吃过多次了。邵瑾都有点吃腻了，但她喜欢这家餐馆的环境。小院里的草地绿得可爱，丝滑如软缎。海浪声穿过松林，从茂密的木槿树篱后传来时，变得轻柔了许多，近乎呢喃。几张白色餐桌椅沿着种得错落有致的花草摆开，晚上会有歌手弹着木吉他在草地中央的一棵樱树下浅吟低唱。院门向东，小楼面海，朝南。一条白碎石铺就的蜿蜒小径从院门通向小楼古朴的石阶，石阶两边的花池里种的全是绣球，现在正值花期，硕大的蓝花彼此簇拥，溢出了花池。

邵瑾驻足花前。程凌云先进去找老板，老板外出了，不在店里。她点好了菜，在二楼窗口招手叫邵瑾，邵瑾这才上楼去。是二楼东边的一间小厅，迎门便是宽大的木格棂窗，窗外是草地、绿树和海。沿窗摆着三张台子，用绿植隔开。台子上铺着亚麻桌布，餐具和烛台都是老板从国外带回来的，看上去很贵的样子，据说英国皇室用的也是这个牌子的餐具。程凌云第一次带邵瑾来时，把一只咖啡杯翻过来，让她看杯底的白色浮雕底标，是一个邵瑾听都没听说过的品牌。程凌云说，单这只杯子，在商场里就卖一千多块。那顿饭邵瑾吃得很紧张，生怕打碎什么，来过几次后，才慢慢习惯了些。

邵瑾落座后，值班经理，一个帅气的小伙子送来两杯新调制的饮料，寒暄几句后才离开。程凌云看着他离开的背影，说："如今的年轻人真是好看啊，比我们那时强，你有没觉得？"邵瑾想了想，觉得还真是这么回事，青春虽然一样，但不同时代的人有不同的面貌，环境、教育甚至食物都会给人们打下烙印。现在的年轻人，从小营养好，见的世面也多，书也普遍念得多一些，又是在相对宽松的环境里长大的，看着大都养眼，有朝气。

因为是工作日，整栋小楼里都很安静，小厅里也没别的客人，两个人一边吃饭，一边说话。她们有段时间没见了，彼此把这段时间里被生活所灌的苦水都吐了一吐：工作上的难题，出行的各种艰难，孩子青春期，股市被割韭菜，总也减不了的肥之类。

邵瑾鼓足勇气问程凌云："如果，我是说，如果，小徐不是老徐的孩子，你觉得，告诉小徐好，还是，不告诉他好？"

程凌云睁大了眼看着邵瑾，问："那、老徐知不知道呢？"

"当然知道。"

程凌云点了点头。她大概知道是怎么回事，那年邵瑾急嫁范松波，想想也没什么别的理由。程凌云说："那太好办了呀，和老徐商量啊。"她喝了一口咖啡后，又说："涉及遗产分割、追讨抚养费什么的，我才能给你确定的答案。这个，看当事人的意愿。"

邵瑾看着她，说："涉及遗产分割、追讨抚养费什么的，我也不会问你啊，我虽然不做实务，这点事情还是弄得明白的。我是想，请你站在一个孩子的角度……"

程凌云沉思了一阵后，说："站在一个母亲的角度，如果孩子过得不错，我选择不说，因为说不说都不重要了。站在孩子的角度……"说着话,她便想起来范松涛那张抑郁不乐的脸,眼底深处那了无生气的淡漠,他飘忽不定的一生,以及后来他突然离世带给邵瑾和范松波的痛苦……其实那年,在中山路一家西餐馆,第一次见他和邵瑾在一起时,她就隐约感觉到,将他俩联系在一起的东西很美好,却也很脆弱。她仿佛看到存在于他们之间的一道天然缝隙,如晶莹冰川上的细小缝隙,爱情如阳光照亮他们两个,也照在这道缝隙上;感情的温度越高,这道缝隙也会变得越大、越危险。她还记得,柔和的灯光下,两个文静的年轻人并肩坐在她对面,面带羞涩地笑,卡座的椅背是红色漆皮的,衬得两人齿白发黑、容颜如玉。桌上的瓶花散发着新鲜好闻的香气。她看着他俩,不知怎的就有些不安,她为他们感到担忧。而后来发生的事,也证实了她的担忧不是空穴来风……逝者已矣,往事不可追,现在她觉得,对一个十八九岁的少年来说,有一个范松波这样的父亲,足矣。于是她很诚恳地建议道:"我觉得,现在还是不说为好。如果孩子有天知道了,问起来,再告诉他不迟。"

邵瑾听着,缓缓地点了下头。

程凌云不再说什么。总是这样,生活里发生了一些事情,有些东西看起来像是被毁掉了,时间慢慢掩盖一切,令旁人悄然不知……她回头看自己走过的人生路,也莫不如此。所以这么多年来,邵瑾不想说的,她从来不问。邵瑾也一样。她们两人都这样。

吃洋饭就像解连环套,吃掉一道,再上一道。甜点、咖啡上来后,两人窝在柔软的座椅里闲聊,东一句西一句,一直聊到下午三点多。

程凌云签单时,邵瑾伸头瞅了一眼。这回她瞅到了,不由嘀咕道:"洋饭真贵!"

她们俩约会是轮流做东的,程凌云就对邵瑾说:"下次你请我吃中餐好了。"

邵瑾笑道:"我们单位后面的小巷里开了一家面馆,专做海螺面,鲜得很。哪天你想吃面了,我带你去。"

两人一边说,一边往外走。还没下楼,就听得楼下喧闹起来,纷乱的脚步声里,夹杂着女人的叫骂声,像是有人打群架。也有人拉架,一个男人压抑着声音急吼吼地喊道:"出去出去!别打扰我们的客人!"喧闹声像一个浪头,很快卷到了院子里。邵瑾从楼梯间的花窗里往外望,隐约瞧见两个女人揪着彼此的头发纠缠在一起,头顶着头,像是在角力。几个着白衬衫黑裤子的餐厅服务生慌张地围着她们打转,一副无从下手的样子。

邵瑾和程凌云来到院子里,喧闹声却又到了院外的林荫道上。程凌云说:"呀,难道跑餐厅来捉奸?"

邵瑾惊奇地问:"不会吧?"

程凌云来不及回答她,加快脚步往外走,邵瑾只好一路小跑跟着她。她们来到小院外,却见打架的不是两个女人,而是三个女人,两个中年女人将一个穿长裙的年轻姑娘摁到了地上,姑娘虽处下风,仍手脚并用地顽强回击。边上一个老太太拦腰抱住一个戴着只耳环的中年男子,男子挣脱不得,又不敢对老太太怎样,只是气急败坏地连声嚷嚷:"干啥啊?!这是干啥啊?!"这乱纷纷的场面,令邵瑾发蒙。街道两侧樱树如盖,阳光从树叶间洒落下来,邵瑾只觉得满眼光斑乱晃。程凌云倒镇定得很,她对那几个手足无措的服务生喊道:"报警啊!"然后冲过去拉开了那两个中年女人中的一个。那姑娘趁机推开另一个女人,从地上爬了起来。邵瑾一见,却是范得慧,不由大吃一惊。这时,被程凌云拉开的那个女人又朝得慧扑了过去,邵瑾连忙丢下手里的包,冲过去挡在了得慧面前。得慧看到邵瑾,顿时气馁,她头一低,捂着被撕坏的裙子拔脚就走。这时,从停在对面路边的一辆车里下来一个打扮入时的漂亮女人,她冲得慧的背影喊道:

"贱人!有种别跑啊!见一次打一次!"

得慧头也不回,疾步往前走。一辆出租车路过,她招手拦下,出租车掉了个头,载着她消失在路的尽头。邵瑾见得慧走了，不由松了一口气。可她一时还没回过神来，仍愣愣地张着双臂，挡在那女人面前。

警察到时，老太太和那两个打人的妇女已经趁乱跑了，只剩下那个打扮入时的女人和戴耳环的男人在。耳环男铁青着脸，对那女人说：

"小宝，你这是干什么？人家好好一个姑娘，你们就这么乱泼脏水！你也跟你姐说一声，再这么胡闹，日子还过不过？生意还做不做？"

叫小宝的女人正眼也不瞧那男人，双臂抱胸，斜倚在车身上，嘴里嚼着口香糖，满脸似笑非笑的神情。

程凌云代表餐厅以寻衅滋事向警方投诉那女人，可等警察调出餐厅的监控一看，那女人根本就没进过餐厅。警察又让餐厅值班经理看看有没有打坏什么东西。耳环男在边上插嘴道："打坏了东西我赔好了。"邵瑾不由，怼道："还我赔好了，打了人呢，你打算怎么赔？"男人于是不说话了。警察出来，教育了那个叫小宝的女人几句后，任凭各自散去不提。

警察走后，程凌云对餐厅的值班经理说："怎么回事？怎么能让人进来打客人呢？客人有个好歹，餐厅脱得了干系吗？"

值班经理连忙道："程律师，是这样的，客人买完单已经出了院子了，是在外面马路上起了冲突，又跑进来的。这种情况我们也不好硬拉，弄伤了谁都不好，只好尽量把他们往外撵。"

程凌云点了点头，说："看来没白培训。以后要多加留意啊，这样的事不能再发生了，传出去影响餐厅声誉。"值班经理连连点头称是。

邵瑾在一旁看着，生起气来，说："买完单出了门你们就不管自己客人了是吧？一群大小伙子就这么眼睁睁看着一个小姑娘挨打，什么人嘛！"说完她就走到外面马路边给范松波打电话。

范松波刚下课，还没出教学楼，周遭闹哄哄的。范松波扯着嗓子问邵瑾有什么事。邵瑾不知该怎么说，想了想，问他下午还有课没。松波说没课了，问邵瑾今天想吃什么，他会早点回家做饭。邵瑾听他说没课，便吩咐他道："那你给得慧打个电话，看她在不在家，在家的话，你去瞧瞧她吧。"电话里范松波"啊"了一声，他可能是太意外了，平日里，邵瑾对得慧和老曹可都是避之唯恐不及的。他连忙问得慧怎么了。邵瑾又想了想，说刚和程凌云在八大关散步，远远地见得慧上了辆出租车，看上去情绪不大好呢。松波笑道："她情绪什么时候好过？不用管。"邵瑾着急又恼火，说："让你去你就去，啰唆什么！"范松波有些摸不着头脑，忙问怎么了。邵瑾一跺脚，恨恨地道："你爱去不去。那可是你闺女，以后倘若有什么，可别怨我没告诉你！"说完便撂了电话。

程凌云追出来问邵瑾。"到底是谁啊？"

邵瑾有些心烦意乱地道："还能谁？松波那个呆瓜呗。"

程凌云说："我是问那姑娘，你认识她的吧？"

邵瑾看了程凌云一眼，没说什么。她们上了车，汽车开出老远，邵瑾突然说："好看顶什么用？好看不好吃！"

程凌云笑。一个人如果表里不一，邵瑾就会说那是只里面烂了的红苹果，好看，不好吃的。程凌云知道她在骂谁，笑道："都是些没见过世面的小孩儿，连这个值班经理，也是毕业没两年的，比得安大不了几岁，经过什么的。你就别生他们的气了。"

邵瑾看着窗外，又过了好一阵，才说道："是松波的闺女，得安他姐。"

程凌云见得慧还是在邵瑾和范松波的结婚典礼上。那年得慧五六岁的样子，扎着两根冲天羊角辫，装作不小心，往邵瑾身上泼可乐来着。

程凌云惊讶地道："这孩子都这么大了？"

邵瑾苦笑道："可不。"

程凌云开着车，直摇头，感慨地道："时间过得可真快啊！"

两人再没说话。汽车到了邵瑾家楼下，程凌云把车停在路边，对邵瑾说："这事，你有什么打算？"

邵瑾叹了一口气，把头靠在椅背上，说："我能有什么打算？"

程凌云说："我知你是个多一事不如少一事的人，可这回你遇着了，不能装不知道啊。"

邵瑾看着她，忧心忡忡地问道："你听见那个小宝说什么了吧？我担心这不是头一回，更担心这不是最后一回。"

程凌云点头，说："是啊，得慧好像没什么防备，应该是头一回，就怕还有下回，所以你一定得跟范松波说。这事的关键在那个小宝，至于那两个中年妇女，还有那个老太太……"她想了想，道，"应该都是小宝雇来的。"

邵瑾惊讶地道："现在还能雇到人去做这种事？"

程凌云摇了摇头，笑道："你呀！"

"得慧，你确定是……那种情况？"

"不好说，看着像罢了。"

邵瑾又叹了一口气。她沉默了好一阵后，问程凌云："这事，你说我要怎么跟松波说呢？"

程凌云眦了她一眼，说："实话实说啊，见到有人打他闺女，至于为什么打，你可以不说，毕竟我们都不清楚。"说着程凌云又笑起来，"拿出你刚刚老母亲护小鸡的勇气，好人有好报。"

"你确定？好人有好报？"得慧倒不打紧，邵瑾只要想到她妈，便着实有点怕。说完，她却又想起一个人来。这个人是个法学家，叫王宠惠，和胡适、蔡元培他们一样，他也是主张好人参政，主张好人政府的，后来他做了北洋政府代总理，受命组阁好人政府。邵瑾问程凌云还记不记得这么个人。

程凌云笑，双手往外一推，说："不记得了，凡是后来用不大上的，我都还给我们老师了。"

"你知道他的好人政府持续了多久？"问完邵瑾下了车。

程凌云把脑袋伸出车窗外，追着问："多久？"

"两个月零六天。"邵瑾答。

程凌云哈哈大笑起来，"好吧，我收回这张没用的好人牌，给你发一张狠人牌吧。今天呢，人应该是没大伤着的。你跟范松波说，倘若有什么，想追责什么的，让他直接找我，对方的基本信息我都有了。"

邵瑾伸出一根手指戳了戳程凌云的脑袋，恨恨地道："你呀，哪天喊我吃饭不好？非要今天！去哪吃不好？非要去春水！"

程凌云赔着笑，说："好了好了，都怪我，以后咱再也不去春水了。"邵瑾也笑着跟程凌云道别，转身回家去了。

4

这晚范松波很晚才回家。邵瑾坐在灯下看爬宠手册。粗略一看，这小乌龟也是好养的，一两天喂一次，胡萝卜、莴苣什么的，吃得也很普通。不过邵瑾的心思不在书上面，一晚上也没看几页。范松波一进门，她便起身问道："你还吃点东西吗？我煮了绿豆沙的，来一碗吧？"

范松波把挎包往沙发上一扔，说："不吃了，气都气饱了。"

邵瑾放下手里的书，给他倒了一杯水。范松波在他常坐的躺椅上坐下，将水一口饮尽后，头往后一仰，闭眼长叹道："生儿育女到底图个什么啊？！"

见他这样一副生无可恋的样子，邵瑾又心疼又忍不住想笑。躺椅后面的墙上挂着数学家毕达哥拉斯的肖像，多年前松涛用一支碳素笔所绘。毕达哥拉斯单手托腮，正好俯视着范松波。邵瑾拿出手机，偷偷拍下这场景，想着等得慧这事过去后，好给他看，打趣他。她猜得慧大约都跟他说了。得慧应该清楚，事情到这份上，想瞒也瞒不住的，虽然她还不确定得慧到底遇到了什么麻烦。邵瑾觉得，一直以来，范松波这爹其实当得还算轻松的，得慧和得安小时候多是在爷爷奶奶家，两个孩子虽不算出类拔萃，但都健康、平安、省心、也很省钱地长大了。只是这两年，为得安的学业伤了些脑筋，为得慧买房子背了点贷款而已。现在遇到这点事，他竟发出这种终极追问。邵瑾便忍不住想笑。

邵瑾忍住笑，看着范松波，问道："得慧现在怎样了？"

范松波闭着眼，按捏自己的鼻梁骨，道："还好，我交代她妈这阵子抽空多陪着她。"

邵瑾点头。她想象了一下得慧她妈发起疯来的样子，二十个那样的妇女加十个那样的老太太只怕也挡不住的。只是，今天她也在场这事，不知得慧有没告诉她妈，要是她妈知道了，只怕要更加恼火了。当年得慧她妈在商场做服装导购员，和一个在商场租地儿开冷饮店的男子好上了，于是抛夫弃女，和冷饮商去了北京，在北京混了两年，又回头找松波复婚，松波不肯。后来得慧妈总怪罪于邵瑾，咬定邵瑾插足在先，骂她是小三，骂了好些年。如今这么多年过去了，虽然她不再骂了，但她和邵瑾的关系也一直没什么改善。得慧这事，她妈应该是最不愿让邵瑾知道的。

两口子聊了一会儿，关于那个耳环男，竟是教得慧珠宝鉴定、设计的老师。

邵瑾吃了一惊，问："你是说，文老师那个姓朱的学生？"当年得慧在商校毕业后，也没找到什么合适的工作，百货商场、售楼处、咖啡馆都做过,但都干不长,把范松波愁得要死。邵瑾心疼松波,她也不想求别人,单是跟程凌云说了说,拜托她留意一下,看能不能给得慧找个合适的工作,能让她安安心心干下来就好。正好程凌云的一个长辈,文叔,曾是国检珠宝培训中心的老师,宝石学专家。当初还是程凌云建议得慧去学珠宝鉴定与设计的。邵瑾于是让松波问问得慧,看她对珠宝鉴定、设计有没兴趣。没想到得慧一听很乐意,邵瑾便把这事拜托给了程凌云。可那时文老师已退休多年,且身体欠安,无心再带学生,便又介绍了一个自己以前的学生带得慧。于是松波花了一笔钱,让得慧拜文老师的那个学生为师,跟他学习。邵瑾记得文老师那个学生姓朱。

范松波摇头,说:"不是朱老师。朱老师后来不是出国了嘛,是朱老师后来介绍的另一个上实操的老师……"说到这,松波突然又气急败坏地改口道,"实践、实践!"

邵瑾没在意,只是问得慧到底什么情况。

"哪里听得到句真话!"范松波气恼地说:"她自己说,她是清清白白的,小宝那姐姐在海外陪读,整天疑神疑鬼,遥控珠宝店的工作,已经赶走过好几个女店员了。"他看着邵瑾,眼里抱着无限期待,问道:"你觉得,得慧这话……"

原来耳环男不但是得慧的老师,也是得慧上班的那家珠宝店的老板。耳环男的岳父家也是做珠宝生意的,在全国有十多家连锁店。耳环男这家店能做起来，离不开岳父家的支持。因为朱老师的缘故，耳环男很用心地带得慧。得慧也学到了不少东西，后来就留在珠宝店工作，一干三年多，这是得慧做过的时间最长的一份工作了。

邵瑾知道松波想听什么，但不确定的事，她也不好说，单是说道："我觉得吧，还是先相信孩子……得慧妈妈知道不？你们有没跟得慧好好谈谈？"

范松波说，他气得要死，从得慧家出来时，便找得慧要了小宝的电话。他站在得慧楼下的马路边打电话警告小宝，再给得慧泼脏水，再动得慧一指头，就法庭上见。

"小宝怎么说？"

范松波没说什么，只是把小宝发来的一段视频给邵瑾看。视频里得慧她妈大吵大闹的，当胸揪住耳环男的衣服，嘴里还骂着"能让你白睡吗"这样的话，看环境，貌似在珠宝店。范松波看了这段视频，又怄又气，差点晕倒在马路上。他在马路边坐了好一阵，才起身回家。

邵瑾看了视频，惊讶得不知该说什么好。得慧妈这一闹，得慧还怎么说得清？她有些可怜起得慧来。她问得慧今晚情绪怎样。

"还能怎样？没心没肺的东西，我走时她还在追英剧，看剧里那些贵族的首饰呢。她竟还有心思看这个！她还让我别管她,说是已从网上买了辣椒喷雾,小宝再敢动她一指头,她就让她好好尝尝辣椒水的滋味。"

邵瑾觉得这样反而好,要是哭哭啼啼、不吃不喝的,那才叫人担心呢。

"得慧有没有跟你说,今天去春水馆干什么?"

"得慧最近都在家上班,她刚设计好了两款首饰,准备给公司做秋季主打款,怕电话里说不清楚,就想找个人少安静的地方跟老板谈谈,可这阵子小宝找事,得慧不想去公司谈,老板就建议说去春水馆。"

邵瑾不再说什么。虽然她安慰松波说要相信得慧,可从得慧妈的行为和得慧的反应来看,到底什么情况也不好说的。邵瑾于是在心里感慨,爱这个事没法教授,不管父母如何小心翼翼,如何操碎了心,孩子们还是不可避免地要把人生路上该走的弯路都走一走,把该吃的苦都吃一吃,有的甚至一步都不少走,一口都不少吃。

邵瑾把程凌云说的话转述给松波,让松波有什么问题只管咨询程凌云好了,她应该能帮得上忙的。

等上了床,范松波刚躺下,又爬起来问邵瑾:"我走时,得慧在追剧,应该没事的吧?"语气里的担忧、无助愈加浓重起来。

邵瑾不由有些可怜起松波来，得慧这事，只怕他是最后一个知道的了；最不能接受的，恐怕也就是他了。

她伸手拉他重新躺下，轻拍着他的背安慰他道："睡吧，不早了，谁年轻时不受点挫折呢？孩子们就是这样长大的，过去了就好了。"

接下来，邵瑾再没过问得慧的事。

天气转眼就热起来。

邵瑾的办公室当西晒，夏日午后，在办公室渐渐就有些坐不住。这日下午，邵瑾在单位统稿完毕，签字付印后，看看时间还早，就起身走到窗边，看着西南角上的行政大楼，院长办公室貌似开着窗。杂志社在社科院东北角上的老别墅里，行政大楼临马路，是新盖的。邵瑾抄起电话打给社科院办公室，问院长在不在。社科院下半年要举办金秋学术论坛暨《半岛社科论坛》创刊三十周年庆典，杂志社负责纪念刊的出刊和伴手礼的设计，现在方案初步做好了，邵瑾一直想给院长看看。院长是杂志社的主编，虽然他一再说杂志社的事不用问他，让邵瑾全权负责，但邵瑾觉得事关这次活动，还是让领导把把关的好。可院长不是在开会，就是在出差，很难找到合适的时间。这日可巧在的。邵瑾便又打到院长办公室。院长接了。邵瑾在电话里问，师兄，有没有空接见我？

院长读博士时的导师是邵瑾硕士导师的师兄,两人也算不出师门,私底下邵瑾都叫院长师兄的。院长说,我三点半还有个会,你赶紧来。邵瑾连忙收拾好东西过去。

见面寒暄了几句后,邵瑾便把已做好的方案拿给院长看,院长一边看一边点头。到了一只布袋,院长却捏在手里沉思起来。布袋的一面印着《半岛社科论坛》的创刊号封面,另一面印了一句英文,意思是"认识你自己"。

见院长沉吟不语,邵瑾连忙说:"我总觉得这句话不太合适,却一时也想不起来更好的,总也不踏实。还请师兄给个意见。"

院长问:"都印好了?"

"这是样品,总共才印了两只。"邵瑾又连忙回道。

"这样啊,"院长说,"那就改印马克思那句'思考一切'吧,我们是研究科学社会主义的中文期刊嘛!"

邵瑾笑起来,点头道:"好!'思考一切'好!"

"也别英文了,汉字,下面加拼音,也蛮好看。再说,我们又没有外宾。"

邵瑾谢过院长,说:"我这就回去跟美编说。"她正要出门,院长却又叫住她,问:"近来那几家大刊你都看了没?"

邵瑾脸一红,道:"师兄,我跟您说句实话,打去年年底开始,我这眼吧,就没以前好使,现在就想着把咱自家的稿子看好了，别的还真没顾上。"

院长笑道："你才多大，就眼花了？"

"都说四十五过眼关，我这一两步不就到了嘛。"邵瑾扮了个哭脸。

"你还年轻着呢！"院长语气亲切地说道，"这些年辛苦你了，有你把关，杂志我是最放心的了。"院长带着沉思的表情，说，"第四还是第五期的《国际法学评论》，你回去看看，头题是一篇谈权利的文章，你抽空读读，也好把握一下学术新动向。"

邵瑾满口应着，欲告辞出门。院长却又叫住她，问她对今后有没什么打算，年底社里可能会有人事上的调整。

"你在这岗位上这么些年了，有没什么想法？想进步的话，就不能一直做无知少女。"院长语重心长地说。

邵瑾很意外。她谢过院长，有些局促地说，这些年只想把手上的活干好，还没想过别的，没时间想，也不敢想。院长说那你现在抽空想想。说完挥挥手让她走了。

邵瑾回到办公室后，先去问办公室主任礼品袋做了多少。主任说担心疫情，先只做了些应急用。邵瑾听了松了一口气，便把领导关于礼品袋的意见跟主任说了说，让他将先做好的这些分给杂志社同事们做福利，其余的，等美编根据领导意见重新设计后再去定做不迟。办公室主任伸了伸舌头说，那每人都能分好几只了，两种袋子一起用不行吗？不好好认识自己，又如何思考一切呢。邵瑾笑，说我看也就我们需要好好认识自己，不够格思考一切的，还是留着我们自己用吧。说完她又去找美编。年轻的美编却又不在，不知忙什么去了。邵瑾看着美编那张办公桌，电脑上粘着各式粘贴，边上堆满了书本、杂志，阳光透过窗外凌霄的枝叶照进来，满桌光影婆娑。松涛也在这张桌子前坐过几年的，那时他的桌子也是这般凌乱……

邵瑾本想打电话找美编，又怕让美编觉得她在查岗，彼此尴尬。现在杂志社的年轻人都不容易，房贷车贷的，负担重。邵瑾一直觉得，只要他们做好本职工作就行了，其他的事她多是睁一只眼闭一只眼的。她想了想，便给美编发了微信，让他把设计稿修改下，改好后再发给她看看，待看过后再印。然后她去资料室找到了那本《国际法学评论》，她翻到那篇，单从题目来看，"中文法学中的权利概念"，好像也没什么特别的。邵瑾把杂志塞到包里，打算带回家再看。

邵瑾出了杂志社，走到那棵玉兰树下，见门卫师傅正在喂新捕的鸟，也是只八哥，还没养熟，关在笼子里。

邵瑾走过去，逗它，可怜的小家伙，你叫什么呀？师傅代为答道，邵老师好，俺叫小灰呢。邵瑾笑。师傅也笑着对邵瑾说，邵老师，您看它的羽毛是不是没小黑的黑？邵瑾仔细端详，没发现和小黑有什么区别。邵瑾问道，教它说话了吗？师傅叹道，原来给小黑撵舌的王师傅上个月走了，岛城再没会撵舌的人咯。邵瑾愣了下，"哦"了一声。师傅说，我原想着养着看看罢了，可巧前几日王师娘路过，进来瞅了瞅，说小灰不用撵舌的。我就听王师娘的，每天早上胡乱教它几句。邵瑾又问，能行吗？师傅说试试看了，没撵舌的，又成年了，不知还能不能教会了。语气里有错过最佳教育期的遗憾。

邵瑾出了大门，顺海边往公交车站走去。在公交站点等车的期间，范松波打来电话，说晚上不回家吃饭了，想再去看看得慧。邵瑾也想起来，她从院长办公室出来时，接到了爷爷的电话——对老人，邵瑾一直跟着孩子们叫爷爷、奶奶的。爷爷在电话里说，他有事要跟他们说，让他们哪天有空，回乡下一趟。奶奶过世后，爷爷带着奶奶的骨灰和新老伴李阿姨合伙在乡下租房过活。邵瑾说了声知道了，便挂了电话。

和范松波通完电话后，邵瑾想了想，便转身走到下一个街口去坐地铁，她决定去植物园转转。松波不回家吃饭的话，邵瑾就不急着回家准备晚餐了，一只苹果、一片面包也能对付过去。

从杂志社到植物园，地铁只需三站，很快就到了。

这植物园最早是德国人开辟的，他们在此引种了刺槐、悬铃木、日本黑松、加拿大白杨，以及一些外国果树。顽强存留下来的就是刺槐了，现在植物园里没有了，但它们在植物园外繁衍，满山都是。园内有条山间小溪，两边长着笔直的中华水杉，最是幽静清凉。这条小溪流到山脚，便汇入湛山寺前的放生池中。人走在溪边小径上，除了淙淙流水声，也隐约可闻寺中僧人诵经声。得安小时候，邵瑾常带他过来游玩，随身带本《植物大全》，教他识别花花草草。后来得安大了些，就不肯跟她来这儿玩了，她自己倒常常抽空来走一走。山虽然不高，但她很少爬到山顶。只有在秋日，她才会爬到山顶去。秋日林间疏朗，站在山顶才能看到山前曲折美丽的海湾。

邵瑾顺着小溪走到半山腰，过了一座小桥，又顺着小溪往下走了一段路，便来到寺前池边。有人在池边摆水盆卖金鱼，也有游客买了鱼就地放生。许是太热的缘故，池中小鱼积聚成一团团的，懒得游动的样子。邵瑾看了一阵，颇觉无趣，便顺池边小径往东边山坡上的药师塔走去。邵瑾顺着松间石阶拾级而上，来到药师塔前。只见塔前香烟缭绕，却无人影。塔周栏杆、底座像是翻修过，旁边空地上立着一块石碑，边上堆着一些用剩的碎石料。邵瑾走近细看，只见石碑上刻着《药师经》全文，字体刚劲隽秀，只是刚刻完，还未描金。邵瑾猜这应该就是妙一刻的。她欣赏了一阵石碑，便走到林中一张石椅那坐下来歇息。寺中传来一阵阵诵经声，加上浓郁的香火味，提醒邵瑾此刻身在佛门。

有风顺着山坡吹上来，带来一股凉意。

邵瑾也不知坐了多久，才见到两位中年僧人从寺后小门出来，一人着褐色海青，一人着藏青色海青。邵瑾起身，合掌致礼，向他们打听，认不认识一个叫妙一的还俗僧人。两位僧人都笑起来，说过两日妙境法师在红岛有个古琴禅修会，妙一今日去红岛帮忙布置会场了。邵瑾听松波说过，妙一虽然还俗了，但一直奉行《百丈清规》，坐作并重，一日不作，一日不食，不肯闲着的。看来真是如此。着藏青色海青的僧人笑着说："昨日此时，他还在这忙着的呢，天黑前才完工。"果然那石碑也是妙一刻的。他们还告诉邵瑾，两年前有位施主大病得愈，随喜发心，给寺里捐了笔款，要刻《药师经》，因故延宕至今年才开工，妙一足足忙了小半年。他们又问邵瑾找妙一有没要紧的事。邵瑾说没有要紧事，只是听友人说妙一回来了，顺路来访。他们把禅修会的地点说与邵瑾，并说那日妙一肯定是在场的。邵瑾记下，谢过，下山回家。

邵瑾回家没有坐地铁，而是坐上了海滨观光巴士。这辆巴士每天顺着海边往返，以前她和松涛坐过许多回，多是在清晨和夜晚。那时的巴士不如现在这般宽敞漂亮，是老式双层巴士，每逢小弯道，车身危险地侧弯，仿佛要翻倒。以前她和松涛喜欢坐在上层，两人共享一袋烤鱼片，或是糖炒栗子，一边是海，一边是热闹拥挤的城市，巴士一路往前，人仿佛飘浮起来，于是世上万物都远了，只剩她和他。

松涛过世后的这些年，邵瑾偶尔想起来的，更多是和他一起度过的那些平静而幸福的时光。那些曾令她伤心的事，她不是忘了，而是理解了；因为理解，也就变得寻常了；而寻常的事物，是不会让人痛，也是不那么容易让人惦记的。

邵瑾把头靠在窗玻璃上，一路上看着波光粼粼的大海。

松涛决定搬到小观家去，和小观娘一起照顾小观的那个下午，邵瑾正式跟松涛提出了分手。那阵子，小观病得很重，小观娘再不肯将他送到七医去。邵瑾和松涛去看小观时，小观娘手里捏着块手帕，低头拭泪，道："再去，只怕就回不来了……"

邵瑾还记得那个下午，她接了松涛的短信，就跑去了松涛家。松涛的父母也在，看到她，老人们很惊喜，寒暄了几句后，他们就出去买菜了。每次都是这样，只要邵瑾来，他们就找个借口出门，给年轻人腾出地儿来。那天松涛父母的举动，让邵瑾很是伤感。两位老人有几天没见到邵瑾了，以为她和松涛闹别扭了，见到邵瑾，高兴得不知说什么好。那时范家还住在观相山南坡的德式老别墅里。那栋老别墅坐西朝东，面向马路而建，里面住着四户人家，范家在北侧楼上。后来爷爷搬去乡下后，便把这套房子给了松波和邵瑾。松波本来不想离开这里的，他在这老房子里出生、长大，住习惯了，舍不得离开。是邵瑾不愿住在那套老房子里了。松波为邵瑾做出了妥协，但买房子时也只是围着观相山找来找去。后来他们在北坡这个小区里看中现在所住的这套，楼层好，三楼，房子户型周正，宽敞明亮。他们卖了老房子，用那笔钱做了这套公寓的首付。住得宽敞了不少，也有了一间以前两人都心心念念的书房。他们两人的书搬到一起，可真不少。松波也渐渐忘了南坡老宅的好。看到后来高得咋舌的房价，松波常常会夸邵瑾的英明果断。

"凭我，打死也想不到要搬到北坡的。"松波跟谁都这样说。

邵瑾坚持要买房搬出观相南路，并不是出于松波所说的"英明果断"，她只是不想往后余生都住在跟松涛分手的房子里。

　　她一直都记得那天下午,她坐公交到路口,走进小院,从北侧石阶上去,经过一条过道,过道里很阴凉,左手边是卫生间、厨房,另一边并列两间房间,一间是饭厅兼客厅,一间是松波父母的卧室。一道吱嘎作响的木质楼梯从客厅一侧顺墙攀升,直通阁楼。这道木楼梯很陡,是后来加建的,原来的楼梯在邻居那边。阁楼也分成两半,范家一半,邻居家一半,非常逼仄,能让人直起腰来的地方不多。西边有扇窗,东边坡式屋顶下,两张单人床之间还有一扇圆形小窗。松波结婚搬出去后,原本属于他的那张单人床上堆满了松涛的东西——画稿、速写本什么的。那个下午,松涛父母出门后,邵瑾从那道吱嘎作响的楼梯一步步上到阁楼,松涛正在收拾自己的东西。邵瑾在松涛的床边坐下来,脚边是一只张着嘴的旅行袋,松涛蹲在地上,从床下的箱子里掏出衣服,扔到袋子里。夕阳从阁楼西窗照进来,落在老旧的木地板上,细小的灰尘在昏黄的日光中飞舞,使室内的一切都有了过时的味道,包括她和松涛,俨然一对旧人,爱难再续。旅行袋快要装满的时候,邵瑾对松涛说:"我们分手吧。"有那么一刻,松涛像被按了暂停键,他手里拿着一件毛衣,一动不动地背对着她。邵瑾屏息静气地看着他,她抱了一点希望,希望他把那件毛衫重新塞进箱子里,转过身来对她说,他不去观相一路刘家了,再也不管小观了。她失望了。一阵令人窒息的静默过后,松涛把毛衫扔进了袋子里,继续埋头收拾起自己的东西来……邵瑾在松涛的父母回来之前起身离开,松涛跟出来,送她到路口去坐公交车。两人默默并行。到了公交站点,邵瑾笑着从松涛嘴边拿走他抽了一半的香烟,用嘴角叼着那支烟上了公交车。车上人不多,但也没有座位,她从口袋里摸出零钱投币,把香烟夹在指间,一直走到车厢后部。她抱着根柱子站着,再没往车下看一眼。汽车开动后她开始落泪,香烟在她指间燃烧。她并没有觉得有多伤心,只是止不住泪流,一颗接一颗,仿佛永远流不完。

他们分手后没多久,松涛就辞了职。自那以后他和小观就到处跑了。有一阵他们住在崂山,上清宫附近。有一阵,他们去了云南。

有个夜晚,范松波来还书给她,顺便约她出去吃烧烤。那阵子松波当着一个班级的班主任,学校里有霸凌事件发生,他想给学生搞搞普法教育,就找邵瑾借了一本《论犯罪与刑罚》。看过后他觉得这书太专业了,没法给高中生看。那晚是他第一次单独和邵瑾在一起吃饭。两个失意人,相对喝闷酒。松波不经意地说,这阵子松涛他们在终南山。邵瑾听到"松涛"二字,头一低,瞬间落下泪来。那几天,她的生理期迟迟不来。她简直要疯掉了。

有一阵，总有人会问他们："你俩是怎么走到一起的？"

范松波总是笑着回答："被生活的洪流给冲到一起的。"

邵瑾觉得事情好像也就是这样。生活的洪流冲倒了她，等她挣扎着仓皇爬起来，四顾一无所有，身边只剩下了范松波。

她也一直认为，什么是知己？知己就是那个能感受到你的痛苦，并能理解你的痛苦的人。她和松波，毫无疑问就是一对知己。

松涛后来多是和小观、妙一他们厮混在一起的。邵瑾知道松涛和小观还去过西藏。她和松涛好的那阵，松涛对她说过，等攒够钱了，买辆吉普，带着她一路开到西藏去。结果他去了，她到现在也没去过。那年松涛还从拉萨寄了只刻着六字真经的银手镯给她。给松波的是一把短藏刀，牛皮做的刀鞘上包了黄铜。松波小心地收了起来。得安小时候翻箱倒柜，也几次从她首饰盒里翻出那只手镯，握在手里扮哪吒玩，她见了就拿回收好，几番过后，那只银手镯终究还是不见了。邵瑾心下怅然，但也没怎么去找，任由它消失不见。松波常说万物皆是数，邵瑾不懂数学，但她把这个数理解为定数—— 一切皆有定数。

邵瑾将自己的人生看成是一列越来越长的火车，每一节车厢都封存着一段过去，有一节车厢是属于松涛的。中途停下打开车厢翻看无意义。而火车一直向前，每一节车厢都将和她一起抵达终点。

5

过了两日，是个周六，范松波照例要给学生补习。邵瑾一睁眼，想起前几日爷爷在电话里说的事，问松波有没有给爷爷回过电话。松波说，太忙了，没顾得上。邵瑾说，爷爷可能是想你，想得慧和得安了，你中午吃饭时，给爷爷打个电话聊聊吧。松波说了句"好"，便匆忙出门去了。

平日里范松波出门后，邵瑾还要在床上躺一会再起床的。这日她起了个早，松波出门后没多久，她便开始洗漱收拾，也准备出门。她没跟范松波说要去哪。她查过路线，去红岛那个禅修会场，她可以坐公交到山前地铁站去坐地铁，乘地铁到火车北站，然后再坐三站公交车就到了。

邵瑾一向穿得素净，这日更是特地挑了条深蓝色的棉布连衣裙。裙子裁剪得很修身，长度刚好过膝，看上去朴素又大方。她从坤包里翻出那只印着"认识你自己"的样品布包，把钥匙、手机什么的都丢了进去，还有墨镜、遮阳伞、一瓶水。临出门前，邵瑾又仔细地拔掉了头顶两根白发。这两根白发很短，它们直立在头顶，很打眼。不拔的话，它们也不像其他头发一样长长，始终就是寸许长，直立。范松波给她拔过几次，吓唬她说这是岁月给她派来的信使，白发大军随后就要杀到了。

邵瑾并不害怕皱纹和白发,她愿意把这些,都视为岁月的馈赠。今日她要去见的,是松涛的好友,也仿佛是以一种特别的方式去见松涛,虽然她不知道见了妙一要说什么。松涛辞世十年,她开始长白发了。这让邵瑾感到了一丝伤感。她希望自己尽可能地看上去精神,她不能接受的,是一种垮掉的感觉。垮掉会让她觉得不体面。而松涛会介意她的不体面。

邵瑾坐上公交,路过山顶时,又看见有工人在给梧桐树钉小铁皮牌子。南坡的每棵梧桐树都有了一个小牌子了,北坡的还没有。这让南坡的梧桐树显得与众不同起来。

禅修会设在一家茶馆里。邵瑾赶到时,活动已经开始了。邵瑾隔着门,听见里面有个男人在说话。门外墙边有两溜鞋子,像是刚刚擦拭过,都干干净净的,摆得也整整齐齐的。邵瑾不由犹豫了一会儿。后来她到底推开一条门缝,往里瞅了瞅。室内人不多,没什么家具,单在窗边摆放着一张桌子,上面有张古琴,一个年轻僧人坐在琴后。邵瑾猜想这应该就是妙境法师了。室内没有桌椅,只摆了两列矮脚长凳,大家都盘腿坐在长凳两侧的草垫上,背对着门,每人身边的长凳上都有只粗陶茶碗。

见邵瑾在门口张望,一个面容沉静温和的中年妇人连忙起身出来。她将门在身后虚掩,合掌行礼,低声问邵瑾有什么事。邵瑾连忙回礼，说冒昧了，临时从朋友那儿得知这儿有个禅修会，便想来学习一下，不知可不可以进去听听。妇人笑道，佛门广开，有缘不拒，快请进吧。邵瑾脱了鞋，进去了。一个年轻姑娘像猫一样走来，在一张长凳末尾处加了一张草垫，一碗清水。邵瑾合掌弓腰，在草垫上跪坐了下来。

"……祖师说学佛就是学做减法，现在我尽量减少外缘，能不应酬就不去应酬，能不攀缘就尽量做到不攀缘，眼不外看，耳练心念心闻持咒……"

说话的并不是妙境法师，而是一个高个子的中年男子，盘腿坐在邵瑾对面那张长凳边。邵瑾扭头看了他一眼，只见他两手端放在腿上，一只手里拿着一串珠子，一边说话，一边转动手里的串珠。他在汇报他近来的禅修情况：打坐每周加了一坐，以前周末不打坐的，多是在外喝酒应酬，现在周末在家陪老婆孩子，去看望父母，也抽时间打坐，不是在周六晚上就是在周日晚上。平时开车上下班都在听高僧讲解三祖《信心铭》的录音，听了很多遍了，每次听，都有收获，云云。

听到这，邵瑾知道这个人不可能是妙一了。她没跟松波打听妙一有没老婆孩子，但昨日那两位僧人告诉她，这大半年，妙一一直在寺里干活，吃住都在寺里，应该是不需要开车上下班的。邵瑾不动声色地满屋子巡睃，一共二十来号人，女多男少，包括妙境法师在内，总共七位男子。有一位看着很年轻，像是个大学生；还有一位老者，年近古稀了，邵瑾很快就将这二位排除了。剩下的四位，哪个看着都像妙一，却也哪个看着都不像。

中年男子说完后，坐在他前面的人接着发言。邵瑾很快就明白了，这个禅修会主要是交流禅修心得的。有一说一大篇，引经据典，像写论文的；也有自觉觉悟浅，怕说不好，不想说的。大家皆不勉强。发言者中，有两位给邵瑾留下了深刻的印象。一位满身珠翠的女士分享了她是如何在佛法的帮助下，找到跟青春期孩子的相处之道，并成为一个幸福、快乐的母亲的。她回忆起如何千辛万苦陪孩子去东京听 MuKi 的音乐会，如何受到感染，终于理解了孩子，说着说着还流下激动的眼泪。另一位，就是那位年近古稀的老者，半年前，他的老伴去世了，他对死亡与孤独的描述深深地打动了邵瑾。

大家发言完毕后，妙境法师平和谦逊地说起了自己近来练琴的心得。邵瑾听着，想起一句古话来："琴声之道可以通禅。"在讲述自己的心得时，妙境也周到地回应了每位发言者，很平易又很智慧答疑解惑。有个学员发言时，说对赚钱感到恶心，但为了一家人的生活又不得不去赚钱，她问这该怎么办。妙境法师说,"《金刚经》里说,释迦佛从舍卫国乞食种福回到祇树给孤独园,上蒲团打坐前,也是要洗脚的,你就把赚钱当作去舍卫国乞食种福好了。"也有个学员说他一诵经就倦意袭人,不知该怎么办才好。妙境说,那就在清醒的时候诵吧。(这句话让大家都笑起来。)还有位学员说这两年有疫情,今年又是本命年,犯冲,流年不利,诸事不顺,天天持咒也无法化解,很是苦恼。妙境说:"人类历史上有过许多次流行病,每次人类表现得都像个新手。我想,大约是因为每次面对的具体情况都不太一样,所谓时过、境迁,无法完全照搬前人经验的缘故吧。所以我们遇到不顺的事,不要只从外部找原因,而要更多观照我们的内心。如何行事,是由你的心来决定的。世界上最好的禅房,在哪里?在人心里。弹琴是这样,琴发心音;做事也是这样,行事由心。我们常讲的一念心是最重要的,一念心善,即佛;一念心恶,即魔。不管遇到什么事,首先要生善念,然后要用智慧来观察、来思维、来决定。抉择对了,就是吉;抉择错了,就不顺,就生烦恼。这跟是不是本命年没关系。所以我们要增长我们的智慧,做好自己的抉择,罪恶的事不做,不好的事不做,不对的事不做,这就是修行。修行是一件长期的事,不要急。生命就是一种回声,坚持修行的人,一定是会有福报的,烦恼也只是暂时的……"总之,多是些劝人向善的话。邵瑾听着，觉得还算朴实好懂，颇入耳。邵瑾打量妙境，看上去他还很年轻，三十出头的样子，眉宇间有种沉稳、通达的气质，给人超然、淡泊之感。邵瑾想，这大约就是天生有慧根的人吧。

汇报会结束后，是茶歇。一个皮肤黝黑、容貌端庄的男子走进来，陪着妙境法师往外走。学员们起身恭送，先前引邵瑾入座的那位沉静温和的中年女子也跟了出去。妙境出去后，学员们洗手毕，把两条长凳推到一块，围坐在长凳四周，说说笑笑的，一下热闹起来。茶馆的服务生进来撤下陶碗，换上茶盏，又在长凳上摆满了各色茶点。坐在邵瑾身边的，是一个法号叫易明的学员，他看着长凳上的点心，开心地说，看来今日喝普洱。邵瑾起初有点诧异，但很快就明白了，大约他们一直用不同的茶点搭配不同的茶吧，所以看到茶点，就知道要喝什么茶了，反之应该亦然。过了一会儿，服务生过来给大家沏茶，果然是普洱，入口顺滑，好喝的。易明招呼邵瑾吃点心，说这是外面吃不到的，又干净又好吃。邵瑾便拣了块梅花状的凉糕，甜而不腻，果然不错。邵瑾一小口一小口地吃着那块凉糕，心内有些忐忑，不知一会儿要怎么付费。要是不收费的话，白吃白喝，那只会让人更不好意思了。

邵瑾喝着茶，问易明，妙境法师不吃点东西的吗？易明说，法师去隔壁房间休息了，他演奏时不焚香，但演奏之前是要栖神入定的。邵瑾"哦"了一声。易明看着邵瑾，你不知道吗？邵瑾摇了摇头。易明说，我以为你是追着妙境法师来的呢。他指了指那个大学生模样的年轻人，说小方是古琴爱好者，他是追着妙境法师跑的，妙境法师去哪，他就去哪。

邵瑾看向小方，只见他正从自己随身携带的布包里往外掏一本大开本的书，应该是琴谱。邵瑾看到他的布包上也写着几个字——"我佛了"。邵瑾笑了。

易明接着说妙境法师，"栖神入定的时间可能很长，也可能很短。"

邵瑾好奇地问，最长能多长？易明说，上次我们等到天黑，妙境法师也没演奏，这次他来，就是专程来补上次欠的。邵瑾吃惊地问，你们一直等到天黑吗？易明笑着说，也有人等不了，就走了，这也是要看缘分的。

说话间那位中年女子又回来了，她过来跟邵瑾打招呼，原来她是这家茶馆的主人，法号慧如。她加了邵瑾的微信后，问邵瑾有没有法号。邵瑾连忙说自己没有法号，叫她邵瑾就可以了。慧如笑了笑，介绍说这个禅修班是个长期班，每个月不定期地在此聚会一到两次，有时会邀请法师过来指导共修。她指着其中的几个学员,说他们在一起禅修超过五年了,号称大本班,后面陆续有人加入进来,也有人中途离开。她很热情地把学员们一一介绍给邵瑾。"欢迎你,希望你能坚持下来。"他们笑着说。

邵瑾有点失望,这些人中并没有妙一。"也许临时有事,便不来了。"邵瑾想。过了一会儿,她还是没忍住,低声问易明认不认识一个叫妙一的人。易明想了想,说,原来有个叫妙一的,听说进养老院了,行动不便,有一两年不来了。邵瑾一听,对不上,是另一个妙一罢了,便不再说什么。

这趟邵瑾也不算白跑,没等多久,便等来了妙境法师的古琴演奏,一共五首:《离骚》《渔樵问答》《阳关三叠》《普庵咒》,还有一首《渔舟唱晚》。妙境演奏得不错。邵瑾跪坐在草垫上,闭了眼听着,只觉得满室都是林间流水,说不出的清净自在。演奏会结束,她走出茶馆时,心内一片平静,连先前因妙一未到生出的那点遗憾也烟消云散了。

晚上,范松波回到家,说的却是教培业的风雨欲来。作为老师,他既期待又有些不安。

"这不是一件简单的事。"散步时他忧心忡忡地说。教育乃国之大计,事关重大,作为老师,他无法轻松对待。不过,想到他的学生天天都在起早摸黑刷题,乐观主义便在他那儿占了上风,"早该改了,改改会更好。"到上了床,想到一个年轻男人大学没毕业,却在网上卖口红赚了许多个亿,挫败感、迷茫感轮番袭来,于是他便带着一丝无奈、一丝不甘,外加一丝困惑叹道:"但尽人事,且听天命。"黑暗里邵瑾没有说话,单是伸手拍了拍他。

6

周日,范松波上午还有半天课,一早便出了门。邵瑾也早早起来,趁着天气凉快,去菜市场买了些新鲜的蔬菜。逛到鱼档,看到新鲜的海货不少,邵瑾很惊讶,问老板,不是封海了吗?老板笑道,封海就是伏季休渔,又不是禁渔,还是可以出海钓鱼的呀,姐这是有多久不买菜了?说得邵瑾都有点不好意思了。她很少操心吃的喝的,家里要吃的蔬菜、水果,多是松波下班路过山顶时,顺路买回,菜也多是他烧。老板热情地招呼邵瑾道,今天的鱼很好,早上四点多去沙子口船上拿的,来两条吧?邵瑾便选了两条筷子长的黑头鱼,让老板剖开洗净。她想着煲个汤,给松波补一补,这阵子,松波两鬓飞霜,人也是肉眼可见地瘦了。

回到家,邵瑾在网上搜了个煲鱼汤的简易方子,很快就照单做好了。鱼汤煲在砂锅里后,她又洗了些青菜,想着等松波回来再炒。邵瑾忙完这些,出了一身汗。她洗了把脸,便拿起那本从单位带回来的杂志,坐到阳台上翻阅起来。

海风爬上观相山,顺坡而下,多少散了些湿气,透过纱窗吹进来时,连海腥味也淡了许多。很快就吹得皮肤干爽舒适了。有风,蝉也安静了许多,鸣叫声不似前两日那般焦躁。

读了几页论文后,邵瑾有点明白院长的意思了。她发现,这篇文章对"权利"一词的形成语境和概念流变做了非常专业、角度也非常特别的梳理,但文中涉及的关键概念,都是用拼音而不是英文做注释了,权(quán)、法权(fǎ quán)之类。不过,她看得有点蒙,不知"法制""法治",还有"权利""权力"这样的词用拼音如何区分,都用拼音的话,对外的学术交流怎么进行。这篇文章的作者她并不陌生,他是做宪法学研究的,以前她也读过他几篇文章,很有见地。这篇剑走偏锋,邵瑾却觉得没有多大学术价值,读完她就翻过不看了。"无意义。"她想。如果投给她,盲审的话,初审就会被毙掉的。她越发觉得办杂志的艰难了,心情不由沉重起来。虽有专家评审委员把关,但选稿还多是靠编辑。杂志社编制满了,有好几年没进新人,现有的几个年轻编辑唯一看重的可能就是编制,身在曹营心在汉,而自己力有不逮……想到这些她不免有些忧心忡忡。

也不知过了多久,忽听得远处传来教堂"当当"几声钟响,窗外飘来邻居家虾酱炒鸡蛋的味道,原来已到饭点。邵瑾放下杂志,松波却还不见回来。

邵瑾给松波打电话。电话响了很久才接起来,松波说有点事要处理一下,中午不回来吃了,让邵瑾自己吃,不要等他。邵瑾听到电话里一片嘈杂声,像是在马路边,松波说话也有点喘,累坏了的感觉。邵瑾挂了电话,给自己盛出来一小碗汤,就着汤吃了片馒头,洗好的青菜也没炒。她猜想松波大约还是在忙得慧的事。松波有几道拿手菜,全是因为他烧菜不怕出错,一道菜做的次数多了,就能找到最适合两人口味的烹饪方法。他常说数学老师是不怕犯错的,"改错是进步的阶梯"。但在得慧这件事上,只怕他是最怕犯错的。为人父母,终生都像在经历考试,一场接一场,永远也考不完。

邵瑾初见得慧时,得慧还小,她扎着羊角辫,抱着只布偶,神情很有些抗拒。后来每次见到邵瑾,得慧都是一脸戒备,也不怎么搭理邵瑾的。但得慧对得安好。小时候,两个人在奶奶家,都是得慧辅导得安做作业,小大人的样子,是个特别懂事的姐姐。奶奶活着时,没少在邵瑾面前夸得慧。有次奶奶跟邵瑾说,得慧她妈买了些吃的来看得慧,得慧首先便招呼弟弟吃。得慧她妈生气了,说他是你什么弟!你弟姓曹!说的是她娘家的侄子。小小的得慧马上不客气地怼回去,说奇怪了,姓范的不是我弟,姓曹的倒成了我弟了。伶牙俐齿,得慧她妈尚且不及的。

有一阵,邵瑾觉得年幼的得慧处在一个对她来说复杂的环境里,被亲情撕扯,着实可怜。在买现在这套住房时,她坚持多贷了些，买了这套三居室的房子。她想着的是，万一爷爷有天要回来呢？多个房间总是好的。二来，偶尔得慧来住住，也有地方了。不过得慧从没进过这个家门。奶奶在时，她多是把得安叫去奶奶家玩。奶奶去世后，得慧找得安，都是打电话把得安叫出去，两个人约着去外面吃饭、看电影。

这阵子，邵瑾时常想起得慧低着头、捂着被撕坏的裙子疾步走开的样子，她苍白的脸色令她难忘。也不知这些年来，那个扎着羊角辫、古灵精怪的小女孩是怎么过来的。

这晚夜深，范松波才回到家。一问，却是晚饭也不曾吃过的。邵瑾连忙把鱼汤和馒头热了热，给他盛出来。松波却吃不下，他在餐桌边坐了好一阵后，才端起汤来喝。他一边喝汤，一边问邵瑾，能不能倒点钱给他用用。

邵瑾有点吃惊，他们结婚这么多年，范松波从未找她要过钱，也不知到底出了什么事。她问松波需要多少。松波说了个数。邵瑾没说什么，这差不多就是这些年两个人共同账户上积攒的那些。邵瑾和范松波婚后约定，每个人每个月存一半工资到这个共同账户。后来贷款买了房，就邵瑾一个人往里存钱了，松波负责还贷款。这个账户一直都是邵瑾在管理，前两年她用这笔钱跟着程凌云炒股，赚过一点，赚的钱，她拿出来买了点理财基金，都还没到期。其余的钱还在股市上，今年行情不好，深套，只好躺平装死，邵瑾已经很久没看过股票账户了。她拿过手机，打开账户看了看，距松波要的数差不了太多，要是周一涨一涨，说不定就能凑够了。

"刚好够，明天转给你啊。"邵瑾说。

范松波说："不急。"他低头喝汤，都没好意思抬头看邵瑾。

邵瑾便找话跟松波说，把周六去听了一场禅修会的事讲给他听。松波说，你也是的，大热天跑红岛，你想参加这种活动，跟我说啊，我让妙一带你就近参加一场不就行了？邵瑾说，反正闲着嘛。哎你知道吗？有人为了和孩子搞好关系，会花好几万陪孩子去日本听音乐会呢。松波说，你才知道啊。邵瑾两眼盯着松波，说，花好几万去听一个虚拟歌手唱歌，不是真人的那种。松波撇了撇嘴，说，瞧你大惊小怪的，这算什么，如今的孩子名堂多着呢。邵瑾睁大眼，道，这还不算什么？哎呀如今的孩子，你说——邵瑾本想问松波知道得安多少，但想到提到得安，难免不会让他想到得慧，于是便住了嘴。范松波心事重重的，也没心情聊这些。两人洗漱毕，睡下不提。

第二天，邵瑾什么也没干，盯了一天的股市，想着高抛。

可是股市一整天都是绿的,她盯了一天,盯得头晕眼花,也没找到好机会。好歹等到下午收市前,尾盘诡异小拉升,赶紧卖了。可落袋的钱,距松波说的那个数,还差两万块。邵瑾寻思了一阵,打电话找程凌云借钱。程凌云什么也没说,当即把钱转给了她。邵瑾说,你就不问问我借钱干什么?程凌云笑道,两万块好吧,小虾米洗海澡,还能翻出多大浪?你还能凭这点钱整个什么大事不成?我倒想问你两万块够不够呢。邵瑾连声说够了够了。挂了电话,邵瑾心里涌上一股暖意。

这是邵瑾第二次找程凌云借钱了。第一次借钱还是那年她父母出车祸,双双躺在ICU等钱用,可肇事司机家里穷,拿不出钱,她把口袋都掏空了还不够,便找程凌云借了几万。那时她们才刚刚熟悉起来。不幸的是,最后钱没了,人也没抢救回来。

邵瑾的小名叫"仅",意思是家里仅有的孩子。但这并不意味着珍贵,更多像是诉说一种凄凉的失败。邵瑾的父母是家乡小镇上的政府职员,父亲是镇政府宣传委员,母亲是计生委员,两人感情很好。年轻的计生委员和宣传委员积极响应"最好一个"的号召,同心同德、齐心合力地想要生个儿子。在她之前,母亲偷偷流掉了两个女孩,每次都是借口感冒了,吃了药。到她,也不知是技术失误,还是上天开了个玩笑，总之，母亲是怀着一定会生个儿子的决心把她生了下来的。她抢占了父母生儿子的指标。她生下来没几个月，计生委员的母亲就带头去上了环。刚断奶，宣传委员的父亲和计生委员的母亲便把邵瑾丢给了外婆。他们常找机会一起工作，抛开没有儿子的遗憾，夫妻俩生活得很美满。这样幸福的生活一直持续到邵瑾参加工作后的第二年。

那年某日，已是计生主任的母亲带人下村去抓"三查"：查环、查孕、查证。那个村子附近，有一个风光迷人的湖泊，宣传委员的父亲也到那个村里去协助工作，把村口的标语重新刷一刷。两个人工作毕，去湖中划小船，划完小船吃农家乐。傍晚回镇上时，宣传委员开的小汽车被一辆农用车撞翻到了沟渠里。

母亲在时，总说小仅性情孤冷，捂不热。

小仅也不止一次听到母亲背地里跟父亲嘀咕，"也不知老来靠不靠得住"。这是母亲褪去计生委员的外衣，流露出的平常小镇妇人的面目。这也是邵瑾想起来就很悲伤的一件事。她差点就没能靠得住……而她这辈子再也没有机会向父母证明自己靠得住了。

杂志社的工资不高，那年借程凌云的那笔钱，大多也是婚后松波给人补习赚钱还的。有一年，有个有钱人跟松波签约，要他给高考的孩子一对一补习数学，开出了令人心跳的课时费。那个望子成龙的家长还跟松波约定，以两次摸底考试的平均分数为标准，高考分数出来后进行奖励，每多考一分奖励一万。遗憾的是那孩子不知是想给爹省钱，还是考场发挥不好，分数不升反降，松波引以为耻，再不肯接一对一的活了。

邵瑾凑齐钱，赶紧转给了范松波。这次借钱的事，她不打算告诉他了。正好有几所高校邀请她在秋季学期去给学生讲学术论文的写作规范，她打算接了，好好备备课，挣点讲座费还债。

忙完这事，邵瑾看看时间还早，便想着去洗个海澡凉快凉快。她将泳帽、泳镜、毛巾一股脑塞进一只背包里，在家换好泳衣后，在泳衣外套了条宽大的连衣裙，又往头上扣了顶阔边遮阳帽，脚上趿拉着人字拖，坐了公交去海边。

海边人不少，多是成人，学生还未放假，因而并不觉得吵闹。有几位浑身晒得黝黑的老人排队爬上一块高高的礁石，张开双臂往海里跳飞燕。

邵瑾把裙子、帽子脱了，塞进背包里，把鞋和背包都放在沙滩上。她下了海，一口气游到拦鲨网那。她抓住拦鲨网粗大的绳子，翻身坐了上去。海水推涌着她，仿佛在荡秋千。岸边鳞次栉比的红瓦，红瓦后翠绿的山坡，山坡上小巧的六角亭子，全都一下一下地晃荡了起来。少时她在家乡小河里扑腾练就的游泳技术，是不敢在海里游这么远的，这还是当年和松涛一起练出来的。那时他们常在夏日的傍晚时分去海里游泳，松涛会在浴场边的冷饮店里买两支雪糕，一只手划水，一只手举着雪糕，等游到拦鲨网那，两个人趴在粗大的绳子上吃雪糕，海水晃悠着他们，不一会儿，便有满身都是黑白条纹的小鱼来啄脚丫……这种鱼，不游到海中去，是看不到的。

这晚范松波回家却早，邵瑾去海边游泳回来，发现他正在厨房做晚饭。松波手脚麻利，很快就做好了三道菜：油酥面条鱼、辣炒蛤蜊、海蜇皮拌黄瓜。他还打了一扎冰鲜啤酒，挂在冰箱边上候着。自从得慧那事过后，他们就没了饮酒作乐的兴趣，有阵子没喝了。邵瑾冲完澡出来，拿出啤酒杯清洗。她笑着问松波，今日是有什么好事情吗？范松波说，没啥别的好事情，能和你喝一杯，安安静静吃个饭，可不就是好事情！话说得情深意重。邵瑾笑吟吟地把酒杯倒满，跟松波碰了个杯。

一杯啤酒下肚，人浑身都变得清凉舒爽。邵瑾问，山顶小吃店买的？松波说，可不，和老啤酒屋的比起来，怎样？邵瑾点头，说也蛮好。松波说，那以后就在山顶买，便宜，还省了你拎那么远。邵瑾笑，说每次下班路过，老板见到就热情招呼来一扎，都没法说不，再说他家的啤酒，是真鲜。松波又问洗海澡的人多不多。邵瑾说不多，而且今年海里的浒苔少了，有空你也去游游吧。松波说，找个时间，我们一起去。说完松波却又一脸沉思地看着邵瑾，说不对啊，今年浒苔不是少了，应该是加强海上拦截了，我们学校附近的市民广场上，打捞上来的浒苔堆得跟山一样，汽车没日没夜来拉，总也不见少。对了，前天市里还发布了藻类灾害橙色预警呢。

邵瑾"哦"了一声。她多年不看电视新闻，也不看报纸了。她记得第一次知道浒苔这东西，还是开奥运会那年。就在帆船赛前夕，大海突然像盖上了一层绒毯，一眼望不到尽头的绿。岛城人都不知道那是什么东西，还是早报请教了专家，才知道那是浒苔。无数的船开到海上去捞浒苔，军民齐心协力，在岸边搭上简易铁桥，好让汽车开到沙滩上去，把捞上来的浒苔拉走。最终还是把大海里的浒苔捞干净了，帆船赛得以顺利举行。这也算得上是那年岛城最令人不可思议的壮举。自那年以后，浒苔君就是常客了，年年来，或多或少而已。

酒过三巡，范松波说，这钱，我会尽快填上的——你又找程律师借钱了吧？邵瑾说，没有，咱家的钱刚好够。范松波低头吃饭，过了一会儿，方说道，咱家有多少钱我还不知道嘛。邵瑾笑道，什么也瞒不住你，看来以后我想藏点私房钱都不行啊，跟你说实话吧，我把股票清了。松波问，都清了？邵瑾说，是啊，今年可是差点把前两年赚的都吐出来了，清了也好，接下来还不知怎样呢，以后再不炒了。松波说，得炒，等有了钱，咱再杀进去为国护盘，钱存着不动也毛了，炒炒股还能防老年痴呆。

他们家后面一栋楼里，有户人家的家里有位失智老人，他们常常听到那家的儿子和儿媳的争吵声。儿媳要把老人送到养老院去，孝顺的儿子被网上养老院护工虐待老人的小视频吓着了，不肯，两人常常争吵不休。有一回，在他们争吵的当儿，老人握着一管牙膏跑出家门，满大街找收牙膏皮的小贩。范松波和邵瑾站在阳台上，看着那瘦小的儿子和儿媳如何费劲地想将那位胖胖的老太太半哄半呵斥地弄回家去。老太太好像什么也不记得，完全是一个幼儿的样子，嘴里喊儿子爹、喊儿媳娘。她那年过半百、头发花白的儿媳一下崩溃了，一屁股坐到地上，拍地痛哭起来。那情景可把范松波和邵瑾都吓到了。

邵瑾坚定地说，不炒了不炒了，留着钱等老年痴呆了请护工。老徐不在，凌云今年也亏得一塌糊涂的。松波说，学费交够了，就好了，难得你时间自由，就当培养一个退休后的爱好。邵瑾笑着说，有多少不花钱的爱好可以培养，这培养费也太贵了吧？反正现在我不想炒了。昨儿我去买菜，在渔档等他们杀鱼的那点工夫，就听到两个买鱼的大姐谈论股票，什么绿电风电的，你不用钱，我也要把这股票卖了，不是说菜场大妈都开始谈论股票时，就可以清了嘛。松波笑。过了一会儿，他看着邵瑾，说，我跟学校请了两天假，明天出门办点事。

在邵瑾的记忆里，范松波出差还是好几年前的事了，那时奥数很热，他常在寒暑假带学生出去打比赛。范松波非常不爱出差，尤其在夏天，他受不了外地的热。全世界他就觉得岛城最好，背山面海，红瓦绿树，碧海蓝天，清凉胜境，哪里找去。

"去哪？"邵瑾撩了一筷子面条鱼，问。

"云城。"

邵瑾吃着面条鱼，"哦"了一声。过了一会，她突然想起来，得安所在的部队不就是在云城附近嘛！邵瑾一下紧张起来："你去看得安吗？得安怎么了？"

"得安没怎么。"范松波犹豫了一下，忽然笑起来。他放下酒杯，摇了摇头，说，"你说这臭小子，随谁啊这是？胆也太肥了，上周，他悄没声地回来了一趟……"

"你说什么！"邵瑾惊得手中的筷子都差点掉下来，"他回来了？人呢？"

"又回部队去了。"

邵瑾看着范松波,整个人都蒙了。范松波也不想再瞒着邵瑾了,他想了想,便拣着跟邵瑾说了些。原来得安不知怎么知道了得慧挨打的事,气得不行,竟然跟同学串通,撒谎说奶奶不行了,临终前想见孙子一面,以此去跟排长请假。年轻的排长看了同学奶奶躺在床上声声唤孙子的视频,当场泪湿眼眶,给了得安一周假,得安便跑回来替姐姐报仇来了。

邵瑾简直不敢相信自己的耳朵,说:"他、他报什么仇?怎、怎么报的?"

范松波连忙说没出什么大事。怕吓着邵瑾,他只说得安去找耳环男,正好小宝也在,便一板砖拍在小宝停在首饰店门口的汽车上,碎了前挡风窗。他不敢说得安打人的事。得安当时看到小宝,气不打一处来,但打女人他下不去手,于是就将耳环男揍了一顿。打人的事,耳环男表示不追究。但小宝的汽车,维修要花一笔钱。

"这是什么时候的事?"邵瑾问。

"前天上午的事。"松波小心翼翼地看着邵瑾,说。

邵瑾不高兴了,说:"出了这么大的事,你怎么现在才跟我说?"

"怕你担心嘛。"范松波拍了拍邵瑾的手背,歉疚地说,

"前天中午从派出所出来,我就买了张票,送臭小子上火车回部队去了,昨儿上午他说到了部队,我才放了心。原想着找机会慢慢跟你说的。"

邵瑾这才知道松波要钱干什么了,骂"得安个蠢货"!听到他回了部队,她又松了一口气,说:"什么破车,修一下要这些钱!"邵瑾叹了一口气,"真是倒霉……"她想,要是那天不去春水馆吃饭,遇不到得慧,是不是就没这些事了?转念她又想,这些事跟那天一点关系也没有。

"那你,去云城干什么?"邵瑾问。

"去把得慧接回来。"

邵瑾看着松波,说:"得慧?"

"得安把得慧带到云城去了。"

邵瑾愣愣地看着范松波,一句话也说不出来。

松波说:"我送得安在火车南站上车,得慧在火车北站也上了那趟车,现在得慧住在云城。得安回了部队,距云城有一个多小时的车程,得安顾不上她的。她一个人在云城,我不放心,万一遇到人贩子,那就麻烦了。"

邵瑾猜得慧应该是出去散散心的。"你这脑洞开得倒大。"邵瑾不由笑起来。她也猜这件事应该跟得慧她妈脱不了干系,得慧前脚刚走,松波后脚就知道了。她想着要给得安打电话问问详情,可是现在也不方便找他。得安的手机平时是要上交连队的,紧急的事情可以找得安的排长,可这事也实在不好意思麻烦人家排长。

"你去就不怕人贩子了?你这身材,"邵瑾将松波从头到脚扫了几眼,"一看就是有把好力气的呀,搬砖、挖煤,都行的呀。"邵瑾不觉得得慧一个人有什么不安全,心想也不看看得慧是谁生的!她不知得慧她妈都跟松波说了些什么,松波这般紧张,她也不好再说什么不建议他去的话了。"就当是出差好了。"她喝了一口酒,想。她总觉得得慧就是出去散心,顺便送送得安,这阵子这些事可够得慧烦的。

范松波完全没听出邵瑾对他的调侃,"我就是放心不下,想去看看。"

邵瑾说:"得慧出门玩两天,散散心也好,你急吼吼地跑去,跟她商量过了吗?"

"昨天在手机里给她留言了,后天中午在云城博物馆门口见。"

邵瑾"哦"了一声。她不知得慧她妈到底是怎么跟松波说的,搞得他非要跑一趟。她有点担心得慧不肯见他,真这样的话,到时松波不知会有多恼火。想了想,她还是忍不住问:"你跟得慧说好了吗?"

"我跟她说了我会去博物馆门口等她,"范松波脸上的表情变得严肃、坚定起来,"她不来,我就不走。"

7

去云城的火车是列慢车,跑了一个下午后,终于在傍晚时分到了大明湖站。

范松波听到广播里报站名,从狭小的卧铺上爬起来,凑到窗前往外张望一阵,没看到什么。于是他走到过道那边,又好一阵张望。他失望了,两边竟然都看不到大明湖。他想起那句"老婆饼里没有老婆"的俗语,在心里嘀咕了一句,"原来大明湖站也没有大明湖啊"。

火车继续往前开,天渐渐黑下来。

范松波记忆里几乎没有坐夜火车的经历。他坐在窗边的小凳子上,看着外面飞驰而过的景物,仔细想了想,很笃定地判断这应该是他第一次坐夜火车了。火车驶出泉城后,来到一片辽阔的原野上,朦胧暮色里,村庄看上去都很安静祥和。一条小河蜿蜒穿过一大片收割后的麦田,有一段河流被落日的余晖染红,衬得四周暮色愈加深重。河边的一片白杨树林也显得神秘起来,成群的晚归的鸟在树林上空盘旋。看着这一切,范松波有点想家了。他摸出手机,得慧还没有回复他。他有点伤感,觉得为人父真是一道类似霍奇猜想、黎曼假说之类的难解的题。他给得慧打电话,得慧没有接。

于是他打给了邵瑾。邵瑾问他到哪了，他说刚过大明湖站。他告诉邵瑾，在大明湖站根本看不到大明湖。邵瑾大学时和同学去过庐山，于是她在电话里说，在庐山火车站也看不到庐山呢。邵瑾又问他，你在黄山火车站看到过黄山吗？有一年教师节，松波学校组织优秀教师去黄山旅行，所以范松波是去过黄山的。他想了想，认真地回答道，看不到，黄山距黄山火车站有五十六点九公里，远着呢；但大明湖站距大明湖很近的，我刚用手机搜了下，从大明湖站到大明湖景区，只有三百三十七米了。像是担心邵瑾会质疑这个数字，范松波说完又补充一句："我是从我坐的火车上测的。"还把所用的测量软件告诉给了邵瑾。

  电话里邵瑾"嗯"了一声。她问范松波火车上人多不多。范松波说人不多，我这节车厢里只有十一个人，这一间里就我一个。说到这，范松波才留意到车厢里已充斥着一股方便面、火腿肠和各种熟食混杂的味道，这是以往他乘火车旅行、出差的途中最不能忍受的气味。这一次，他竟然没什么特别的感觉。车厢里的另外十个人，八男两女，五十上下的年纪，大多有着紫棠色面皮、结实的身板。现在他们正凑到一起吃晚饭，各自拿出自己的食物，小桌上堆满了火腿肠、花生和豆腐干，还有烧鸡和啤酒。他们应该是来岛城旅游的，现在是在回家的途中，看得出他们对这次旅行很满意。上车时他们排成一列走在他前面,人人都有一顶红色棒球帽(有几位男士上了火车后也一直戴着),穿着胸口印着"八里村支部"字样的红色T恤衫,连口罩也都是红色的。现在他们喝着啤酒,用方言交谈,偶尔爆发出一阵大笑。范松波听不清他们在说什么,但弥漫在他们之间的那种亲密、友爱且开心的气氛让他很受感染,他竟然一点也没觉得他们吵闹。

邵瑾又问他晚饭吃过没有。范松波说,晚饭还没吃,不饿。说着他想起来,临出门时,邵瑾把家里的面包、水果都装给他了。他担心邵瑾懒得出去买吃的,不吃晚饭,便给邵瑾做好了一碗凉面,拌料也准备好了,用保鲜袋装着放在了冰箱里。邵瑾说,我看到了,刚拿出来拌好了,你也吃点东西吧。不想吃面包的话,就去餐车吃点,现在餐车上的盒饭比以前的好吃多了。范松波说不饿。他是真的一点也不想吃东西,吃不下。两个人又聊了一阵,不约而同地都不提得慧。为了不提得慧,便连得安也没提。

那十个人一直喝到夜深,才爬到各自的床上沉沉睡去,很快车厢里就响起了此起彼伏的鼾声。范松波既无食欲,也无睡意。他坐在窗边,一直盯着窗外看。火车一会儿路过灯火闪烁的城市,一会儿穿过幽暗的田野,月光下,村庄、树林全都变成了一团团浓重的黑影,飞速向后跑去。

第二早上，火车到了云城站。车还没停稳，邵瑾的电话就打了进来。邵瑾告诉范松波，她刚给他发了张面馆的截图。

"我搜了下，这是云城做刀削面最出名的餐馆，距博物馆也很近，网上五星好评。你要去吃啊，吃完告诉我到底好不好吃。"

范松波满口答应下来。

范松波跟在八里村支部那拨人后面下了火车，只觉一阵凉风扑面，这让他颇有些意外。他最怕热了，夏天不敢离开岛城的。他记得跟得安打电话时，问过得安云城热不热的，得安总是说不热。他原以为得安说的都是些宽慰人的话。当年老曹丢下咿呀学语的得慧跑去北京，范松波追到石家庄，受不住那酷热，突然觉得没意思，"天要下雨，娘要嫁人，由她去吧！"扭头就回了岛城。云城和石家庄都是差不多的北方城市，没想到却是如此凉爽，不输岛城。

范松波出站便打车去了那家面馆。面馆在一条青石板铺就的小街里，店内已经座无虚席了，真是酒香不怕巷子深。面馆门脸装饰得古色古香的，临街一扇阔大的玻璃窗里，师傅正在往一只冒着热气的大锅里削面。只见他将一块枕头一样大的面团连案板扛在肩上，另一只手一挥，就有一片片雪花般轻盈地飞入热气腾腾的锅里。范松波在门口的服务员那抽了号,就站在窗前看那师傅削面团,看得出神。早上天刚蒙蒙亮时,范松波饿醒来,吃了两个面包,将饥饿感暂时驱赶了出去,现在隔窗看这师傅削面,饥饿感又卷土重来。

范松波进了店,点了一碗肉臊子刀削面,外加了两只卤蛋。等面上桌的当儿,他又给得慧打电话,依然没有打通。他给她留言,把邵瑾发给他的面馆照片发给她。范松波的留言充满温情:"闺女,也不知你吃了早餐没有?我在这家面馆吃面呢,你要没吃,就过来一起吃吧。"照例是没有得到得慧的回应。

很快面上了桌,扑鼻地香。范松波搓了搓手,拍了张照片发给得慧和邵瑾。得慧还是没有回应。邵瑾却很快回道:"看上去不错。"等拿起筷子,范松波暂时也就不去想得慧了,先挑起根面条端详,透明的裙边,大三角面型,筷子长的一根面片,竟然从头到尾一样宽、一样厚薄,师傅刀工了得的。这令范松波肃然起敬。他对好的手艺人一向是崇敬有加的,在他看来,好的手艺人和好的数学家是同类人。面吃起来相当不错,口感柔软顺滑、筋道而不黏,肉臊子鲜香不腻,油豆腐、卤蛋都十分入味。一碗面下肚,范松波竟然感到有些心满意足,生出了点"不虚此行"的感喟来。

邵瑾单位后面的莱阳支路上,有一对年轻夫妻开了家海螺面馆,墙根下、门前树下,海螺壳堆得老高,心灵手巧的老板娘还在那些海螺壳里养多肉。范松波和邵瑾去吃过几回海螺面的。范松波觉得,那家主要是海螺好,鲜;面只是一般的面,不及这家的刀削面好。

范松波从面馆出来,在去博物馆的路上,在电话里把这些都说与了邵瑾。

云城博物馆是栋螺旋状的建筑,比较独特,一栋弧形蓝色玻璃外墙的楼,连接起两栋灰色圆弧状的楼,整体看上去很灵动。时间尚早,刚过十点,博物馆也刚开门。范松波买好票,挂念着得慧,没心情进去参观。

老曹说,从家里的电脑上看到得慧在博物馆网站上买好了今日的票。如果老曹说的是对的,那得慧肯定得来,他不想和她走岔了。

范松波在博物馆高大的圆弧形灰色墙体的阴影里坐了下来,仿佛坐进一段旧时光,很快便生出了一种被过去包围的感觉……在他的心里,得慧不管多大,首先就是那个牵着他的衣角,仰脸看着他哭着喊"爸爸别走"的小女孩。这辈子倘若有什么令他对得慧感到愧疚的事,大约就是这个了。那年老曹回头,而他去意也决,对得慧,他狠心了。

那时他还年轻，想的是，小孩子懂什么呢？哭闹时，给块糖，很快就好了。及至年岁渐长，接触了更多单亲家庭的学生，他开始时不时地想到年幼的得慧。他发现，有的单亲家庭的孩子照样能快乐地成长；而有的，离异后父母彼此冷漠、仇恨，任何一方对孩子疏离、不负责任，这种情况下，最受伤的就是孩子，他们的眼神里不经意就流露出忧郁无助，明显欠缺安全感，有的孩子甚至变得孤僻、叛逆。孩提时所受的伤害，可能会伴随他们一生。范松波意识到这一点后，从心里彻底原谅了老曹，他重新建立了跟她的联系，虽然时不时地，她会莫名其妙地发疯，但为了得慧，他都忍了下来。可以说，他从未后悔过离婚，但他对得慧感到愧疚。

如果人生可以重来一次，他唯一希望能改变的，就是今日不必追得慧追到云城来。他愿得慧什么都好，愿她遇到一个好男人，谈一场开开心心、正大光明的恋爱。

来博物馆的人不多，范松波盯着他们每一个看，生怕错过得慧。他不知道得慧是不是已经进了博物馆了。他给得慧留言，说他在博物馆门口候着了。他想着，如果得慧一会来，那他正好可以陪她进去看看；如果她已经在里面了，他就在门口等着她。自从老曹跟他说得慧离家出走的事情后，连续两个晚上他都没睡好觉。老曹告诉他，那个耳环男也找不到了,她去他店里找过几次,都没看到他,店员也说不清他去哪了。这让范松波有些心惊肉跳的。

这阵子他简直不能听人说"基因""遗传"这样的字眼。开车时,听到收音机里播放妇联和基因检测公司合作推广胎儿基因筛查的新闻,他立马就调台。跟学校请假前,他看课表,看到"生物课"三个字,也能一下想到得慧和她妈;想起来时,便觉得胸闷气短。他和邵瑾聊过人性这个话题,邵瑾倒是认为人性与环境的关系更值得探讨,历史上留辫子流血,割辫子也流血的,皆因环境差异而已。他听完轻松了一些。可一见到得慧,看她笑起来那么像老曹,他又害怕得不行。他真怕得慧遗传了老曹的冲动、无脑。

令范松波自己感到震惊的是,得慧和耳环男同时离开了岛城这件事,他居然没法开口跟邵瑾说。他并不觉得得慧一定是像老曹说的那样跟耳环男私奔了,可是不知为什么,他不能跟邵瑾谈论这件事。跟老曹倒是商量过两回,可老曹总是说不了两句就变得气急败坏的。"不能便宜了那男人!"每次听到这句话,他就恨得不行,一句都不想再跟老曹说下去了。

整整一个上午,范松波的电话响了几回,都不是得慧。电话大多是卖房的打来的,范松波每次接到这样的电话,就知道房子又卖不动了。楼市好时,他很少接到这样的电话。

他有点纳闷，不知他们是怎么挑中他的，就因为他有两套房子的贷款吗？而且，他还发现，如果第一个促销电话他没有接，那接下来这种电话就会少很多，甚至没有。这大约是算法决定的。有一个电话是他的一个高中同学打来的，约他出海钓鱼。这个高中同学的孩子在他那上补习课，今年高考感觉还不错，按估分应该能上个一本，同学很高兴。

可夏天并不是海钓的好季节。

范松波坐在大墙下的阴影里，不由想起了松涛。松涛被送到岛城时，五岁，还没上过幼儿园。他们虽然是堂兄弟，但长得却极像。松波那时上小学三年级了，但他对松涛为何会来他家生活却是不甚明了的。他知道父亲的老家是一个叫沙坡弯的小山村，松涛原本和父母都生活在那里。有一年，父亲回了一趟老家，带来了松涛。至于松涛的父母，范松波隐约记得被告知过，好像是得了什么不治之症，双双亡故。父亲把此事告诉他，很严厉地对他说，此后松涛就是他的亲弟弟了，要是他当不好一个亲哥哥，那就等着屁股开花吧。范松波应承下来，倒不是惧怕父亲的威吓，而是出于对松涛的深切的同情——想想吧，五岁，父母双亡。而松涛也安静，懂事，叫人心疼，他们相处得极好。松涛也颇得母亲欢心，范松波从不嫉妒。谁能嫉妒一个从小就失去双亲的孩子呢？

渐渐地，大家都忘了松涛的过去，从未提及他的双亲，连父亲，也再没提过那个叫沙坡弯的小山村，甚至每年清明，都只是买一串纸钱到街头烧烧遥祭，至今都没再回过老家。

大观爱钓鱼，松涛常跟大观一起玩，也曾在一起钓过鱼。

大观在火柴厂工作期间，认识了一个在仰口渔港长大的渔家姑娘。有一阵子，松涛节假日回到岛城，就和大观去仰口跟船出海玩，回家时带回各种不同的鱼，鲈鱼、真鲷、牙鲆、黑头……随便烧烧，都极鲜美。后来，大观没了，松涛就再没去过仰口。但不再钓鱼，却是在认识了妙一后。松波起先也和大观、小观、松涛一起出海钓过两次鱼，都是在中秋前后，钓的也多是刀鱼。松涛喜欢钓鳗鱼，但钓鳗鱼最好是在夜里，要用钢丝线；鳗鱼钓上来后也非常剽悍，一不小心就会被它咬伤手指。范松波则喜欢钓刀鱼。一来，刀鱼好钓，碳素竿，七星漂，普通鱼饵。另外，刀鱼被拉出水面的那一刻，就像一道银光闪过，令人惊艳。但那种干净、漂亮得刺人眼目的银色，是生命之光，刀鱼离开水面后，很快就会死去，那漂亮的银色，也很快随着死亡的到来变得暗淡。

大约是在有了得慧后，范松波就几乎不怎么和松涛他们一起玩了，和他们一起在夏夜街头喝啤酒撸串的次数也屈指可数。

大观在松波和老曹还没结婚时就死了,他应该没怎么见过老曹。至于松涛和小观,范松波知道他们都不喜欢老曹。

得慧六个月大时,可以吃点辅食了。有一天,小观不知从哪得了几盒出口转内销的婴儿果泥,松涛和小观巴巴转了好几趟公交送去台东松波家里——那时他和老曹租住在一栋筒子楼里,距老曹工作的商场很近——结果只有得慧一个人在摇篮里睡觉,老曹不知去了哪里。松涛给松波打电话,想问嫂子怎么不在家。当时松波在上课,等下课后回电话,松涛却什么也不肯说了。过了几天,松波回观相南路看父母,正巧松涛也在家,两人在阁楼上闲聊了一阵。松波起身回家时,松涛送他下楼,走到小院门口,松涛突然喊了声"哥"。松波停下脚步,问他有什么事。松涛沉默了好一阵后,说哥你以后还是尽量少上点课,多在家陪陪孩子。这话听上去颇有武二郎叫武大郎每日少卖点炊饼的味道,范松波一下满脸飞红,尴尬不已。他羞于回应,连为什么都没问,光是"嗯啊"了一句便匆忙离去。松涛此后也再未提及。倒是老曹,时常貌似不经意说起如何趁得慧睡着后,拜托隔壁刘阿婆看顾,自己抽空去做了个头发,或是买酱油、葱,像是间接解释松涛那次来时她为何不在家。

范松波在许多事上迟钝,但敏感处又是极敏感的。老曹说得坦荡,他听着却渐渐头重,乃至良久抬不起来。

范松波总觉得松涛不愿结婚，除了或许他还记得的童年遭遇，痛失双亲留下阴影，也有一部分原因是因为他和老曹糟糕的示范。所以那时他对邵瑾，除了同情，还有一种无法说出口的歉疚。

下午三点多，范松波突然感觉到有人从背后轻轻踢了他一脚。不用回头看，他就知道是得慧。他站起来，转身笑着对得慧说，你来得比我预料的早呢。范得慧一脸不屑地看着他，说我就不明白了，怎么到现在老曹在你这还这么好使呢？邵瑾就不管管你的，由着你跟着老曹的指挥棒转？

这牙尖嘴利的，还是从前的范得慧。范松波笑得满面细纹似涟漪荡漾，他开心又有些胆怯地打量得慧……得慧穿了一件长长的黑色吊带连衣裙，外套一件白色短袖纱衣，胸前挂着一只镶嵌绿松石的银制羽毛，裙子上有一道开衩，露出一条修长好看的腿。她头上戴了一顶白色渔夫帽，不知什么材质做成的耳环像风铃一样在两只单薄的肩膀上晃荡……总之，看上去还不错，纤细高挑，和从前也没什么两样。范松波暗地里长舒了一口气。他才几天没见得慧，不过是老曹那番鬼话在他心里起了作用。她催他来云城找得慧时，说："你现在不去，难道要等做了姥爷才去？"

得慧冲范松波抬了抬下巴，示意他跟着她走。两个人往外走去。得慧步履轻快，范松波跟在她身后追着问，你什么时候进的博物馆？得慧不屑地说，就你那眼神，我进去出来都两回了，你也看不见。本不想理你的，都走出博物馆大门了，想想不行啊，一笔写不出两个范字，咱不能由着姓曹的欺负啊，一句鬼话把人支千把里不说，还把个大活人钉在大太阳底下暴晒，但凡有点人性，也看不下去呀！范松波笑。他从背包里摸出一瓶水猛灌几口后，说还是我闺女心疼我，不过我一直坐在凉快地儿呢，晒不着。

两人拐上一条两侧都是高大国槐的林荫道。范得慧问范松波，说说吧，你来干吗？范松波看到路边有家麦当劳，便停下脚步，说，我们找个地方吃点东西？得慧说，垫点就行了，我师傅准备了晚饭的。

两个人便进了麦当劳。趁得慧点餐的工夫，范松波赶紧给邵瑾发了条信息，告诉她得慧来接他了，让她放心。得慧端着食物过来坐下，拿起一只烤鸡腿递给范松波。她端起一杯咖啡，边喝边调侃范松波，说你真行啊，一碗面顶到这时候。范松波猜得慧大约为了躲他，也没吃午饭的。他有些内疚，说抱歉啊我这样赶过来。得慧翻了个白眼说，要是我不出现你打算怎么办？范松波说，报警。得慧直摇头，说不管老曹是怎么骗你的，我告诉你啊，你这般跟着我不放，

93

可真误我事。一会你跟我去我师傅家瞅一眼，赶紧回吧您。范松波说，好的好的，我来看看你，也好放心。补习班还有课要上，且上且珍惜，是得赶紧回去的。

得慧给自己点的是咖啡、土豆泥沙拉和一只玉米棒；给范松波点的是两只烤鸡腿、汉堡和可乐。范松波拿了一只鸡腿给得慧。得慧说早上吃得多，不饿。又把鸡腿放到了他的盘子里。老曹饭量大，且无肉不欢。得慧在这方面，不似她。

老曹像是范松波的魔鬼训练营，范松波出营后，便有些杯弓蛇影、草木皆兵。因为老曹爱吃肉，他便觉得"肉食者鄙，未能远谋"，说的真的是爱吃肉的人。那年松涛跟他说谈了个女友，他便提醒松涛留意观察女孩的饮食爱好，闲暇时间都做什么。他历经千帆似的跟松涛说，但凡无肉不欢的，坐不住的，就要三思。你看西门庆家的女人，没事会凑份子买猪头烧来吃。《九尾龟》里的姑娘，一大早起来就一碟鸡、一碗鹅的。《红楼梦》里的夏金桂，天天杀鸡宰鸭，油炸焦骨头下酒。你体格一般，找个饮食清淡、性情恬静的姑娘就好。松涛还反驳他，说那史湘云还爱吃鹿肉呢。松波说，八十回里才吃了一回好吧。后来见松涛没事就带着邵瑾去游泳，这里写生，那里观光的，他以为邵瑾也是个坐不住的。直到跟邵瑾生活到了一起，他才知道凡事不可太绝对。

范松波吃着烤鸡腿，看了一眼得慧胸前那片银羽毛，说得安告诉我，你在他战友小刘家学做银饰，这是你自己做的？得慧没回答范松波的问题，两眼盯着范松波说，你都问过得安了，那你还追到这儿来？你是太有钱还是太有时间？范松波两手一摊，说都没，但有一个宝贝女儿，倾家荡产也得过来看看的，不然不放心。得慧又问，老曹到底是怎么忽悠你的？我可告诉你啊，那年和她一起砸人家日本车、碎人家日料店窗玻璃的老张，你知道的吧？和她分手了，这阵子她空窗期，专职作妖。范松波有点惊讶，没想到两个这么有共同语言的人也过不到一块了。他笑笑，放下鸡腿，拿起一张餐巾纸擦手。他把两手撑在大腿上，身子前倾，郑重地对得慧说，爸爸只想当面告诉你，不管你遇到什么事，爸爸都会站你这边的。还有，答应爸爸，无论你做任何事、做任何决定，都要以自己为重，把不伤害自己放在首位。

范得慧愣了下，收起满脸嘲讽的表情。她点了点头，长睫毛垂下来，遮住了眼睛。过了好一会儿后，范得慧问，老曹是不是跟你说我跟人私奔了？范松波点头。得慧眼睛一红，说，很好。说完也点了点头。她拿起一张纸巾，擦拭了下眼角，对范松波说，天下有这么糟蹋自己闺女的吗？！说着她生起气来，腮帮子鼓起来。她看着范松波，说都怪你当初被美色冲昏头脑，要不然我也不会碰到她，这辈子可算栽在她手里了。

范松波连忙哄得慧,说:"我也不信她的。不过,你妈年轻时确实是漂亮,你也不吃亏,要不你能有这般好看?"

"那倒是。"范得慧长长地叹了一口气,道,"不过,我倒宁愿长得丑点,你知道吗?"说着范得慧眼眶里涌上眼泪,"她嘴巴不好也罢了,她还那么爱钱。不是,我是说,"她擤了下鼻子,说,"我也爱钱,可她是只爱钱。你看她冲到我老板那一通闹,这是逼我辞职啊,我还有脸去上班?除了钱,她谁也不爱。"

"瞎说!"范松波正色道,"她爱你的。这世上,她爱钱,但她最爱的还是你。"范松波说着点了点头,"这世上她就爱这两样。"

得慧安静下来,一手托着腮帮子,看上去很有些疲惫。得慧说:"爸,跟你说句实话,这件事我也不是完全没责任,辞职也是我活该!"接下来得慧便把自己的事一五一十地都告诉了范松波。

原来得慧的老板娘一直在海外陪读,以往老板做空中飞人,逢年过节便飞过去看老婆孩子。这两年因疫情阻隔,来往实在不易,老板有近两年没和老婆孩子见面了,和妻子的感情转淡,确实出现了问题,两个人已经在谈离婚了,只是财产分割未达成协议。老板这家店能做起来,当初也是靠了岳父家的帮助，小宝替姐姐打抱不平，非得揪出老板的婚外恋人，好增加姐姐的谈判筹码。老板急中生智，一下开了三个员工，同时让得慧居家办公。跟得慧说的是，工资、奖金一样不少，五险一金也续着，等过半年再回来上班，年底奖金照发，只是这期间可能要受些委屈。得慧瞬间明白老板这是要弃卒保车，要自己做卒，车大约是那三个被开除员工中的一个。得慧一想，老板认真教过自己，两人有师徒之谊，危难之时自己理应出手相助。再说，不上班还有薪水，有想干什么就干什么的自由，什么样的委屈不能受呢！那个小宝果然上套了，一看走了四个人，只有一个还在领薪水，便认定是得慧。

范松波一听，又气又急，说："你怎么这么不知轻重？！掺和这种事？！还好那小宝只是雇人去打你巴掌、扯你头发，要是遇到行事极端的，泼你硫酸，划得来吗？！"

"我错了！"得慧头一低，作势要把脑袋往桌子上撞。见范松波不为所动，她又猛一抬头，说道："生命诚可贵，爱情价更高，若为自由故，二者皆可抛。我发誓我当时也不只是为了钱，主要还是为了……自由。"

范松波正色道："你要认真反思自己，不光要知道自己错了，还要知道自己错在哪儿了。"

范得慧看着范松波，点头如捣蒜。她手里捧着一杯咖啡，两眼看着桌面，开始一本正经地对范松波说话。她说本来想趁这半年有自由有薪水，来这边好好学艺。结果老曹这么一闹，小宝等于拿到了有利证据，筹码在手，是不是真的她也不关心了。这下老板不高兴了，说工资暂时也不能发了，能不能再回去上班，也得看他这事解决得怎么样。

"这事主要坏在老曹那，怎么她就知道了呢！"得慧撇了撇嘴，说，"不过我也不稀罕回去上班了，靠抄大牌起家的公司，有什么好待的？！唉，我老师，不，我老板这个人，以前也不这样算计啊。看来是没经住时间的考验，脑袋里开始淌坏水了。"

"不要说人家，反思你自己！"范松波板着脸，说，"辞了好！远离是非之地，工作嘛，可以再找。"

得慧点头，神色端严地告诉范松波，现在她只想好好学手艺，好好经营自己的生意，过阵子她要做直播，卖首饰。现在只想赚钱，根本就不想谈恋爱，也不想结婚。

"要是小叔在就好了。爸，有时我可真想我小叔啊，要是他在，我就跟着他浪迹天涯去了。跟他学画画，和他一起读书，做首饰之前把草图给他看看。以他的眼光，随便指点下我，我就能出爆款。"

说着得慧把脸扭向窗外，表情有些忧伤地看着洒满阳光的街道。附近可能有所小学，有几个戴着红领巾的小姑娘牵手从窗外路过,不知她们在说什么开心的事,隔窗都听到了她们银铃般的笑声。

范松波一下难过起来,他不能想象得慧平静的语气后面到底有多深的伤痛,松涛使得慧和得安过早经历了亲人的突然离去。他和老曹曾经闹成那样,最受伤的也应该是得慧。他的一颗心揪起来,那痛令他一时无法开口说话。正在他难过之际,得慧突然一拍桌子,眉毛一挑,嬉笑道:"以后,或许会生个孩子玩玩。等赚够了钱,就去弄个优质精子生一个,怎么也得让你过把姥爷的瘾不是?"

"我看你还是先养好自己吧!"范松波没好气地说。他沉默良久,方又说道:"爸爸会永远支持你做一个独立的女性,选择自己觉得最舒服的方式度过一生。"

"像艾米·诺特那样还是像玛丽……"

范松波摆摆手打断得慧,说:"你别跟她们比啊!她们是厉害的数学家,你比她们平凡,比她们美丽,所以你会平安、平和、平常地度过一生。"

"小时候你说我说话扎人,叫我三角公主。这下三角变三平了,三平公主,嗯,平安、平常、平和。好吧,也不错!"得慧笑起来,说,"确实,我没法跟她们比,但我可能会比她们多个孩子。至少我现在是这样想的,不管怎样,我会要个孩子。"范得慧看着范松波,咧着嘴笑着说,"不过,

99

要孩子之前我首先得把房贷还了,我实在不想啃你啊。"

"啃吧啃吧,暂时爸爸还受得了。"

得慧伸手在范松波肩头猛拍了一掌,笑着说:"你受得了,我受不了啊,干巴瘦,啃着费劲,牙酸,心更酸。"一句话便把范松波又说笑了。

从麦当劳出来,范得慧挽着范松波走过大街、穿小巷,最后进了一条小胡同。

胡同四周高楼林立,这小胡同的存在简直是个奇迹。胡同窄而幽深,路面用方方正正的石块铺成,石块都被磨得光溜溜的。胡同两边都是老房子,家家户户的门楼、屋脊、墙头都有着工艺繁复且精美的木刻、砖雕,岁月使它们变得黯淡,后人潦草的修补又给它们平添了一份落寞、伤感。屋檐、门楼上生长着野草,野草竟然都长得很高。在胡同口,有户人家将门开在侧墙上,面向大街,门边挂了一块木牌子,上书"白事一条龙"几个字。这家小店与这小胡同竟然有种特别的默契感,仿佛它们是从同一个旧而久远的时代贸然闯来,彼此壮胆,才没有从这高楼林立、车水马龙的喧闹世界里落荒而逃。

得慧在一家门楼上雕刻着莲藕、荷花、蝙蝠的小院前停下来,说:"到了。"她指着门楼上伸出来的四根雕花木桩问范松波，"猜猜这是什么？干什么用的？"

范松波仰头端详，这家的门楼显然有过精心维护的，还有一点旧日气派。那四根碗口粗的木桩头上分别刻着"福、禄、寿、喜"四个字，字周边有荷叶边雕花。范松波只觉得好看，只有四根木桩之间镶着的一张蓝底白字门牌号——"朱衣巷6号"稍嫌不谐。他看了半天，也说不出来这是干什么用的。

"这叫门簪，用来固定门扇的。这里有四个，跟这门有关系的。刚刚我们路过的那几家，多没有门簪，有门簪的，也多是两只簪。"

范松波"哦"了一声，转身往回走，想回头细看。范得慧忙拉住了他，说："天不早了，我师傅还在家等着呢，明天出去时再看吧。古人讲究，门也分等级的，这宅子以前是做官人家的府邸，这门叫广梁大门。你看这下面有抱鼓石，台基高，柱子也高，屋面凸起，门前有半间房的地儿，就是所谓的大门大户，所以它门楼上有四个簪。"

范松波用赞许的眼光看着得慧，说："你这才来了两天，长了不少见识，不错不错。"他心里高兴起来，一个人只要还肯学，对世界还有好奇心，就不需要太担心她。

8

"朱衣巷6号"是个两进的四合院，南边一个院，北边一个院。进门一座座山照壁，上有两只浮雕白鹤。影壁前摆着一盆枝干粗壮、嶙峋苍劲的万年松盆栽，和白鹤相映成趣。转过影壁，就是前院。整个前院都是白家的，三间倒座房对着一扇月亮门。后院是一家民宿，后院临大街，民宿另开一扇北门，客人多从北门出入，鲜有走南门的了。水井在北院，水甘洌微甜，比自来水好喝，泡茶极好，所以这月亮门，白家也没有为图清静堵上，只虚虚地拦了半截白色栅栏。

进得院来，范得慧站在狭长的小院里，冲倒座房当中那间屋子脆生生喊了声"师傅"。随着一声"来了"，一位穿着朴素大方的中年女人满脸笑容地挑开门帘出来，热情地跟范松波打招呼。范得慧给他们做了介绍，"范老师，这是白老师。白老师，这是范老师！"原来白老师是云城老银匠白老师傅的闺女，白老爷子已多年不带徒弟了，如今常住五台山，修身养性。范松波原以为得慧是跟着白老爷子学艺的，他以为出来的会是位老爷子，没想到却是位看上去和自己差不多年纪的妇人，一时有些发蒙，慌乱中他冲她鞠了一躬。范得慧见状，捂着嘴笑起来。

白老师将范松波让进屋内。屋内十分凉快，青砖地，白粉墙，干净清爽。南墙窗下有一排收纳柜，东墙是书架，西墙是陈列柜，里面摆着各种银器。当中一张可坐十人的长桌，上面摆着茶台，几盘水果、点心，还有一只很大的玻璃鱼缸。鱼缸里清水养着的不是鱼，却是一只芋头。芋头上长出了一高一低两片叶子，高的那片探出了玻璃缸，叶片阔大，矮的那片还未及舒展，窝在缸内像个巨大的手握寿司。屋顶加装了玻璃天窗，光线充足，比一般的倒座房明亮。

三个人在长桌边稍坐，范松波从自己的背包里拿出两盒茶叶，站起来双手递给白老师，嘴里说着"不成敬意"的客套话。白老师落落大方地接了，说得慧今年也带了新绿茶给她。

"这可是吹着海风生长的茶啊，去年得慧也给我带过来些，我特别喜欢。所以这个，我就自私一下，留着自己喝了，今天我请您喝我们本地的苦荞茶吧。"

喝着苦荞茶，彼此热闹地说了几句客套话后，得慧便打开自己的速写本，把在博物馆看展时做的记录给白老师看。得慧十分喜欢一对北魏时期的镶宝石人面龙纹金耳饰，她拉着白老师，滔滔不绝地说个没完，最后还是白老师打断她，让她多陪父亲说话，她们择日再聊。得慧这才作罢。

得慧跟白老师说，要带父亲去民宿办一下入住，一会再聊。

白老师起身相送,"那么,范老师先去歇息歇息,一会儿请务必过来坐坐。"语气热情谦恭。范松波谢过,满口应了。

范松波背着背包,随得慧走到北院。北院比南院宽敞,却也不大,青砖铺地,两边各留出一个花池,种着桂花树,树干都有碗口般粗,高过屋檐。雕着飞禽的屋檐下挂着一块牌匾,上书"存济客栈"几个字。

"存济,"范松波念叨了一句,"这名字有什么来历?"

得慧指了指院子西南角,范松波看见一个青石砌起来的井台。得慧说:"这井就叫存济,是明朝洪武年间的井。"

"我们刚喝的茶就是用这井水泡的吧?"

得慧"嗯"了一声,说:"这井养着这一街的人呢,旁的老井大都干了,单它水一点不见少。大家吃喝的水都是这井水,打扫洗涮,用自来水。"

父女俩进了屋,得慧喊了声"老七"。一个男子的声音从里屋传来:"门开着,钥匙在门上。"人却不见出来。得慧道了声"知道啦",转身带着范松波去了西厢房。檐下走廊也是青石铺就,磨得溜光,几扇窗都是老木窗,做工精细,四周透雕万字回纹,中间饰以牡丹浮雕,显得雍容华贵,只是颜色黯淡,不知经了多少风雨。

范松波摸摸窗,问得慧:"这住一晚得多少钱?"

"便宜着呢，现在也没客人，空着也是空着。"得慧说，"唉，老七这两年日子不好过。"

"你也住这？"

"我日子长啊，可住不起客栈。白老师家里空着个小房间，我住正好。"

房门上果然插着钥匙。得慧开了门，范松波进去一看，却也是寻常酒店的摆设，床上用品都是白色的，床头灯、电话、电视机也都是一般酒店里常见的。只是窗前小茶几上放着满满一大盘水果，量多到范松波心里觉得不对头起来。得慧三言两语就转移了他的注意力，催他赶紧洗洗手脸，休息休息，自己则要去帮白老师准备晚饭。"晚上就在家里吃。"得慧说。

得慧说"家里"时极其自然，范松波不由愣了一下。

范松波洗了洗手脸，便躺到了床上，一躺下他才觉到了累。大约是见到得慧，揪着的心终于放下来的缘故。他躺在床上，只觉得四肢瘫软。他想了想，便给老曹发了条短信："已见到得慧，一切都好，放心。"他着实有点担心一会儿吃饭时她会不停地打他电话，当着白老师面，让得慧面上不好看。

果然，他短信刚发出去，老曹的电话便打了进来，开口便喊得慧接电话,声音大得震耳。范松波把电话拿远了一些,说我在宾馆,得慧和白老师一起在张罗晚饭。老曹便问得慧现在什么情况,他们打算什么时候回家。范松波见她没问白老师是谁,猜想她是知道的,心里不由火大。他压抑着火气,简短地跟她说了下得慧的情形,叫她放心。

"你明知道她在这边有正事做的,学手艺,你还乱说。从现在起,你不要老骚扰她。"

"我骚扰她?我上辈子欠她的好吧!"老曹的声音越发大起来,"去那么个鸟不拉屎的地方能学到什么?!"除了岛城,满世界老曹瞧得上的地方不会超过一巴掌。范松波觉得实在跟她聊不下去了,借口马上去吃饭,匆忙挂了电话。

范松波躺在床上,看着窗外天光渐渐暗下来。透过窗子,他看到几只乌鸦落在对面屋脊上。岛城多灰椋鸟,很少有乌鸦。观相南路的邻居在院墙边种了一小片竹子,夏日傍晚,成群的灰椋鸟藏身竹林,叽叽喳喳的,地上遍布鸟粪。它们总是让范松波想起大学住集体宿舍时,去公厕如厕时的情景:六个蹲位,正对着一排水槽,有时,在蹲位如厕的同学会互相聊起来;有时,在水槽边洗衣服的同学会加入他们。傍晚的灰椋鸟很像是在一边如厕,一边热闹地群聊。

在北京,范松波见过一生中最多的乌鸦。

那年夏天，他带学生进京参加奥数比赛，住五道口附近一家宾馆。傍晚时总是会飞来许多乌鸦，它们哇哇地叫着，在空中盘旋。待落日收尽余晖，它们便安静地落在屋顶上，一动不动地在楼顶栏杆上站成一排，仿佛穿着黑色礼服的严肃绅士，灰蓝的天空勾勒出它们安静而肃穆的剪影。他就是在一个乌鸦静默地注视城市、他在窗前默默注视那些乌鸦的傍晚，接到了邵瑾发来的两条短信，一条是"好的"，一条是"谢谢"。

他知道邵瑾怀孕后，为她着想，他给过她两条建议。一是告诉松涛，他觉得松涛一定会负起责任的。邵瑾反应激烈，"不是他的。"她说。脸上瞬间蒙上了一层冰霜。她警告他，如果他敢告诉任何人，那就是在逼她辞职，逼她离开岛城。他沉默了一阵后，劝她打掉，"你还年轻，还会遇到对的人。"邵瑾斜眼看着他，轻蔑地说道："你想什么呢？我在这世上没有亲人。现在，我要给自己生一个了。"

那年临出差去北京前，他郑重地跟邵瑾提议，如果她愿意，他们可以假结婚，等孩子上完户口，再离婚。当时真的只是权宜之计。令他们没想到的是，后来他们却一直就这样过了下来。

起初也是无比艰难的。

他和松涛的前女友在一起了。尽管周围的人谁也没当着他们的面说什么，但弥漫在他们四周的尴尬，简直伸手可及。周末尤其难过。范松波每周六早上去接得慧出来玩，周日再送她回她妈妈那儿，每次见面，老曹都免不了一番冷嘲热讽。不过，他和邵瑾都顾不上太多，因为实在是有太多的事情要忙，太多的关要过了。他二婚，二胎的准生证便颇费了番工夫。后来一件事接着一件事，没个喘气的时候，两个人不得不并肩作战，也没有工夫顾及他人的感受。好在松涛只要回家，便叫他出去撸串喝酒，父母生日也找他拿主意如何庆贺——每一次都像是对他的大赦，都像是在把自己对他们的认可昭告天下。

得安两岁生日那晚，等得安睡着后，邵瑾主动和他谈到了这件事。他们面对面坐在餐桌边，桌上摆着得安没吃完的生日蛋糕。菜冷了，酒半酣。邵瑾突然问他这两年有没遇到喜欢的人，想要真正结婚的那种。范松波愣了下，瞬间面红耳热起来，他目光温柔地看着她，摇头，又点头。邵瑾两眼盯着桌面，双手在桌下绞在一起，柔声道："如果有了，你就说啊。"范松波笑着点头，悄声问她："你呢？"邵瑾抬头看了他一眼，眼帘低垂，满脸飞红不语。也就是从那个晚上开始，他们睡到了一起。后来每次得安过生日，他们总会多搞几个菜，喝点酒，借着给得安过生日，顺便偷偷地过个结婚纪念日。

想起来这些事,范松波一时竟有些恍惚。有好几年没出过远门了,他有些想家了。邵瑾一个人在家,不知吃晚饭没有……他突然很有些想她。她是他的温柔乡,也是他的小禅房。这些年来,邵瑾勉力做到绝不和周围任何一个人发生口角,他也从未听她抱怨过谁,说过谁的半点不是。但同时她似乎也在努力与所有的人都保持某种距离,就连程凌云,他猜想她们之间应该也不是无话不谈的。一个从小不被自己父母关注的孩子,可能已经养成了平淡生活的习性,自立、自理,不给别人添麻烦,也收敛自己对他人的好奇心。反映到家庭生活里,除了有时钱不够用带来的经济上的困扰,他们生活得很是轻松,是一种精神和心理上的轻松,背靠背的生活,彼此信任,却又不过分依赖对方。一点点开心的事,就能令彼此十分快乐。这令他时常感到幸福。他在前一段婚姻里所受到的伤害,在这段婚姻生活里得到了疗愈。他不再把自己放在受害者的位置上,只是单纯地做自己,那些曾令他痛苦的东西,突然便都消失了。是邵瑾帮他走到这一步的,是她让他对过去的一切、对自己、对周围的人,都更能理解和包容了。她不知不觉中便给了他这些。当然,除了这些,她还给了他得安。

想到得安,范松波坐了起来。他算了一下时间,抽空去一趟部队也是来得及的。他打电话给邵瑾，问她这两日有没跟得安联系。一直都是邵瑾和得安连队领导联系的，范松波只有得安的电话。邵瑾刚游泳回来，她告诉松波，得安回到连队后，跟领导坦白了这次犯的大错，领导打电话到珠宝店核实情况，没想到耳环男否认了得安打人砸车的事，领导便让得安就撒谎请假一事写了检讨，至于还能不能参加军部的通信技能大赛，得等研究过后再决定了。邵瑾劝松波早点回家，事先没跟部队打招呼，这样冒昧跑过去不好。再说，这阵子部队忙得很，去也是给部队添麻烦。得安做错了事，就该认罚，要是不能参加比赛，那也没什么好说的。范松波觉得邵瑾说得有道理，便打消了去看得安的念头。

范松波休息了一会儿，看看天黑下来，不等得慧来叫，便锁上门去白老师家。他想着也许可以搭把手，拌个凉菜什么的。一个扎马尾辫、穿白色T恤衫的年轻人闻声从隔壁房间出来，立在檐下腼腆地笑着对范松波说："没有贵重物品的话，门不用锁的，这个点没外人进来了。"

范松波笑着点头，说了句"好的"，但门已经锁好了，他把钥匙拔出来，放进了上衣口袋里。年轻人笑笑，说："有事您叫我。"说完又进屋去了。

范松波猜这个年轻人应该就是老七了，但看他那样子，却又一点也不像"这两年日子不好过"的人。

范松波来到白老师家,客厅里灯火通明,长桌的茶台已经收了起来,摆好了碗筷、杯盏。厨房里传来得慧和白老师说话的声音。范松波站在门外,搓着手,一时不知该不该进去。恰好得慧捧着一只热气腾腾的汤碗从厨房出来,瞧见范松波,笑着说:"来得正好,省得我去叫你了。"

范松波于是走进去问道:"我来看看有什么需要我做的。"

白老师闻声出来,请范松波稍坐。白老师给范松波倒上一杯苦荞茶,说:"都已经好了。有两道菜,从外面叫来的,有点凉了,烤箱里稍热一热就好。让得慧忙去吧。"

正说着话,白老师电话响,接起来,是白老师的爱人刘医生。原来云城下面一个县城出现疫情,刘医生带队下去了。不过,听上去似乎也不打紧。白老师问"现在什么情况"之后,刘医生所说的情况大约比较乐观,白老师连着说了两句"那就好"。说着话,白老师把手机递给范松波。刘医生和范松波在电话里寒暄了几句,对范松波的到来表示欢迎。

"范老师,真不凑巧啊,不能陪你喝杯酒。"刘医生在电话里说。

范松波连声说打扰了,也感谢了他和白老师对得慧的照顾。看来刘医生是个耿直爽快的人，他没说太多客套话，直截了当地问范松波回程定在哪天。范松波说还要给学生上课，过来看一眼，后天就走。刘医生在电话里说，也好，下次再来好好玩玩。范松波听出了刘医生的担忧，便下定决心要赶紧回，怕耽搁时间长了，回程不顺。至于得慧，他打算再找机会跟她好好聊聊，要是她真想留下待一阵，从目前的情况来看，他觉得也是可以放心的。唯一需要担心的，就是怕得慧耽搁太久，给白老师一家添麻烦。

很快菜都上齐了。豌豆面抿尖，过油肉，扒羊排，汤碗里是青菜汤。得慧最后端上来一张红漆托盘，里面摆着六碟小凉菜。白老师拿了一瓶汾酒出来，得慧拦着，不让开。得慧说："我爸滴酒不沾的，喝沙棘汁就好。"范松波也起身推让，白老师只得作罢。

白老师在得慧身边坐下后，笑着说："我没动手，过油肉和扒羊排，是得慧从网上点的华新楼的，这豌豆面和凉菜，都是家里做的。拿不出手，可得慧非得在家里吃，我想了想，也觉得应该在家里给范老师接风。只是饭菜简陋了点，范老师别嫌弃就好。"

得慧说："师傅，您做的小菜，那可是太拿得出手了！多少钱也买不着的。"

"白老师太客气了，我这次冒昧跑来，没承想给白老师添了这许多麻烦……"范松波说着,很不安地搓起手来。

"不麻烦,得慧在这,我巴不得呢。瞧这小嘴,甜的,都舍不得让她回去。"白老师笑。范松波也笑。

白老师给范松波盛了一小碗豌豆面抿尖。"对了,这青菜汤,也是得慧做的,浇到面尖上,我吃着挺好,比浇油辣子汤鲜,也清淡。"白老师又笑着说。

得慧夹了一筷子凉菜给范松波,说:"这是姜丝菜,我现在可是一天不吃,就会想的。老爸你尝尝,怎么样?"

范松波尝了一口,酸酸的、辣辣的,清脆爽口,不由连连点头,道:"好吃。"得慧笑起来。

这顿饭得慧和白老师吃的都很少,每样稍撅一点,跟邵瑾一样。女人不管多大年纪,都怕胖,餐餐饭吃得战战兢兢,又想吃,又怕胖,如火中取栗。范松波有点心疼她们,便替她们多吃了一些,一样一样地尝过来,渐渐就有点吃撑了。云城地方菜系不在八大菜系之列,但食物却很有特色,也很合范松波口味。一顿饭毕,云城便成了除却岛城外,最令范松波感到亲切满意的地方了。

三人吃过晚饭,得慧很快将桌子收拾出来,白老师又沏了安神补脑的枸杞茶上来。长桌上方有一盏吊灯,白老师伸手将它往下拉了拉。灯光瞬时柔和下来。

白老师给范松波倒茶，说："有件事，原本答应孩子暂时不跟范老师说的，但不说吧，实在是有些失礼。"

范松波听着心里一紧，只怕是得慧有什么事。

得慧从厨房出来，一边擦手一边说："师傅，快说吧，你不说我爸还以为我怎么了呢。"

白老师笑道："那我就以茶代酒，敬范老师一杯，感谢范老师对我儿子的帮助！"

范松波一时糊涂了，看看白老师，又看看得慧。

白老师便笑着一一道来。原来白老师的儿子小刘，便是得安那个今年要考军校的战友。小刘报考的是军校的电子通信专业。说着，白老师对范松波再次表示感谢，说他寄给得安的书，是小刘在看，小刘不会的题，攒够了，周末时得安一起问。

"这孩子脸皮薄，又有点不懂事，只考虑自己面子，一再叮嘱我和得慧，还叮嘱老七，让我们先都不要说，怕考不上丢人，也让范老师失望。"

"我看不打紧的，"范松波很意外，有点激动起来，"分数过两天就该出来了，说不定有惊喜的。再说，万一分数差了点，还有明年呢。"

白老师笑着说："就今年这一次机会了，明年就超龄了。以前我和老刘都忙工作，没怎么管孩子学习。他小时候就厌学，底子太差，去年已经考过一次了，差了百多分。"白老师说着叹了一口气，"今年考完，问他考得怎样，不肯说，只怕今年又要枉费范老师一番心血了。"

"只要孩子学过，就都没有白学的。再说，军校超龄了，那以后再考地方大学，地方大学也有电子通信专业。"范松波老老实实地说道。

"不管考不考得上军校，等他退伍回来，都是要去岛城谢师的。"白老师笑着说。

"好，希望能听到孩子的好消息！"

范松波心里既高兴又惭愧，高兴的是，得慧和得安，和白家结下了深厚情谊，惭愧的是，孩子的许多事，他竟然现在才得知。

"也算不虚此行。"范松波在心里说。

白家在云城百货大楼有一家银首饰铺，白天白老师要去看铺子的。她吩咐得慧道："明儿记得带范老师去吃吃华新楼的什锦铜火锅，他家的火锅不错的。"

范得慧点头，说都安排好了。

"不怕您笑话，这两年，生意着实难做。"白老师笑着说，"今年吧，连往年卖得最好的长命锁，也有点卖不动了。"

得慧"哦"了一声，有些疑惑地问道："三胎都放开了呀，我还以为销量会大增的呢,这是怎么回事?"

"谁说不是呢!倒是做了不少,今年还增添了几样新款式,就是卖不动。连来看的人,也比往日少了。"

得慧带着安慰的语气说道:"等直播弄起来,就好了。"

范松波听着,担心金银首饰是贵重物品,网上可能不好卖。他便问了句有证书没。

"有的。"白老师说,"我们在云城,也算老字号了,许多年了,口碑一直不错的。"

得慧默默喝茶,这时便又说道:"等直播弄起来就好了。"

白老师于是笑着跟范松波说:"现在啊,还是得仰仗年轻人呢。得慧在我这,就是在帮我了,别说直播什么的,就算只是把从前那些做过的东西再跟她说一遍,我也有收获的,像复习功课,跟她讲一遍,便晓得哪里好,哪里不好了。如今就这么个小生意,也得赶上年轻人的潮流,若总是老一套,吃不大开了。"

范松波也笑,以茶代酒,感谢白老师一家对得慧的照顾。范松波说来这一趟,再放心不过了。起身回客栈前,范松波提前跟白老师告别,说他已经把后天晚上回岛城的火车,改签到明天晚上了,等小刘有好消息了,再来喝喜酒。

这晚范松波躺在床上,很久都没有睡着。深夜起了风,屋顶的野草在风中发出沙沙的声响。作为父亲,现在他才知道,对孩子们,他实在是知之甚少,无论是对得慧,还是得安。他这个爹,当得可真糙。他们看上去是在他身边波澜不惊地长大,每一天都普通平常,但他们经历过什么,作为父亲,他到底知道多少呢?好在,从目前的状况来看,他们都还好,他们遇到的,也还多是好人。想到这里,范松波的心里便对这世界充满了感激之情,好像世界里真有个什么力量在默默地照顾他。

一早起来,辞别白老师后,范得慧便带着范松波去老街吃炸豆腐开锅、百花烧麦和黄糕。吃完便去串胡同。看了许多老房子后,范松波终于知道识别门第了,对什么是广梁大门,什么是金柱大门,什么是如意门、蛮子门,有点清楚了。得慧还根据那些房子的建筑材料以及它们的样式,从木刻、砖雕的风格来判别大约建于什么年代,建造这些房子的主人所从事的职业。

范松波对得慧说,你团岛姥爷家,原来的大门应该就是金柱大门,门楣上有块匾,上面写着"积善之家"四个字。得慧说,什么时候的事?范松波说,我认识你妈那年,你姥姥一家还住那个小院里,后来面粉厂修职工宿舍,把那院给扒了。得慧听了,半晌方淡淡地道,可惜了。过了一会儿,她扭头看着范松波说,我姥爷祖上不是拉黄包车的吗?怎么还修得起四合院？范松波说，我没说是你姥爷家修的啊，跟你爷爷家一样，1949年那阵分的吧。那院里住了好几户人家呢，你姥爷家那时就两间南房。

得慧在一个卖凉粉的小摊前立住脚，对范松波说，吃碗凉粉吧，好吃着呢。范松波问，有你奶奶做的凉粉好吃？得慧说，不一样的好吃。

父女俩坐在一棵国槐树下的围堰上吃凉粉。云城的凉粉是用土豆淀粉做的，口感很韧。辣油料的制作也和岛城的不一样，是用胡麻油烧热加干姜面、胡椒面，泼入辣椒面中，点醋而成。凉粉刮成条状，以辣油料拌匀，再佐以莲花豆、豆干丝、黄瓜丝、香菜，吃起来酸辣可口，和岛城入口清凉即化的海菜凉粉相比，各有千秋。

得慧吃着凉粉，说小时候我总催着奶奶带我去捡鹿角菜、海花菜，晒干后好做凉粉。范松波笑了，说，我不知道你这么爱吃凉粉，这东西爸爸倒买得起，能管你够的呀。得慧说，每次凉粉做好了，奶奶就会喊你来拿，我也就能看到你了。

范松波的笑容僵住了，端着凉粉的手垂下来，缓缓落在大腿上。

得慧说，我老去海边捡海菜，奶奶也以为是我爱吃呢，每次给我盛一大碗，虾皮和香菜加得冒尖儿，有一阵我都吃腻了。得慧笑了笑，说后来有了弟弟，弟弟在奶奶家时，你每天都过来，我就不再去捡海菜了。范松波的眼睛湿了，过了好一阵，他喏嚅地道，对不起，那时，爸爸……

得慧用胳膊肘轻轻捣了范松波一下，笑着说："吃吧吃吧，都是小时候的事了。幸亏那阵子有小叔，他就算是我半个爹了。"提到松涛，得慧又难过起来，她低头吃凉粉，掩饰心塞，"……吃完我们去古城逛逛。"

两人走在去古城的路上，得慧突然说："我见过小叔哭，在夜里……"

范松波心里"咯噔"一下。

"那天我跟奶奶睡的，半夜听到奶奶说孩子，我可怜的孩子。我睁眼一看，是小叔回来了。也不知他什么时候回来的，他跪在奶奶面前，头埋在奶奶怀里，哭得可伤心。奶奶搂着他，也在哭。"

范松波的心像是被什么东西击中了，疼，麻麻地疼。他低头走路，看着自己脚下一小团影子，问："什么时候的事？"他听到自己的声音在很远的地方响起，不像是自己在说话。

"你和邵瑾结婚后没多久的事。我迷迷糊糊地喊了声叔，小叔见我醒了，连忙起身到楼上睡去了。不过第二天早上，他还带我去山顶买早餐，折纸飞机给我玩，没事人一样。"

街上人来人往，很是热闹，可范松波只觉得个个面目模糊，喧闹声远。

"那时我可恨邵瑾了，恨她伤了小叔的心，恨她抢了我爸。不过，"得慧说着笑起来，"那天在八大关，她冲过来想保护我来着。天呐，她那弱不禁风的样子，我都不好意思跟人打起来，怕误伤了她。范老师我说句心里话啊，"得慧伸手挽住了范松波一条胳膊，"你老婆这人不错。虽说她和小叔没成，可和你成了啊，肥水没流外人田，还给我生了个弟弟，挺好、挺好的。"范松波伸手在得慧头上敲了一下。

范松波问得慧："你是哪年开始跟白老师学手艺的呀？来过云城多少次了？"

得慧说，两年前，那时候还没有疫情呢。我第一次来云城，是来看展的，那年云城博物馆有个古董首饰展，小刘听得安说了后，让我住他家。没想到白老师也是做首饰的，懂的还多，我们很聊得来。我一住就是一个多月，回去以后，疫情就暴发了。

"去年来待过两周，今年我想，能出来还是赶紧出来走走吧，唉——"得慧长长地叹了一口气，说，"谁知道往后是什么情形。"

"会过去的。"范松波从得慧的语气里竟听出无限沧桑来,他过了好一阵,又说道,"古人说了,大疫不过三年。"

"嗯,白老师也这样说。"得慧说着,笑起来,"还是得谢谢你和你老婆,给我生了个好弟弟。没有弟弟,到哪去认识白老师?"

范松波笑着说:"不用谢!"他开心地说,"我会转告得安妈的。"

"别啊,"得慧说,"她和我有夺父之恨,欠我的,多着呢。"得慧说着又笑起来。过了一会儿,她叫了一声"老爸",说:"有句话,我一直想告诉你。其实,小叔跟我说过,说你才配得上邵瑾,他配不上。"

范松波只觉得心脏再次像被什么扎了一下。他低了头走路。他不知道松涛跟孩子说了这么多。

"小叔这个人,什么他不知道呢?他就是不想像我们这些凡夫俗子那样活着吧!我那时还小,初二还是初三的,喜欢上了我们班班长,被我小叔看出来了。"得慧的语气变得亲昵起来,"小叔这家伙火眼金睛,他跟我说,慧,如果你喜欢一个人,那就要让他看到一个闪闪发光的你,好好学习,锻炼身体,保持善良,成为最好的自己。我们还约定,将来我找男朋友,他找女朋友,我们首先都要带给对方看,替对方把关的。"得慧的声音低下来,"他违约了。"

"小叔就是个游侠，婚姻对他来说，就是个枷锁，谁爱上他呀，谁倒霉。"得慧又说。

父女俩走到一个公交站点，不一会，公交车来了。

在公交车上坐下后，得慧说："老爸，得安这次回去，我是真不知道的。其实之前他也答应过我不会回来，我没想到。这次他回部队，我实在有点不放心，担心他中途溜下车，再惹出什么事端，便想着不如顺便送送他，我也来看看白老师，便匆忙收拾东西出门了。"

"你被欺负，得安怎么受得了。只是他还小，做事冒失了点。"范松波说。

"我知道。"

范松波说："有件事我得说说你啊。白老师对你这么好，照顾有加这么多年，你也不说一声，这次我来，就随手拎了盒茶叶，这礼也太轻了啊！下次怎么也得买点海参。"

"人家吃不惯。"

"她爱人喝酒的吗？"

"不喝。"

"白老爷子呢？"

"俗了啊，范老师。"得慧翻了个白眼，"白老师是我的老师，怎么相处是我的事，少管啊你。"

范松波只得换了个话题:"得安这个臭小子,这次回连队,也不知有没有被关小黑屋,我看关他两天才好呢。"

得慧看了看范松波,满脸愧疚地说:"对不起啊,爸,我实在没想到他会砸车。这钱,以后我会还您的……"范松波摆了摆手说:"不提了,破财消灾。得安这性情,还得磨炼磨炼才好。好在没闹出大事,再说这钱啊,要还,也是以后得安还。"

范松波又问得慧这次在云城打算待多久。得慧说原计划两周,现在看情况吧,这边要看的东西太多了。以前做首饰,真的是没什么自己的想法,看那些大牌怎么做,自己就怎么做。现在看多了些老祖宗的东西,木刻啊砖雕啊,博物馆里那些老东西,理解也不一样了,能看到以前看不到的美了。得慧说这次还想去剪纸博物馆看看,然后再去周边各大寺庙转转,那些宋元木雕、辽金泥塑,多少年也看不过来的,得过阵子再回去。范松波说,也好,当进修了。只是一个人去的话,注意安全啊。过了一会,范松波又说,最好不要一个人去。

得慧说:"都不远,我会小心的,放心吧爸。这次我设计了几款样式,想顺便在白老师的铺子里加工,然后拿到网上去卖,看看行情。我想打造几款完全属于我自己的经典样式。先从银饰开始,以后慢慢发展到其他材质的,比如结婚时会用到的黄金首饰。慢慢做，边做边学。"

范松波默默听着，清楚得慧也需要脱离一下原来的生活环境，散散心，喘喘气。于是他拿出手机，给得慧转了点钱。得慧说有钱。范松波佯装生气，说，女孩出门在外，手里可不能没有钱，收下！得慧只得收下了。

范松波说："你有这些想法，很好。我想起来一件事，我上大学那阵，班上有个外地同学问我，松波，你们的大海是老天爷给的，好看的老房子是德国人建的，中山公园里大棵的樱花树是抗战时期种的，你们自己干了些什么？哎呀竟然把我问住了。后来我想了想，我们前有上清宫、天后宫，后来也搞了不少建设，修了不少高楼，东西不少，就是审美上有点滞后了，有些楼修得确实不太好看。不过，"他点了点头，仿佛是在给自己加油，好让自己有勇气继续说下去，"我感觉这二十年还是有进步的，城市发展变化快，审美提升了不少，环境保护、城市景观都比以前好，所以城市也就越来越漂亮了。有外地同学、朋友那样问过你吗？没有的吧？因为这些年我们确实在进步。"

范得慧笑，不语。范松波批评任何人、任何事，点到为止的同时，后面永远都跟着一个但书，总会有个"不过"，或者"但是"的。

两人说着话，汽车就来到了东古城墙根下。下了车，范松波仰头看着高大的城墙，赞叹不已，"得慧你看，你看这些青砖，你看看这城墙、这城楼！一千多年前的匠人多厉害，没有现代化工具，能修成这样，可真了不起！"

范得慧只是笑。

他们顺着青砖砌成的台阶爬上城墙。城墙上宽阔得很，能并排跑两辆汽车，城楼一座接着一座，十分伟岸壮观。

范松波说："历史悠久就是好啊，再怎么兵家必争，也能留下一座古城呢。"

"也是历朝历代修修补补才留下来一部分。"

父女俩倚靠着城墙远眺，护城河外是一大片林立的高楼，远处是建设工地，能看到许多脚手架、塔吊。

范松波说："得慧，晚上我就坐火车回去了。关于你妈，有句话，我不知该不该跟你讲。"

范松波的客气把范得慧逗笑了。"讲吧讲吧，"得慧说，"我对她早都免疫了。"

"你妈小时候吃了不少苦。你姥爷这个人，在家里很专制，又重男轻女……"

"嗯，我小时候听姥姥说过，家里的钱都在姥爷手里，姥姥买包盐，都要找他签字批的，太逗了。"得慧笑起来。

范松波也笑，说："他做了大半辈子面粉厂办公室主任，在厂里办什么事都要找领导签字批准，回到家里他就忍不住要模仿一下……"说到这，范松波觉得死者为大，又毕竟是长辈，还是继续说老曹比较好，"你妈很小就帮别人看孩子，假期打各种零工，赚的钱都被你姥爷搜刮去，一分不剩的，身上常常连买瓶水的钱都没有……"说着他想起那年夏天路过步行街，漂亮的老曹当街叫住他："喂，小哥，你能给我买瓶水吗？今天我忘了带钱包。"他看了她一眼，瞬间心慌腿软。他给她买了水。事情就这样开了头，接下来那段日子他天天跑步行街，风雨无阻，一天不去就吃不下睡不着的，就像中了魔……这种事跟得慧可说不出口。范松波于是转头又说得慧姥爷："反正呢，你姥爷就是要把家里所有的资源都统管起来，家里一切用度、一切事情都要经他之手，所以你姥爷生前有个绰号的，叫曹铁爪。"

"什么？铁爪！"得慧笑，"我看过姥爷的照片，一张脸面团似的，低眉顺眼的，谁能看得出这样一张脸下面，却是一双铁爪呢。"得慧摇头。

"你妈高中毕业考上过一所中专，那时能考上中专也是很不容易的，毕业国家还会分配工作。"

"哦，什么中专？"

"好像是酒店管理学校，一学期的学费好像是七十多块钱。报到那天，你妈在家跪了一天，也没拿到这笔学费，第二天她便离家出走打工去了。"

"就是那年去的韩国？"

"哪年去的韩国我不太清楚。"提到韩国，范松波皱起了眉，有一段时间，老曹喝多了酒，爱不分场合地讲韩国的事，当着孩子的面也讲。"我只知道她这么爱赚钱，跟没上成学有很大的关系，我们刚认识那阵，她跟我说过，她的人生，是被七十块钱改变的人生。"

范得慧沉默了。

"你妈本来有个姐姐，比你舅大两岁，比你妈大四岁。你妈在韩国的时候，你这个姨妈自杀了。"

范得慧吃惊地看着范松波，说："这是真的吗？我原来还有个姨妈？怎么从没听人提起过？姨妈为什么自杀？"

"具体情况我也不太清楚。有次清明节，你妈喝多了，一边哭一边嘟囔这事，我也只是听了几句而已。你妈酒醒后我也没敢问，怕她伤心。大约是你姥爷想给你舅舅买房，让你姨妈拿一部分钱，你姨妈拿不出，你姥爷便逼你姨妈去找男友要，你姨妈不肯，挨你姥爷打骂后，就跳海自杀了。"

得慧半晌无语，良久后叹道："难怪我妈不喜欢舅舅，也从不洗海澡，我还以为她天生怕水呢。"

"这是她心里永远的痛。"

得慧叹气。

"得安妈其实很能理解你妈妈小时候的那些事情。得安小时候，有一次从奶奶家回来后，问他妈妈'跪舔'是什么意思……"

得慧笑起来，扭过头来看着范松波，说："不会是我跟得安说了什么吧？哎呀我小时候，老曹可没少在我面前说邵瑾的不是，说你的不是。过得不顺的时候，骂你们一对狗男女；过得称心如意时，便笑你们一双矮穷矬。"

范松波也笑，他知道老曹还说过更难听的，辛辣刻毒地嘲讽他和松涛都好邵瑾这口，说这些粗鄙的话时她也根本不避孩子的。得慧和松涛待的时间比得安更长，小时候她常常缠着松涛，要他和她一起踢毽子、跳皮筋，他知道他们大人间的这种复杂关系一定给得慧带来过困扰。不过他相信如今的得慧，也一定都理解了。于是他接着得慧的话题说道："那时你还小嘛，懂什么。那天得安问他妈，她是不是在家跪舔男人，在单位跪舔领导了。"

得慧捂着脸，说："果然。"

"得安妈知道是你妈说的，然后你可能鹦鹉学舌，跟得安说了。但你邵瑾阿姨可没有生你的气啊，笑一笑，就过去了。后来她跟我说这有什么好气的，一个小时候找父母要学费都要下跪的人，在她看来，这世上可能没有不下跪就能得到的东西，何况她还跪了也没要到那笔学费呢。"

范得慧看着前方，沉默不语。

"有人说，童年的伤需要一辈子去疗愈。看看你妈，这话不无道理。"范松波看着得慧，说，"爸爸不希望你像你妈那样……以前爸爸做得不够好，忽略了你，已无法弥补。但是我希望你要记得，永远不要带着怨恨去生活，要是总带着怨恨生活，最终会伤害到你自己的。你能答应爸爸吗？"

范得慧点了点头，默默把脑袋靠到范松波肩上。过了一会儿，她轻声说道："放心吧范老师，我不会成为第二个老曹的。"

9

范松波刚走出火车站,就看到盛装打扮的老曹站在出口处冲他挥手,嘴里还连声喊着"范松波",引得不少人观望。她烫了一头大卷,阳光下每根头发都亮闪闪的。她穿着一条黑底撒小红花连衣裙,裙子似乎有点小了,裹在身上紧绷绷的,更凸显了她的高大丰满。

范松波一见她就来气,但他下午还有两节课,所以也不想浪费时间和她多费口舌,便脚步不停,从她身边经过时,只甩下一句,"你来干吗?!"

老曹跟上去问道:"得慧到底怎样了?你怎没把她带回来?"

范松波一听不由火大,他停下脚步,对老曹说:"你以后能不能不胡说八道?你再这么乱说得慧,我可就不客气了!"说完他转身就走。

"什么意思啊你?"老曹当胸一把揪住范松波的衣服,说,"我就问你一句,得慧现在怎么样了?你怎么没把她带回来?"

以前他们在一起时,有一阵,偶尔范松波回家比她晚了点,老曹总是这样一把揪住他,问他回来得这么晚,是不是在外面和小嫚干坏事。范松波说没有。她就会把他拖得更近些,热烘烘的身子危险地逼近他,追问:"那有没干好事呢?"戏谑的语气和眼神里,藏着多少兵荒马乱。起初他很沉醉于她的这种小把戏,冷饮商突然冒出来后,他才明白老曹的小把戏里,有那么多混沌不明、不可简单归纳的复杂情绪,她也应该有过挣扎的……明白归明白,但从愤怒到释然,从嫉恨到怜悯,是经历了相当长的一段时间的。

范松波使劲挣了一下身子,想甩开老曹的手,竟然没能挣脱开。范松波恼火地说:"根本不是你讲的那样!你跑到她公司那样闹,可不是授人口实、败坏得慧吗?!"

"我不想她被人欺负了……"

"没人欺负她,除了你!就是你在欺负她!她跟着白老师,我看了放心得很。得慧摊上你这么个妈,可真……"

"她鬼得很,这事你可不能光听她说!"老曹急得跺脚,死死揪着范松波的衣服,说,"她的电话怎么总打不通?我给她充了话费的,也打不通,急死我了!"

范松波奋力挣脱出来,说:"得慧有正事,你追着她的电话打干什么?有事在微信里留言不就好了?"

"我留言了,可她不回我啊。"

"你留言说什么?有正事吗?!"

"我让她赶紧跟你回来啊。这事我们得一起好好商量,不能就这么便宜了那男人!"

范松波只觉得一股无名怒火从心底直冲脑门，想不通怎么会有老曹这么蠢、这么不体面的女人，而且这女人还是他女儿的妈。范松波恨不得抽自己几巴掌。

"你呀你！"范松波气得说不出话来，光是伸出一根手指指点老曹。过了好一阵，他才说道："得慧清清白白的，你别再胡说八道了，也不要再去找她老板！你这么做，就是上了那小宝的圈套，在往得慧身上泼脏水！"他走了两步，又气呼呼地折回来，道："你真应该去瞧瞧，对得慧来说，白老师更像是一个母亲！"

老曹脸一下变得煞白，说："得慧这么跟你说的？"她看着范松波，眼神里透出一丝痛苦迷茫来。

范松波看着老曹这副可怜样，顿时又觉得话重了，心内生出一丝不忍。但一想到她的胡作非为，她的胡说八道，便狠心撂下一句"管好你自己，别再管得慧的事"！赶紧拔脚走了。

傍晚下班回家见了邵瑾，范松波把背包往地下一扔，走过去抱住了她。

"瘦了。"范松波说。

邵瑾笑，说："才怪。"

范松波摇了摇臂弯里的邵瑾，说："等放暑假，我们去云城玩啊，吃刀削面，看得安，再去看看云冈石窟啊悬空寺啊……"说着他想起八里村支部那群人，他们欢乐的笑声仿佛还在耳旁。范松波心里有些伤感，他和邵瑾还没出去旅行过呢。

邵瑾说了声"好"，她拍了拍范松波的脊背，问："得慧还好吗？"

"她很好。"范松波简单地说了几句，便问起得安来。于是两人又聊了会儿得安。得知得安背了个警告，范松波心里不好受起来。

邵瑾倒很平静，安慰松波说："这孩子遇事冲动，这次得个教训也好。有些亏，早吃比晚吃好。"

过了一会儿，范松波松开邵瑾，从背包里取出一只粗布小包递给邵瑾。邵瑾笑着拿在手里端详，吩咐范松波洗手吃饭。

布包是黑色的，用抽绳做收口。撑开收口后，用深浅不一的蓝色和粉色丝线绣成的牡丹绽放开来，花瓣层层叠叠，状如堆锦，色似晕染，变化丰富。花瓣簇拥着黄色和白色的花蕊，有一股粗犷、蓬勃的生命气息。

邵瑾由衷地叹道："这绣工真好！"

"就知道你会喜欢。"范松波洗完手出来，得意地笑着说，"这是云城最好的绣工绣的，是个男人呢，姓钱。"

"哦？"邵瑾惊奇地说，"男师傅啊！绣得真好，真好看！"

"白老师参与了当地政府组织的一个帮扶项目，和钱师傅结对子。这位钱师傅呢，三十多岁时下煤窑砸伤腰，下肢瘫痪，才开始学刺绣的。白老师家的首饰，用的都是钱师傅的绣品做包装。白老师鼓励钱师傅创新，这钱师傅也很有天赋，他用的绣花针比一般的针大，胜在构图生动、线条优美、层次丰富。他绣之前不打底稿的，所以他的每件作品都不一样。现在他可是云城数得着的绣工了，带了不少学徒。白老师家用的东西，现在多是钱师傅徒弟绣的，但这个绣花布包，可是钱师傅亲手绣的。"

"那我可得好好收着。"邵瑾用一根手指轻抚过那些栩栩如生的花瓣，由衷赞道，"这位钱师傅，真了不起。"说着她打开布包，从里面拿出来一件银饰，是件镂空芭蕉叶状的吊坠，用深褐色丝线结绳串着，银饰顶端点缀了几颗朱砂和绿松石串珠，素朴雅致。邵瑾一见很是喜欢。

邵瑾猜应该是得慧帮着挑选的，范松波在女人用的这些东西上向来缺少主张。她抬头对范松波一笑，说："这个也好看得很，搭配我那几条裙子正好。"

范松波在餐桌边坐下来后，笑着说："这可是得慧自己做的啊，她不让我告诉你的。你看出来这是什么树叶了吗？"

邵瑾很有点意外，愣了下，说："那你，替我谢谢得慧啊。"

她仔细地看了看这件银饰，说，"有点像芭蕉叶呢，但叶脉又比芭蕉叶密……"

"这是水杉树叶，中华水杉。"松波忍不住说出来，他的脸上挂着些得意的笑，"得慧打算设计两个系列，一个是花卉系列，一个就是草叶系列。这是草叶系列中的一件，她先做了出来。她给程律师也做了一件，说是等回来面谢时送她。现在，得慧懂事了，也很用功的。"

"挺好的呀，"邵瑾高兴地说，"得慧这样就很好，做自己喜欢的事，比什么都强。"

饮水思源，范松波说着得慧，突然话题一转，说："得空咱俩去看看文老师吧。"

邵瑾回过神来，说好。她想了想，又说："文老师住养老院了，也不知他现在怎样，等我问问凌云，看方不方便吧。现在养老院一般都不允许太多人探视的。"

"好。方便的话，我们找个时间去，要是不方便，你替我去一趟。"范松波又问，"这两天你怎么过的？"

"照常过啊，才两天好吧，说的好像久别重聚。"邵瑾笑，用筷子夹了一块烤鳗鱼到范松波碗里，说，"这是昨儿你一学生家长送来的，放在小区门卫处就走了，也不知是谁，问门卫师傅，只说姓孙。不收吧，怕坏了；收了吧，"邵瑾笑起来，"总觉得怪怪的。"

范松波摇了摇头,说:"我去打印点复习资料发给孩子们。这家长的小孩刚上了我的辅导班,几次约我出海钓鱼,想聊聊孩子的学习情况,我知道他是期望我好好辅导他小孩。你说我对学生还能两样吗?再说,我跟他去钓鱼,不耽误给孩子补习嘛!"说完,又问:"拿来多少?"

邵瑾说:"好在不多,几条小鳗鱼,还有两条大头腥,说都是他自己钓的。我本来想着给爷爷拿点,打电话过去,两老不在家,竟然跑三亚玩去了。"

"这个季节还能钓到大头腥?在冰箱里?我看看。"

范松波过去把冰箱打开看了一眼后,说:"嗯,是本地大头腥,还好还好,要是进口的,受之有愧啊。"

邵瑾问:"怎么看出来是本地的?"

范松波指了指自己的下巴,说:"这儿有两根须的,都是本地的。——你刚才说什么?老爷子去三亚了?"

"是啊,上次爷爷打电话,要我们有空就去一趟。你一直没空,我担心他有什么事,就想着正好有鲜鱼,不如我先过去瞧瞧,拿两条鱼给他们尝尝鲜。还好我提前打了个电话,不然就吃闭门羹了。说是这个季节去三亚,开销要便宜很多呢。"

"那倒是的,现在三亚是淡季。"范松波看着邵瑾,沉默了好一阵后,说,"看来捡便宜也得有闲啊。没空,我们连便宜也捡不了。"邵瑾浅笑，低头吃饭。

吃完饭两个人照旧出去走了走。平日里散步，他们一般会顺坡走到山顶的小公园。偶尔也会顺着教堂边上的小道，往南坡走一走，走到半坡观景台再折返，从教堂、菜市场边的小道绕回来。

近来入夜后，菜市场前面的街道两边，会摆满小摊，形成一个规模不大不小的夜市。

这个夜市不是经常有的，来摆摊的人，也多是下了班才来挣点小钱补贴家用的。邵瑾看到一个年轻女人带着一个小女孩在卖杯子、盘子。小女孩大约三四岁，乖乖地坐在一只小马扎上，怀里抱着一只纸盒，纸盒里有一些零钱。她戴着口罩，口罩上方露着两只乌溜溜的大眼睛，好奇地看着来来往往的人。年轻的妈妈不时抽空把她鼻子那的口罩捏一捏。这些杯子、盘子的造型都很别致好看，颜色也很鲜艳。

邵瑾蹲下来挑了两只大水杯，想着买回家做花瓶也蛮好。范松波在边上说："买这个做什么呢？家里不缺杯子啊。"邵瑾当没听到。拿着杯子走了一段路后，邵瑾又回头看了那个年轻妈妈一眼，问松波有没有觉得卖杯子的女人有点面熟。范松波也回头看了一眼，路灯昏暗，那女人又正低头给人打包盘子，一时也看不清。不过，就是看清了，他可能也认不出。邵瑾说那女人白天在山顶那家叫"利民"的药房里做导购。

"上次我给你买的咽喉片,就是她推荐的。"

范松波又回头看了一眼,路灯下人影绰绰,愈加看不分明。他"哦"了一声,说:"难道卖盘子比做导购赚得多?我刚当着她面不好跟你说啊,这种杯子应该是釉上彩,看着好看,可不能用来喝热水,喝个凉白开罢了。"

"我知道,买来玩罢了。"邵瑾说,"她丈夫是厨师,两人租房子住。今年虽然卖房子的生意不好,但房租却不见便宜的,物价这样子涨,餐馆的生意又受疫情影响,厨师的收入也不知怎样。带着小孩出来摆摊,想来也是没办法的事……"

范松波一下明白了,不由叹了句"民生多艰"。以往市政管理部门是不让人在这里摆小摊的,看来现在也网开一面了。两个人又在夜市上买了些蔬菜、水果,以及两根煮玉米棒,备作第二天的早餐。范松波觉得有点累,邵瑾也有些有心无力,不想再逛,两人稍转了转便往回走。回小区时,才发现物业不知什么时候在小区入口处挂了两条关于疫苗的巨大横幅。

两人一路无话。走到电梯间,范松波才对邵瑾说,我已经打了第一针了，没什么反应，就是胳膊疼了两天，你想好没？邵瑾说，不是说有基础病的可以不打吗？你有高血压的呀，什么时候打的？范松波说，上周，我怕你担心，没跟你说，打完也没什么事。邵瑾嗔怪地瞪了他一眼。范松波笑道，放心，没什么事，我办公室的周老师除了高血压，还有高血脂、糖尿病呢，不也打了。不打怎么给学生上课？你们单位没通知？邵瑾说，通知了。范松波说，那明天你也问问物业吧，不打不方便的。邵瑾没说什么，单是点了点头。

知道范松波要回来，下午邵瑾从杂志社回家时，就在小山顶的街边小车上买了几只甜瓜冰在冰箱里了。遛弯回来，邵瑾便拿出一只瓜来切了，和松波端到阳台上去吃。他们家在靠马路的那个单元，小区里外的动静都尽收眼底。晚饭后到《新闻联播》结束前的一段时光最是热闹。街边路灯下，有人在纳凉打够级，而小区中心花园的草地上，孩子们在嬉戏打闹。《新闻联播》的时间一过，各处便都安静下来。嘈杂声一退，风好像便吹动起来，楼下一户人家在窗前种了两棵栀子花，正是盛开时，风一吹，便飘来淡淡的栀子花香。范松波吃着甜瓜，跟邵瑾说起了云城。在这清凉的有香味的夜里，范松波给邵瑾描绘的云城非常美好：好吃的食物、善良的人们、古老与现代交会的街市。

听松波说云城，邵瑾却不由想起了松涛。

松涛、小观从西藏返回时路过青海，八月里到了一个叫祁连的县城，松涛不肯走了。邵瑾最近才知道，妙一后来也赶到了那，和他们住得不远。松涛给松波和邵瑾写信，既没有提小观，也没说起妙一，只对松波和邵瑾说："我们要成为最好的自己，好配得上这世上最美的河山。"这样的话松涛以前从不曾说过，读着一点也不像是他会说的话。所以当时松波笑着说："啥意思？喝大了吧这是。"邵瑾趴在松波肩头，看到这句，不知为何，她眼前出现的却是松涛泪流满面的样子。她笑笑，从松波身边走开，心里难过得要死。这封信她当时没读完，后来也没问过松波，松涛在信里还写了些什么。不过，松波看完信后，又兴奋地喊她过去看照片。邵瑾不知松波的邮箱里还有没有松涛写的这封信，附件里是松涛随信发来的照片，照片里那些雪山，雪山下的村庄、草原、麦田，她一直都还记得。邵瑾一直不明白的是，这个九月里声称要成为"最好的自己"的人，为何到了十月便不肯放过自己。最后妙一送回家的，只是小观。

或许，每个人一生中都会经过一个不想离开，却也无法留下的地方，就像人们会遇到一个舍不得离开，却也无法留住的人一样。

对松涛来说，那个地方应该就在祁连县。松涛留下遗言，希望能把他的骨灰撒在雪山脚下。但妙一到底还是听了松波一家人的话，带了一小捧他的骨灰回来。

邵瑾还记得松涛邮件里的那两张照片，一张是小河边立起的一块巨大的红色石头，有着典型的丹霞地貌的色泽。另一张是被雪山环绕的村庄，村庄前，有一大片翠绿的麦田。松波说，松涛他们从大石头旁边的一条小路，爬到了这块大石头上去，看到的就是这被雪山环绕的村庄、麦田。"你们能想象吗？"读信的人完全能感受得到松涛信里那惊喜的语气。

邵瑾如今回想，那时爷爷的反应也有不寻常处，好像他的心疼多过悲痛。爷爷和奶奶很早就约定，以后一起海葬。松涛去世后，爷爷却掏空积蓄，坚持买了个墓穴给松涛。"这孩子苦到头了，得让他有个落脚地儿。"听上去像是松涛不是在他身边长大，倒像是偶然漂流到此客居。

邵瑾跟松波说起禅修会的事。本来，她想把那一次活动的费用转给慧如，慧如不说多少，只说随心、随意。她便发了个红包给她，慧如却一直不收红包，只欢迎她以后常去。邵瑾很有些困惑，便问松波，为何慧如都说随心随意了，却又不收红包。松波笑，先问邵瑾怎么想到要去禅修会的。邵瑾便说起那日去植物园，闻到湛山寺的香火味，便去药师塔转了转。

"在药师塔那遇到两位出家人,听他们说起这个禅修会,可巧有空,便去瞧了瞧。"

邵瑾说得云淡风轻,松波却瞬间明白她是去找妙一的。那些他没能放下的过去,看来她也没放下。他放下叉子,擦了擦手上的甜瓜汁,挪到邵瑾身边,伸手揽住了她。松波在暗淡的夜色里笑道:"傻瓜,一个红包能塞下多少呢。"邵瑾想了想,也是,禅修会上喝的茶好,点心也很好,两百块给慧如,做得了什么用?既然慧如不收,不如就照她说的,去做件善事,在水滴筹上捐给需要的人。这也算是慧如所说的"一场功德"。

两人说着话,邵瑾突然想起来程凌云送来的那只乌龟,她搁在客厅一角,还没给松波看过呢。她跑进客厅,把灯打开,叫松波进来认识一下程小金。松波过去看了一眼,问她什么时候买的。

小乌龟一动不动,脑袋缩在背壳里。"这只小乌龟真好看,金子做的一样。怎么想起来买这个?"范松波弯下腰,伸出一根手指头,想戳戳这只小乌龟,被邵瑾拦住了。

邵瑾说:"去洗手啊,洗完手再摸。凌云送来的,说这乌龟不是普通的乌龟,像这么大的,值好几千块钱呢。"

范松波听了直咋舌:"怎值得这许多?不过是只乌龟罢了。"

"可不是普通的乌龟。你瞧，有人说它身上这一圈圈的花纹，是年轮呢，跟树一样。"

"哦？有点意思。只是，这么小只，怎就值这些钱呢？"

邵瑾笑道："贵而不娇，倒是好养，隔天喂一次，番薯叶、青菜叶，黄瓜什么的，不论我们吃什么，给它掰一点，就可以了。"邵瑾说着又指给范松波看程小金身下一只向上翘起的角，"这是只雄龟。"

范松波伸出一根手指触碰了下，吃惊地道："天呐，居然是这种材质的，一直这样翘着？"

邵瑾拍了范松波一巴掌，满脸飞红地笑道："这是它的角好吧？它靠这个掀翻对手，也靠这个掀翻配偶。"

范松波笑，说："这么好玩啊！"他弯腰对它说起话来，"可惜啊，在这里你既没有敌人，也没有爱人，空有一只金角。你活得也太孤单了，到哪里去给你找个伴呢？"

邵瑾说近来凌云忙，只是帮她养一阵，她也是帮她客户养一阵，人家也没说送她。接着她便把这个给人送双龟的故事讲给范松波听，范松波听着也乐不可支。

"不做亏心事，不怕鬼敲门，这道理不懂？"范松波笑着摇头。

这日范松波上午两节课，下午两节课。中午他走过一条街，找了家距补习班远一点的小馆吃饭。补习班附近咖啡馆、奶茶店、网红小吃店多，都是学生爱去的地方。自从有次他就近到一家小吃店吃饭，被学生抢着买单后，他就走远一点，换别的地方去吃饭了。

这家小馆位于一个小区门口，主要顾客是社区居民，由一对莒县来的小夫妻经营，卖的都是些甜沫、小凉菜、油酥火烧、素包子之类价廉物美的小吃。范松波来过几回，爱吃他家白菜豆腐做的素包子，每次他都会多买一份带回家，做晚餐主食。下班回家后只需烧个汤，或是煮点小米粥，拌个虾米黄瓜，烧两只辣椒，拍个大蒜头，再打一扎鲜啤酒，就够他和邵瑾从黄昏吃喝到夜深。

这日他吃着素包子，想起邵瑾去禅修会的事，便给妙一打了个电话。松涛祭日过后，他去湛山寺见过妙一一回，眨眼又月余未见，不知他在忙什么，也不知他后来有没去看小观。他想着，如果妙一还在湛山寺，就多买两屉包子，课后回家前，先去看妙一。电话接通，妙一却在博山正觉寺，不知在忙什么，电话里传来"叮叮叮"凿木头的声音。妙一和范松波差不多的年纪，但范松波对妙一是打心眼里敬重的。自那年妙一带着小观，还有松涛的骨灰从祁连县回来后，他们打交道多了些，范松波对妙一的了解也多了些。在他眼里，妙一是这世上最好的那一类人。只要想到松涛曾经拥有过妙一这样的朋友,范松波的心里就会好受许多。自上次见面,与妙一相约去看小观后,范松波就身陷忙乱,这一阵连想也没去想这事,范松波心里不免有些愧疚。以他对妙一的了解,妙一自己应该是去看过小观的。果然,妙一说小观现在很好,不用担心。范松波解释说自己这阵子太忙了,竟没抽出空来。妙一在电话里温和地笑,他请范松波放心,说他来博山前刚去温泉镇看过小观了,都好好的。范松波又问小观的电话怎么打不通了。妙一说,小观现在不用手机了,成日便只待在家里,手机用不大着了。范松波听了却重新担心起来,担心小观是不是又犯病了。他问妙一,小观没了手机,怎么联系他。妙一说,小观他们成立了一个居民艺术培训中心,设在物业中心一间闲置的仓房里,有画家隔三岔五过去教大家写字画画。画家不在的时候,都是小观带着大家一起画,小观现在是半个老师,忙得很。找小观,也可以打他们物业中心的电话。妙一还说,现在小观画的画,有一点松涛的味道了。范松波听着心里甚觉安慰,好像这世上与松涛有过关联的那一部分,又活了过来。

范松波问及妙一归期。妙一算了算,说怎么着也还得一阵子,具体时间不好说,得看工程进展情况,顺利的话,国庆节前能回去,到时去温泉镇小观家聚,慢的话就不知节后什么时候了,那就只有等回去后找时间聚。范松波说好。

又问起小观母亲。平日范松波在厨房里忙活时，每每透过厨房的窗户，看到后栋邻居家，就很担心小观。小观身子弱，自顾尚且不及的，如果还要照顾一个邻居家那样的失智老人，那可就太遭罪了。妙一说，也还好，生活都不成问题，就是有些忘事，常把小观错认成他人。末了妙一又告诉范松波，倘若有事找小观，还可以打他家阿姨的电话。但打阿姨的电话最好在白天，阿姨上白班的，晚上没有特殊情况，就回村里自己家了。范松波虽然不知道会不会打，但他还是记下了那个电话。

晚上，范松波跟邵瑾说了跟妙一通电话的事。邵瑾问松波："如今小观画的，是国画还是油画？"

邵瑾记得松涛告诉过她，在艺校时，他爱上了一个羞怯的不善交际的画家，哈默修伊，他画的都是油画。松涛有一本他的画册，她看过那本画册，画风冷淡，题材单一，所画的大多是他的家：家具、妻子，以及照进室内的光线。刚到杂志社时，松涛还是画油画多。后来，好像就是国画画得多了。

"国画。"松波说。

10

大暑过后,天气闷热起来,海上吹来的风也和以往不一样,湿漉漉、黏糊糊的,弥漫着一股海水的咸腥味。蝉整日趴在树上不动,只是"热呀、热呀"地叫个不停。

邵瑾家楼下小区的樱树,长得十分高大了。有蝉躲在树上,从清晨一直鸣叫到夜深,尖厉不稍停。

岛城的夏天以凉爽出名,但每年夏天也总有这么湿漉漉、黏糊糊的异常闷热的几天。邵瑾是不怕热的人,她对岛城的夏天满意极了,一年中开空调的日子屈指可数。她度过夏天的方式朴素简单,一入夏,便把床上用品换成粗布的,一台小小的电扇放在墙角,也只在特别热的时候打开。小电扇避开人缓缓地转动,屋子里便有了清风徐来的凉意。但这个夏天真是不同以往,竟然都有人得了热射病。这在岛城也是许多年不曾有过的事。家家户户都把空调开了起来,邵瑾家也不例外。

空调一开,屋子里凉快了,外面却更热了。邵瑾听那蝉叫,也仿佛换了腔调,从"热呀、热呀",变成了"苦啊、苦啊"。邵瑾睡不着时,听着那歇斯底里的波涛一样涌来的"苦啊",便跟范松波开玩笑,说明儿拨你去粘杆处啊。范松波应着,翻个身,很快又睡着了,这让邵瑾羡慕不已。范松波年长她几岁,但他的睡眠却比她好。邵瑾有时在深夜听着他均匀的呼吸,便想着自己到底还是事情做得太少了,便下定决心要像松波一样每天早出晚归,或是像妙一那样,一日不做、一日不食。或许这样,就能有安稳的睡眠了。

深夜的打算最是靠不住。天一亮,多少雄心壮志便都如朝露般消散了。邵瑾成日只在家待着,直到新一期刊物又要总校了,她才不得不去了一趟单位。

邵瑾一进社科院大门,门卫师傅便兴冲冲地跑来告诉她,小黑回来了。邵瑾很有些惊喜,连忙问小黑在哪。师傅便轻手轻脚走到那棵玉兰树下,往高处指了指。邵瑾抬头细看,透过茂密的枝叶,隐约可见一只黑色的小鸟安静地立在一个高枝上,翅尖上的一点白隐约可见。

"小黑!小黑!"

师傅喊它,可它却一动不动。隔得远,邵瑾看不清它到底是不是小黑。不过,就算是隔得近,恐怕她也无法辨认。除非它飞下来,像以往那样在树下的长椅椅背上踱步,问它:"你叫什么呀?"它能开口回答:"小黑、小黑。"

邵瑾问师傅:"怎么知道是小黑的?"

师傅笑道:"前天天黑时回的,飞到笼子前找吃的,小灰赶它,它便飞到我窗台上,别的鸟不敢的。我弄了点吃的喂它，它吃完飞走了。这两天，它天天来，没以前活泼了，瘦得不成样，想是外面的日子不好过啊。"

"它还能说话吗？"

"也能张嘴咕噜一下，毕竟出去一个多月，没说过人话了，等缓过来，练两天，应该就能说了。"

"就它自己回的？"

"可不。"

邵瑾心里一酸，想这小黑不知是遇到了渣女，还是遭受了什么意外，痛失了所爱。再看那立在高枝上良久不动的小鸟，好像看到了它的心碎。她回头看看鸟笼里的小灰，一直没有学会说话的小灰，每天吃饱了便在笼子里活泼地蹦跳，对人不感兴趣，渐渐人对它也不感兴趣了，人们来来去去，无人去逗它玩的。师傅也不敢把它放出来，它好像也无所谓，就在那笼子里快乐地打发它作为鸟的一生。

第二天，在和程凌云去看文老师的路上，邵瑾跟程凌云聊起了小黑。

"还以为它从此过上了自由、幸福的生活了呢。"邵瑾说。

程凌云笑，过了一会儿，问邵瑾道："你还能关心点别的事吗？多无聊啊，一只鸟，你说半天。"

邵瑾也笑，说："被你这么一说，我都不好意思跟你汇报程小金的近况了。"

"程小金近来怎样？"

"好得很。"邵瑾叹了一口气，说，"我就说嘛，按我的情况，半年见你一回，我可能还有的说；按你的情况，一天见我一回，也说不过来的。"每到单位年终总结的时候，邵瑾总觉得无话可说。回头一看，她会心生愧意，觉得自己是在认真地过一种虚假的生活。

程凌云说："那也不至于，最近我也没什么好说的了，"她拍了一下方向盘，"唉，这世界可真叫人无话可说啊。"

"你可不能这样啊，得有股鸡三足、火不热的劲头才行啊。要是你都无话可说了……"

"那好吧，说正经的，"程凌云飞快接过话题，说："范松波闺女，现在怎么样了？"

"应该没什么事了吧！"邵瑾看了程凌云一眼，道，"目前来看，应该是用不上你的了。得慧现在在云城学艺，松波刚去看过，是个女师傅，祖业就是做首饰的。现在他总算放心了。"

程凌云开着车，看着前方，说："你知道吧？老徐的一个朋友，从美国回来看望老母亲，先是飞到广州，隔离一阵，后来转机到某地，不知怎么阳了，又隔离一阵。忽阴忽阳的，将近三个月，现在还没能回老家呢。"

邵瑾不插话，单是听着，等着程凌云一直说下去。以她对程凌云的了解，这样的开头，后面往往还有一大篇的，就像一部电影开始之前在银幕上打出来的几行字："根据真实故事改编，如有雷同，纯属巧合。"这几行字只是铺垫，全部戏码都在后面。

等了一阵，程凌云却只是开车，没了下文。邵瑾只得问："不会是委托你打官司了吧？"

"哈！我们怎么可能有这种官司！"程凌云笑道，"是老徐，老徐一看这情形，怕了，便决定先不回了。其实他都不敢去做检测，说不定都感染了的。我就顺着他的话，准了他。"

程凌云原先跟邵瑾说过，八月中旬老徐就要回来了。邵瑾还和范松波商量过，等老徐隔离完，可以出门了，他们要给老徐接风的。

"不回了？那怎么办？签证到期了吧？"

"他弄了个学签。"

"读书？读什么？"邵瑾有点诧异。老徐已经博士、教授了，她不知他还要读什么书，读了干什么。

"道学，他说想拿个道学的学位。"

"道学？哪个道？"

"哎呀就是那个 Word 嘛。"程凌云开着车，点了点头，"The Word was God."

邵瑾有点惊讶，一时不知说什么好，便谨慎地沉默了。以前程凌云跟她说，每年三四月，天气暖和后，海鸥如何在海面上摆开一字长蛇阵，像在追捕什么。邵瑾当时很难理解，她也常常去海边的，看海鸥在空中飞来飞去，感觉它们并不像大雁那样有组织性。入春天气转暖，红嘴鸥就飞走了，留下来的多是黑尾鸥和银鸥，它们会追逐船只，总是群起尾随。她很难想象它们会摆出一个长蛇阵来。雁群有头雁，海鸥没有。海鸥成群，不结队，不折不扣的无政府主义者。她也曾经在雨后的公园草地上见过成群的海鸥。无政府主义者中的境遇主义者，只会一哄而上，不可能摆出队形，有组织、有配合地进行集体活动。她坚定地这么认为。她觉得程凌云有点夸张了，猜测长蛇阵之说应该只是她的错觉，可能她恰好见过几只海鸥像大雁那样次第飞过。直到有一天，她去了程凌云家。那是个下午，她和程凌云坐在她家宽大的阳台上喝茶，大海像块蓝色地毯，从阳台下的小树林边直铺到天边。大约下午四点来钟的时候，一大群海鸥突然由西边飞过来，它们"嘎嘎"地叫着，杀气腾腾地追逐着什么。它们不停地飞起、落下，战线越拉越长，大海像是泛起一道巨大的白浪，场面十分壮观，说是长蛇阵一点也不夸张。当时她目瞪口呆，问程凌云："它们在追捕什么？"程凌云答："当然是鱼啊，可能是面条鱼，也可能是八带，或者别的什么鱼。"程凌云喝着茶，耸了下肩。

如果换作从前，听说老徐不回来了，邵瑾可能会问程凌云许多问题：学校同意了吗？工作怎么办？以后还回不回？但现在她不会问了。位置不同，视角不同，所见的风景都不一样，有什么好问的呢。况且她觉得，作为当事人，程凌云和老徐，对接下来的事，可能也还没有确定的答案的，搞不好也是走一步看一步，问，不过徒增他人烦恼。昨天她在办公室看了一天的稿子，这是看稿看得最轻松的一次。她新开辟的栏目《争鸣》，会发两组观点完全不同的文章。她把她无法选择的东西都放在了一起，不去选择。这一期有两篇关于国际关系的文章，一篇预测俄罗斯会打乌克兰，一篇预测不会，都写得非常好，逻辑严密，论证充分，真是公说公有理、婆说婆有理。果然，院长对这个栏目也非常满意。"都照顾到了。"院长说。她有一种爬上岸，退到一边，垂手只看别人在海里游泳的感觉。

想到这，邵瑾便礼貌地说："嗯，等读完书再回来也不错，那时应该一切都正常了。"

文老师在养老院住的是单间，进门左手边是一个简易厨房，有橱柜，有水池、电磁炉，也有小冰箱、烧水壶之类的小型厨具。右手边是壁柜，壁柜过去是一张双人沙发，沙发对面是一张单人床，床尾有一扇门，通向一个小小的卫生间。房间的窗户朝南，窗外有一棵高大的鹅掌楸，有根树枝垂下来，茂盛的绿叶正好把窗户铺满。

邵瑾进门便看见满窗树叶，阳光将它们照得透亮。

程凌云也有阵子没来探视了。去年养老院只允许每周一次隔窗探视，带来的东西也须由养老院消毒检查后转交。现在好了些，不过每次的探视者要控制在两人以内，仍需戴口罩。

她们进门后，程凌云便把门关上了。她把邵瑾推到前面，拉下她的口罩后，笑着问文老师："文叔，您还记得她是谁吗？"

文老师满头如雪，早已不是当年邵瑾见过的样子。他坐在窗前的一张摇椅上看书，看见程凌云和邵瑾，他满脸堆笑，把书扣在床边的小茶几上。他摘下眼镜，盯着邵瑾看了好一阵后，忽然眼放异光，说："是、是飞飞的同学吧？"

邵瑾笑着，冲文老师鞠躬问好："文老师好啊！我是邵瑾。"

"邵瑾啊，这名字，熟……"

程凌云将停在床边的一辆助步车推给文老师，又将那张摇椅挪到一张双人沙发跟前。文老师推着助步车，慢慢走到摇椅边坐下来。待程凌云和邵瑾在沙发上坐下后，他看着邵瑾，笑眯眯地问："你是飞飞的同学吧？"来的路上，程凌云跟邵瑾说过，文老师有点糊涂了，现在常常提起以前他从来不提的人和事。她告诉邵瑾，文老师的儿子飞飞，在上大学三年级时失踪了，以前文老师从来没提过，现在有点糊涂了，倒常提起来。她叮嘱邵瑾，如果文老师提到飞飞，不要接话，说点别的就好。

邵瑾伸手握住文老师的手，压抑着心里的难过，笑着说："文老师，我是凌云的朋友邵瑾呢。很久不见，您老还好吧？"

程凌云身子前倾，看着文老师说："文叔，得慧您还记得吧？小朱的学生。她是得慧的阿姨，那年她和得慧爸爸一起去福山支路老宅看望您，得慧爸爸还算出了白果树上大约有多少白果的。想起来没？"

"哦，想起来了，数学家的妻子。"文老师笑起来，"数学家还好吧？"

邵瑾和程凌云对视了一眼，她们都没想到文老师竟然记得范松波。邵瑾笑着说："谢谢文老师，他好着呢。这次他没抽出空，下次我带他来看望您。"

趁邵瑾和文老师聊天的当儿，程凌云起身走到橱柜那儿，拿了一个小碟子出来，将带来的蝴蝶酥取出来一块，放在碟子里切成小块。她倒了杯温水，一并端过来，一口蝴蝶酥，一小口水地喂文老师。文老师吃一口，便瞅一眼房门口。

程凌云说:"不要紧,慢慢吃,有我呢。"文老师的神情这才平缓下来。他吃了几口蝴蝶酥后,说:"嗯,老东方的蝴蝶酥吧?还是当年的味道。"

程凌云便笑着对邵瑾说:"瞧,我说得没错吧,让你买这个买对了吧?多少事都忘了,还记得老东方呢。"

邵瑾也笑,说:"可惜才买了一盒,我看这也有小冰箱、微波炉,真应该多买点的。"

程凌云说:"就这一盒,还多了呢。我们一走,护工就来收走了,也是担心吃多了,坏了肠胃。"

人老了诸多事便不能自主了,连吃个什么,自己都做不了主。邵瑾心里酸楚,不再说什么。她看着窗外,满窗绿叶实在可爱。文老师顺着她的目光看了一眼,用哄小孩般的口吻亲昵地对她说:"昨儿你们来就好了,昨儿还是满窗花的,金色小灯盏一样,可好看咯,想是夜里被坏小孩摘去了吧。"邵瑾笑,想是他忘了自己年龄,也便把她和程凌云都当了小嫚了。

程凌云也笑,说:"好啊文叔,骗小嫚玩是吧?五月里我来,才是满窗花的,怎会是昨儿?"

文老师呵呵笑起来,有些不好意思地对邵瑾说:"不是成心要诳你啊,想是我记岔了。老咯,老咯。"

临到傍晚，窗外突然刮来了一阵风，天凉快下来。

程凌云扶着文老师出去散步，邵瑾拎着助步车跟在后边。养老院有个小花园，种了些花草树木，八月里，尚有一些萱草、几丛绣球、两棵紫薇树还开着花。花园里地面平坦开阔，程凌云便让文老师自己推着助步车慢慢走着。走到那两棵紫薇树下时，一个灰白头发、白大褂里露出碎花裙摆的工作人员走了出来，站在大厅门口冲程凌云招手。程凌云便把文老师托付给邵瑾，走过去和她说话。两个人看上去很亲热，说话时还不时触碰一下对方的臂膀。邵瑾陪着文老师转了一圈后，看他也有些累了，便扶着他在紫薇树下的长椅上坐下来歇息。文老师抬头看看头顶的繁花，问邵瑾："这是什么花？以前没见过呢，真好看！"岛城八月多是紫薇了，马路当中的绿化带上、围墙边，公园里、社区楼前楼后，总能见到几棵的。邵瑾说："文老师，这是紫薇花。"文老师说："哦，紫薇都开了啊！那快开学了呀，也不知飞飞有没提醒小云早点买火车票？"邵瑾不知他在说什么，她想了想，把脖子上挂的银吊坠取下来，递给文老师看。

"您看，这是得慧做的呢。"

文老师接过去，仔细看了一阵，赞叹道："好得很。"他把吊坠举到邵瑾面前，歪着头端详了一阵，点了点头，说："好看，配的。"话未落音，他突然就愣住了，眼神也变得空洞起来，仿佛突然来了一个巨浪，把他眼里的事物都卷走了。邵瑾轻轻叫了声"文老师"，文老师没回应。他转过头去，手里的银饰掉到地上，他也没察觉。邵瑾把银饰捡起来，挂回脖子上。文老师有些惊慌地四处张望，像在寻找什么，手也哆嗦起来。程凌云还在和那位工作人员说话。邵瑾连忙握住文老师的一只手，轻轻拍着他的手背安抚他。她轻声问道："您是不是累了？我们回房间休息吧？"文老师点了点头。邵瑾把助步车拉过来，让文老师把着，然后搀着文老师站了起来。糊涂了的文老师仿佛比先前重了一些，她有些吃力地控制着方向，引导他向程凌云她们走过去。走了没几步，文老师看着站在那说话的程凌云，突然停下脚步问邵瑾："你是小云的朋友？"听上去像是先前被一个巨浪卷走的东西，又被一个巨浪送了回来。

邵瑾慌忙答道："是啊，文老师。"

文老师弯下腰来，郑重其事地问邵瑾道："那、我能不能拜托你一件事啊？"

"您说吧。"邵瑾眼见他又恢复了些意识，高兴还来不及，于是想也没想便一口应承下来，"不管什么事，只要您一直记得，我一定努力办到。"

文老师看着站在那跟人说话的程凌云，眼里跳跃着慈爱、喜悦的光。他弯着腰，低声对邵瑾说道："那你帮我问问小云，她和飞飞到底打算什么时候结婚啊？"

回家的路上，程凌云跟邵瑾说起了在养老院门口和她聊天的那位女士。从公立医院退休的护士长，姓王，现在返聘到了这家养老院做驻院护士。

"自从文叔住进这家养老院后，我和她才熟悉起来。真是个热心人，有她啊，我放心多了。今天王护士长说文叔的情况可能会越来越糟，到时就需要换个套间，请个专门的护工贴身照顾了。只是现在呢，套间得等，合适的护工也很不好找。我给了她一笔订金，拜托她先帮我留意着。"

邵瑾自上车后就没怎么说话，这时才开口说："你若忙不过来，要说啊，我平日也没什么事，可替你过来看看。倒一次地铁就来了，也方便的。"

程凌云说："会的。一直想跟你说呢，明年我们所要在上海设分所，忙完这阵我可能就得去上海工作，文叔那，虽然有王护士长，但万一有个什么紧急状况，还真的要拜托你和范松波的。毕竟我飞过来也需要时间，就怕赶不及。"

"要长住上海吗？"

"至少分所正常运转之前我都要蹲在那，一年半载的，谁说得定呢。"

"我们会常来看看的。"

程凌云说"好的"。过了一会,她开着车,看了看邵瑾,问:"你怎么了?"

邵瑾被她这么一问,突然特别想哭。她把脸扭向窗外,说:"没怎么。"

这时她们正路过一个小广场,夕阳将树木的影子推倒在草地上,且拉得奇长无比。一片红屋顶隐于树荫深处。马路边公交车站,有几位着装鲜艳的中老年妇女在等公交,她们一定是约着去哪玩过,现在等着搭公交车回家。邵瑾游泳时会经常遇到这个年纪的女人,她们退了休,时间大把,冬天也会去海里游泳,像男人一样跳飞燕。她们曾因发明"脸基尼"而声名远播。马路顺着广场画了道弧线,来到海边,蓝色的海面上漂着几片白帆。三尊美女雕塑立于岸边,这是三个深色的波浪一样起伏的金属人物雕塑,与贾科梅蒂的"行走的人"有着相似的趣味,被不合理地压扁、扭曲、拉伸的人体,倔强地让你第一眼便获得"人"的印象……这些看过不知多少回的平常景物,这日不知为何令邵瑾感到了说不出的悲伤。这世界多么美、多么没心没肺啊!她看着窗外的一切,几度泪眼模糊。

程凌云将汽车停在了邵瑾家小区外的马路边,她看着邵瑾的后脑勺,低声说:"到了。"邵瑾吸了一下鼻子,低头解开了安全带。程凌云突然伸手,像以往邵瑾常做的那样,摸了摸她的头。邵瑾一下破防,她一扭身紧紧抱住了程凌云,痛哭起来。

傍晚范松波准点到了家,手里拎着他在路边小摊上买的西瓜。这个季节,常有瓜农用汽车拉了西瓜来城里卖。范松波只要看到这种临时出摊的农用车,不拘什么,都会买一点。范松波和邵瑾一样,往上数到祖父辈都是农民。大约就像某位作家说的那样,他们的心灵上还留着农民祖父手上的老茧。

范松波告诉邵瑾,不知为何今天的西瓜突然比昨日又贵了两毛。邵瑾有点不舒服,本来不想说话,见他累了一天,回家后还努力找话题跟她聊,有些于心不忍,便用一如往日的平常语调跟他说道:"后天就立秋了嘛。"

"这也算节日效应吗?"

"算吧。"邵瑾说。邵瑾记得,小时候在老家,立秋日父母会买西瓜回来"啃秋"。在岛城这些年,她倒没听说过。

晚饭是邵瑾点的日料店外卖,范松波爱吃的三文鱼寿司和烤鳗鱼卷。她自己做了一锅紫菜汤。邵瑾没什么胃口,单是喝了一碗紫菜汤。

范松波边吃饭边问邵瑾:"怎么吃不下?今日你是累着了吧?一会吃点西瓜。"邵瑾说不累。

"你没什么事吧?"范松波说着盯着她的眼睛看。

范松波回家之前,邵瑾给眼睛做了好一阵冰敷。今天她真是有点奇怪了,从来没这样哭过。父母过世、松涛往生,她都没这样哭过。那时就是想哭,也哭不出来。今天她其实是不想哭的,可不知为何就是控制不住。程凌云一直很平静,她轻轻拍着她的背,反复说"不要紧,都过去了。"她是知道她为何哭的。

邵瑾垂下眼帘,咧嘴一笑,回答松波道:"我还能有什么事?"

"文老师,还好吗?"

邵瑾点了点头,说:"还好,就是有点糊涂了,有时清醒,有时什么都不知道。不过,他还记得你呢,叫我数学家的妻子。"邵瑾说着嘴角浮起一丝笑意。

范松波也笑,说:"文老师可不是普通手艺人。"

邵瑾没再说什么,起身把范松波买的西瓜切了端上桌。不知为什么,她总觉得心里不舒服,像是被火烧过一样,有空荡、无力的焦灼感,便想着或许吃点冰冰凉凉的东西会好。没想到两片西瓜下肚,反而更难受了。她把盛着西瓜的盘子推到了松波面前。

"老徐暂时不回来了,又读书去了,说是等以后来去正常了再回来。"邵瑾说。

"呀，"范松波说，"人老徐真不一般，活到老学到老。"

邵瑾点了点头。过了一会，又问："你知不知道，文老师有个儿子，叫飞飞……"

"我知道，他跟我说过。"范松波说。

邵瑾愣了下，说："那年暑假，他失踪了，你知道吗？"

范松波点了点头，说："是啊，转眼这么多年了……苦了文老师。"

"是文老师告诉你的？"

"那日我和文老师坐在檐下喝茶，看你和程凌云打白果，文老师跟我说起了这件事。"

"那、你也知道，飞飞就是程凌云以前的男友？"

"嗯。"范松波看着邵瑾，想了想，又说道，"你不是说老徐博硕都在中国政法读的？他应该陪程凌云找过飞飞。"

"哦，"邵瑾长长地吁出一口气，低了头，说，"我竟然才知道。"声音轻如羽毛，飘起来。

范松波小心翼翼地看着邵瑾，说："……我以为你知道。"他握着邵瑾的一只手，"都过去了……"

吃完饭，范松波把碗筷收拾好后，在邵瑾身边坐下来。过了一会后，他又说："有时路过文老师家附近，也想着去看看他。有一回都走到了他家门口，见院门紧闭，门铃不响，想是他不想见人的，就没敲门打扰。"

邵瑾长叹了一口气，道："凌云，还真是个苦孩子呢。"

这晚邵瑾睡得早。她睡下后，范松波跑去阳台凉快、抽烟。近来不时有别的补习班被举报的消息传来，他的课也只得先停下来，以后还能不能上，培训学校说的是"听通知"。没课上了，范松波终于有了过暑假的感觉。

范松波的补习班上是没有自己学生的，他给自己的学生怎么讲，也给补习班上的学生怎么讲。那些没能考上重点中学的孩子，能有机会听重点中学的老师上课，他一直觉得这在某种程度上，也是一种教育公平。现在，他补习班上就有两个普通中学的孩子，聪慧得很，学习成绩提升得很快，孩子愿意学，他也愿意教。但他也矛盾得很，从另一个角度来看，他也是不希望有补习班的，学生在校内从早到晚学，校外还学，没了亲近自然、锻炼身体的时间，不利于学生身心成长。

范松波抽着烟，独自呆坐了一会。夜晚四处都安静下来，偶尔从外面马路上传来"沙沙"的汽车轧过马路的声响。他很快就要评中教特级了，到时收入也会有所增加。他抽着烟，计算着可能失去的收入和可能增加的收入，如果没了补课的收入，每个月还完两套房子的贷款就所剩无几了，日常生活就完全要依靠邵瑾的收入了。

他把烟头摁灭在一只花盆里。"戒了！"他在心里对自己说。

邵瑾睡到半夜，不知怎么就发起烧来。范松波觉到她的异样，起来开灯一看，只见她脸色苍白，额头上都是汗。他找了支体温表给她夹在腋下测了测，果然是发烧了。他连忙把一条毛巾打湿拧干了，从冰箱里拿出冰块包了，给她敷在额头上。他问她喉咙疼不疼。邵瑾闭着眼，摇了摇头。范松波倒宁愿她说疼的，那他就知道她是扁桃体发炎了。她的扁桃体经常发炎的。范松波有点紧张了，过了一会，又狠心叫醒邵瑾，问今天有没接触什么别的人，在养老院有没有戴口罩。

邵瑾把身上的线毯裹紧，打起精神说不要紧，"我自己清楚的，出出汗，就好了。"她吩咐松波给她拿点感冒药来吃。范松波在家里的小药箱里翻了一阵，别的药竟然都没了，单剩了些感冒冲剂，他便冲了一大杯感冒冲剂给她。水稍稍热了点，邵瑾喝完，浑身冒汗。吃完药，邵瑾又让松波拧了条热毛巾来，把身上的汗都擦了擦，换了套干净睡衣。邵瑾重新躺下后，说睡吧，就是感冒了，想是前几天在海里泡得久了点，受了凉。范松波仍然不放心地坐在床上。邵瑾闭着眼，说要不你去得安房间睡吧，别传染给你。范松波说我不怕，这几天我又没课。像是为了证明他真不怕，他又俯身在邵瑾额头亲了一口，说要是有什么，现在分开也来不及了，已经密接了。邵瑾连忙把脸转向一边，说傻瓜，感冒也会传染的啊。松波说感冒更不怕的，要不你快过给我，我保准好得比你快些。邵瑾浑身无力，只想好好睡上一觉，便说关灯睡吧，要是明天一早，我还不退烧，你去报告社区好了。松波替她敷好毛巾，说胡说什么呢你。

第二天天没亮，范松波就被窗外的小鸟给叫醒了。他爬起来摸了摸邵瑾额头，感觉正常了，才松了一口气。夜里他怕加重邵瑾的感冒，没敢开空调。太累了的缘故，躺下就睡着了，竟然也没觉得热。早晨空气清凉，正适合酣睡。他把邵瑾身上的线毯盖好，在她身边又躺了一会。以往他很少在这个点醒来过，没留意到小鸟竟然起得这样早。"早起的鸟儿有虫吃。"卷成这样，天都没亮呢，起早摸黑吃口虫也真不容易。

渐渐地天亮了起来。范松波睡不着，轻手轻脚起来，想去厨房熬小米粥。他关房门的当儿，邵瑾也醒了，让他再给她冲杯感冒冲剂来。她的声音听着有些嘶哑，也许是刚睡醒的缘故。范松波给她冲了一大杯感冒冲剂，邵瑾喝完药，强撑着起来去了趟洗手间，重新躺下后，范松波又坚持给她测了次体温，果然不烧了。邵瑾闭着眼，听到他长长地舒了一口气。她很快又睡着了，而且还做了个梦。好像是在老家，门前小河里的水涨起来，水流得那么急，她站在长满盘根草的岸上，进退无着，又害怕又着急，想喊"救命"。不过她没有喊出来，只是浑身大汗地醒了过来。

从厨房里飘来小米粥和烤馒头片的香气。

邵瑾躺在床上，虽然身子有些虚弱，但头脑却清醒得很，想着自己竟然在睡个回笼觉的工夫，就回了一趟故乡。她有很多年没回去过了。从小家里人都夸她安静懂事，尤其是母亲，"一味读书，倒是好养"。母亲常当着她的面，在外人面前这样"夸奖"她。刚开始她会有点难过，后来就有些无所谓了，礼貌地对外人笑笑，转身走开。她也不记得是否曾到母亲怀里撒过娇，反正小时候，要是夜里做了噩梦，她从不曾跑到父母房间去，挤在他们之间，寻求来自父亲和母亲的安抚。尤为奇怪的是，在梦里遇到危险，她也不曾让父母来救她。这样的梦一次也没做过。

她也不曾让松波来救她。

有次早上醒来，她跟松波说到晚上做的梦：在幽暗的森林里迷了路，四周传来不知什么动物的奇怪的吼叫……未等她说完，范松波就叹气道："我又不在那，是吗？"

她躺着，想起来这些，自己也觉得奇怪，为何很少梦到松波。大约是觉得自己已经给松波添了太多的麻烦，实在是不好意思再麻烦他了吧？也或者是心疼他，觉得他活得够累了，不忍心再让他费神费力，害怕自己会成为压垮他的最后一根稻草。

范松波出门买药前，邵瑾起床和他一起吃了早餐。喝了一碗小米粥后，她感觉好了许多。吃饭的时候松波用轻松的语气说："看来你真是感冒了，好好在家养两天就会好的。"

邵瑾说："不是感冒，还能是什么呢？"她知道他担心学生，如果她继续发烧的话，对他来说真是一件麻烦事。她心里掠过一个念头，还好那病毒杀伤力不大，"倘若……"不过一转眼，她就赶紧抛开了这个想法，觉得这种猜想对松波不公平。一个教师以学生为重，她也是赞许的。再说，在极端恐惧的情况下，人人都无法预料，谁都不是圣人，自己也说不好会怎样的呢。

范松波出门后，邵瑾先打电话到养老院，问文老师的情况。文老师好好的。然后她又打电话给程凌云，问她昨晚休息得怎样。程凌云在准备云上开庭，一件职务犯罪的二审。听声音她状态不错，邵瑾便把心放了下来。

11

范松波很久没去过药店了。这些年,范松波吃的降压药,都是邵瑾替他买的。山顶有家小药店,邵瑾单位边上还有一家规模更大的连锁药店。

范松波穿着汗衫短裤,趿拉着拖鞋便出了门。在山顶的那家小药店里,他买了几盒常用的感冒药,但没有买到退烧药。店里的导购换了人,现在是一个胡子拉碴的中年男人,那个带着小孩在夜市摆摊的年轻女人不见了,不知是轮班了,还是换了工作。药店导购让范松波登记了详细的信息后,才把药卖给他。

范松波又跑了附近的两家药店,但都没买到退烧药。他不得不打车去了一家更大、更远的药店,还是没有成人用的退烧药,小孩吃的倒是有。范松波只好退而求其次,买了两盒儿童用退烧药回来。

买完药,走在回家的路上,范松波便接到了社区打来的电话,问他是不是买了些感冒药。他说是的。接着,电话里的人又问,你买药是要干什么呢?范松波困惑不解地答,买来吃啊。对方把他诚实的回答当成了挑衅,耐心地说道,我们没有别的意思,就是了解一下,是买来备用,还是家里有人发烧了呢？这个问题让范松波紧张起来，他实在是太不习惯撒谎了。不过他只犹豫了两秒，便果断地回答道，买来备用。对方礼貌地道谢道再见。范松波也从她的声音里听出了一种如释重负的感觉。

太阳升得老高，没什么风，又是闷热的一天。

范松波走在梧桐树的浓荫里，很快便出了一身汗。路过菜市场时，他便拐进去买了两把邵瑾爱吃的青菜，又去渔档买了两条小黄鱼，打算熬点酸辣鱼汤给邵瑾喝。等着渔档老板剖鱼的当儿，他接到了父亲打来的电话。原来老两口已经从三亚回来了，喊他和邵瑾明天过去吃饭。范松波想了想，明天就立秋了，要吃饺子的，于是又在渔档买了几斤蛎虾。买好菜往外走的时候，路过一个菜摊，忽听得有人喊"范老师"。范松波扭头一看，只见堆得高高的菜堆后面，站着一个留板寸的精瘦男子。见范松波驻足，男子连忙从菜摊后绕出来，把口罩取下一边，让它单挂在一只耳朵上，站在范松波面前冲他笑。范松波认出来，竟是他的学生"蓬头"。初中时蓬头学习成绩应该是不错的，毕竟考上了一中。上高中后，蓬头的心思就不在学习上了，常常迟到，每天把自己收拾得油光水滑地来学校，说不清他迟到是起晚了呢，还是收拾自己给耽误了。那时他就烫发，头上波浪翻卷，摩丝打得多，像戴了顶假发，偏他又生得小脸、短下巴（范松波认出他全凭了这一点），使人第一眼，单见了那一头蓬起的头发，因此得名"蓬头"。那时蓬头的人生里最重要的东西就是发型，午间休息他也不敢趴着睡，坐着，生怕把头发弄乱。如今却是板寸了。

范松波很是惊讶，说我记得你爸妈不是在团岛摆摊的吗？怎么来这了？

为蓬头常常迟到的事，范松波叫过家长来学校。蓬头父母都是老实厚道的胶东菜农，改革开放后找了个机会来岛城卖菜，起早贪黑的，自己捞不着睡懒觉，就舍不得叫孩子起早。好容易混完高一，到高二，晚自习多上一节，蓬头睡得晚，早上更起不来，全家人的觉都让他睡了，学习上越发吃力，不久便辍了学。范松波想着事关孩子的一生，便找去家里，蓬头却已搬去开发区独过了。范松波又赶去蓬头在开发区的租住房，敲半天门，开门的却是一个睡眼惺忪、穿着暴露的二十多岁的女子。女子脸上犹带隔夜残妆，门一开，脂粉香袭来，竟令范松波觉到了危险。女子说蓬头是她男友，在某某酒吧上班。说着话，从女子肩膀上忽地探出一只孔雀脑袋，"啊——"一声，把范松波吓得一哆嗦。范松波又赶去酒吧，蓬头正在学调酒，天天练习抛酒瓶接酒瓶，右手拇指砸到骨折，绑着绷带，还在练。见到范松波，蓬头笑嘻嘻地说要给老师调杯"老男人"鸡尾酒。他先是往玻璃杯里放了几个冰块，白的红的粉的酒各倒了一些进去。最后蓬头夹起一根肉桂棒，犹豫了一下，放下肉桂棒，夹了片当归挂在了杯口上。范松波没再说什么。这一趟所见，十七岁的蓬头的人生里，全是他这个四十岁老男人完全陌生的经验。范松波想劝他回去上学，竟说不出口，喝完一杯"老男人"，留下一句"三百六十行，行行出状元"后，放下酒杯就回了。

"我父母还在团岛，我来这了。"蓬头搓着手，笑着说。

范松波又问："你父母都还好吧？"

"托老师的福，还好，还好。"

菜市场人来人往，师生俩往边上靠了靠，便聊起来。原来蓬头在这个市场一年多了，每次范松波下班路上买菜都是匆匆忙忙的，多在门口那两个摊位上买点小菜就回了，所以一直也没遇见。卖菜很辛苦的。范松波还记得蓬头母亲诉说起早贪黑之苦时，撩起衣襟频频擦拭眼泪，曾令他感受到无限酸楚。蓬头倒是不怕吃苦的。范松波只是未曾想过他会做回祖业，便问蓬头怎么不在酒吧工作了。蓬头说，疫情后酒吧的生意一落千丈，如今他老婆一个，孩子一双，耗不起，见父母卖个菜，倒是不受影响，每日有稳定的现金流，于是年前从别人手里接了这个摊位，干到现在。

听谈吐，同样是摆摊卖菜，蓬头和蓬头的父母，给人的感觉完全不一样。蓬头才像是在做一门生意,而蓬头父母,仿佛只是在谋生,挣扎求活。

"生意怎么样?"

"托老师的福,还行,还行。"

师生俩加了微信。蓬头仍志存高远,范松波注意到,他的微信签名"蓬头"下面,缀有一行小字——"不死总会出头"。蓬头的生意果然也做得活泛,微信圈里有两千多好友,谁要是没时间跑菜场,他也送货上门。师生俩说再见时,蓬头拿了摊位上最大的一只塑料袋,各样蔬菜都抓了一把,装了满满一袋塞给范松波。范松波说着"吃不了",边推让边退,出了一身汗。蓬头不罢休,一直送到菜市场门口。那袋蔬菜,范松波到底还是拎回家来。

范松波进了家门时,邵瑾见了一惊,说:"你怎么买了这么多菜?"以为要出什么事,她的心一下提了起来。

范松波来不及擦汗,便把遇到学生的事说了一说。邵瑾听完,问了下蓬头摊位的位置,说:"那,以后我便都去他那买菜得了。"

范松波见邵瑾鼻塞得厉害,连忙把感冒药拿出来,消炎的、祛风寒的,让邵瑾依次服下。见退烧药是儿童版的,邵瑾说:"小朋友吃的呀。"

范松波说:"成人的一时竟买不到,这个,备着吧。万一再发烧,多吃点就行了。"邵瑾又一愣。

天气热,这许多菜,一下子也吃不完,范松波一样样理好往冰箱里放。忽然想起老爷子让他们明天过去吃饭的事,便跟邵瑾说起来。邵瑾说老爷子也打电话给她了。范松波有点意外,不知到底有什么事,竟然两个人都通知到。他有点担心邵瑾的身体,便说:"要不,明儿我去吃个午饭就回,你就在家休息吧。"

"也好,把感冒传染给老人,就麻烦了。"邵瑾看着范松波,又说,"很久没过去瞧瞧了,我应该去一趟的。说是有事要跟我们商量呢。"

范松波说:"倒没跟我提。还能有什么事?要不一会我打电话问问吧。"

邵瑾笑,说:"有事也不会在今天跟你说的呀。"

"为什么今天不能说?"

"爷爷不是常说,四离四绝,大事勿用、大事勿谈嘛。"

范松波一拍脑袋笑起来,说:"可不,很久不跟老爷子在一口锅里吃饭,竟把他这些老规矩给忘了。"范松波的祖上曾在沙坡弯开村塾为生,老爷子算是幼秉庭训,人生被私塾先生刷了一道结实的底色。年轻时为了革命工作,一时把老规矩都忘了,老了,人一闲,革命工作一放下,那道底色便顽固地显露出来。

范松波面上笑,心里却忐忑起来。老爷子不轻易说"有事",一说"有事",那都是大事。那年接松涛来,后来找新老伴,都是如此。

两个人好不容易在一起过周末,天气热,邵瑾又身体不适,哪也不能去,只得窝在家里,吃了许多西瓜,喝了许多茶水。邵瑾疲乏得很,懒得动,便让松波把蓬头送的一大包茭瓜拿出来做成酱菜。她担心放坏了。她说了一个方子,让松波照着做。松波说你什么时候做过酱菜呢,是在哪本书里读到的吧,千万别是《红楼梦》啊。邵瑾笑,说红楼菜系我们连配料都备不齐的。就这个还是照猫画虎,等做好你就知道了,不过是茭瓜干,等腌好风干,收起来放冰箱里,吃时切丝,上锅蒸一下,味道和笋干差不多。拿过去给爷爷,早晚就稀饭,应该不错的。范松波便按她吩咐的,把茭瓜洗净,摊开在包饺子用的芦苇帘子上,放到阳台上晾着。

隐隐有钟声传来。两人吃过午饭,邵瑾稍坐了坐,又吃了一回药,不一会便又昏昏睡下,直睡到日头偏西。见她睡醒了,松波便泡了维C片给她喝。邵瑾端着杯子,呆呆看着窗外昏黄的日光,叹一声"日子真不经过"。松波倒是觉得光阴慢。邵瑾睡着的当儿,他在脑子里过了许多事,每一件都像是一座他搬不动的大山,且车到山前没路。

范松波转头问邵瑾:"老徐读什么书?"

"道学。"

"道学?"范松波吃惊地问。他都没听说过这专业,他以为老徐必定会抱着玩玩的心态,去学点跟以前完全不一样的东西,比如木工、园艺、酿酒、打高尔夫什么的。范松波想,如果他还有机会学习,就去学厨艺,退休后找个风景优美的小镇开苍蝇小馆,或者就在附近海边小镇寻个小房子,有客人就烧给客人吃,没客人就烧给自己吃。

"就是 word,《圣经》里不是说 The word was God 嘛。"

范松波"哦"了一声,说:"那读的就是神学院咯?嗬,这老徐,信教了?"

"凌云说并没有,可能就是想更系统地学习一下吧,毕竟当年他的博士论文做的是宗教裁判所。"邵瑾说。

邵瑾让松波把晾干的荄瓜收进来,切成片放到一只玻璃盆里,用生抽、醋、料酒,加几勺白糖腌了起来。

邵瑾起身走到阳台那,范松波端着一杯水跟过去。有小朋友在小区的林荫道上骑脚踏车,他们清脆的笑声冲淡了吵闹的蝉鸣。

范松波看向远处,黄昏淹留不去,观相山那被楼宇切割得零碎的山脊,在夕照染红的天空下变得厚重、暗沉起来。

范松波问邵瑾:"你还记得我们以前看过的那部日本电影吗?"

"哪部?"

"五十岁女人读《卡拉马佐夫兄弟》的那部。"

"嗯,五十岁女人叫美奈子。"

他们在一起后的那一年,两人看了一部日本电影,五十岁的叫美奈子的女人早上是送奶工,送完牛奶去超市收银,吃苦耐劳。长相是范松波喜欢的那种,不惊艳,却耐看,和邵瑾一样。男人叫槐多,高个儿,肿眼泡。一对普通男女,就如他和邵瑾。有一次,在社会救助部门工作的槐多,蹲在一位老人面前问:"您贵庚?"老人答:"八十五,怎么?"槐多说:"我今年五十,我想问,五十到八十五,长吗?"老人意味深长地说:"很长……"

范松波从小过农历生日,他生于大雪后的第二天。立秋后就是处暑,处暑后面是白露,白露后面是秋分,秋分后面是寒露,寒露后面是霜降、立冬,立冬后面是小雪,小雪过后就是大雪。范松波就要迎接五十岁生日了。好像只是一眨眼,就年过半百了。

"叫《何时是读书天》。"邵瑾没忘记。

"对,《何时是读书天》。还是你记性好,这么多年了,你还记得。"

山顶菜市场周边的几家小店铺中,挤着的那家烘焙店,不知用了什么添加剂,人在坡下,就能闻到从它家飘来的奇特而浓烈的香味。这种有违食物朴素本真的气味让邵瑾很警惕,她很少去那家买点心。但有一回,松波在那家店里买回的无糖绿豆糕,却可以称得上是一个惊喜。

邵瑾记得,和松波看完《何时是读书天》后,她到处搜罗这部电影导演的其他作品。又看过两部后,却失望极了,简直不敢相信出自同一个人之手。后来,只要路过山顶这家烘焙店,她都会想起这部电影来,一部耗尽一个人生命里所有才华的作品。这部作品里有一个特别的女人,心里装着一个人,白天工作,晚上读书,独自度过漫长的一生。

槐多和美奈子是中学时代的恋人,那时两人常在书店约会。美奈子的母亲和槐多的父亲相好,黄昏时去山上约会遭遇车祸,双双去世。美奈子和槐多因此分手。三十多年过去,女未嫁,男另娶。两人常常擦肩而过,鲜有交集。男人坐公交去上班的路上,车窗外女人骑单车经过,偶尔隔窗对视一眼,是他们唯一的交流。槐多妻子因病去世后,美奈子骑单车带着槐多去她母亲和他父亲遭遇车祸的地方祭拜。槐多坐在单车后座上,每天给全镇人送牛奶的美奈子将单车踩得飞起来。这也是范松波还记得的。他还记得的是,美奈子说她母亲："我听说过,她很会谈恋爱。"槐多说："不,是我父亲,总是很快就能和女人搞到一起。"

看这部电影的时候,范松波感到一种安慰,仿佛这部电影在演一部分他的人生。一个很会谈恋爱的女人,和一个总是很快就能和女人搞在一起的男人间的感情,在美奈子与槐多深沉悠远的爱面前,仿佛不值得一提。他曾经因老曹"很会谈恋爱"而嫉妒、怨恨,这嫉妒、怨恨带给他的痛苦,在看这部电影时突然都烟消云散了。他在心里把自己和邵瑾当作了美奈子与槐多,他们都不是会谈恋爱的人,他们只是在平淡的生活里努力去爱而已。而平淡是生活的真理。

邵瑾笑了下,说："好多年前的电影了,那时得安还不到一岁。"

范松波也笑,他想起来那年,真是一段艰难岁月。松波说："那一年就看了这一部电影,屁大点小孩,把人忙死。"

得安出生时要退黄疸,后来生湿疹,再后来雪口病。最要命的是,他还是个夜哭郎。范松波禁不住老人念叨,打印了许多张止啼咒："天惶惶,地惶惶,我家有个夜哭郎,过往行人念三遍,一觉睡到大天亮。"从观相山南坡一直贴到北坡。范松波常想,也许是因为他和邵瑾始于契约的缘故,两个人很默契地度过了许多艰难时刻。他觉得他们像是好莱坞大片里美国警队的搭档,两人一组,彼此信赖,相互依靠,生死与共。

得安十个多月大时断奶,他们把他送到奶奶家住了十来天。两人就是在那十天里的某一天去看的电影。岛城少雨,但那天是个雨天。

邵瑾说:"其实,我不太喜欢这部电影的结尾。"

范松波"嗯"了一声。槐多和美奈子共度良宵后的第二天,他就因为救助落水儿童溺亡了。如果槐多不死,他和美奈子大约就会过成今天他们的样子。不过,肯定会比他们过得轻松,因为槐多他们不用还房贷,美奈子有一套自己的房子,槐多也有,而且还是独门独院的,院门口的牛奶箱上也有青蔓缠绕。

那年看完电影,两人还跑去书店买过一本《卡拉马佐夫兄弟》。不过,谁都没能读完。

邵瑾想起来,有好些年没在书柜里看到过那本书了。她扭头问松波:"那本《卡拉马佐夫兄弟》,后来去哪了?"

范松波想了想,说:"可能被松涛拿走了吧。"过了一会,他又补充道,"也可能搬家时弄丢了。"

第二日,邵瑾感觉好多了,只是还有点鼻塞。一早起来,豆浆机在工作,松波已经出门去了,小白板上画了座小山,山顶上飘着根油条。

前一晚临睡前,邵瑾对范松波说,一感冒,吃什么都没味道。范松波问她,那你明天想吃什么。人到中年,担心三高,平日里两人很少吃油炸食品。邵瑾想了想,说油条吧。早上松波果然早早出门买去了。

邵瑾起床后,空腹吃了点感冒药,喝了两大杯温水。太阳已经升到树梢,没有风,早上的阳光就有点灼人,阳台被晒到的一条地板,赤脚踩上去,竟觉得有些烫。好在空气中带着些许凉意,蝉声也显得柔和,像是在歌唱了。邵瑾走到小白板那,擦去油条,写下了两句话:

窗外蝉鸣
已是秋声

范松波一手拎着油条,另一手拎着一大袋苹果回来时,见邵瑾正在餐桌边剥他昨天买来却忘了剥的虾,屋子里有一股淡淡的虾的甜腥气。范松波把手里的一大袋苹果递到邵瑾面前,说别剥了,一会儿到那边再剥,人手多,几下就剥完了。他问邵瑾吃药了没。邵瑾说吃过了。松波便催她洗手吃苹果,说早早的就有人拉了一车嘎啦苹果来菜市场门口卖呢,从栖霞摸夜路赶来的,赚点钱真不容易。说到这他又提起蓬头,早上拿了一盒菊花茶给蓬头，昨儿见他嘴角起泡，大约是上火了。一大早的，蓬头不在，他媳妇在，松波把茶叶给他媳妇了。蓬头媳妇说蓬头早上起不来，起早了，一天都没精神，什么也干不了。松波对蓬头一下就放心了，说蓬头命好，以前父母舍不得叫醒他，现在媳妇也舍不得叫醒他，有人疼，夫复何求。

范松波放下手里的东西，洗了只苹果给邵瑾。"直接从果园拉来的。"松波强调道。

邵瑾看到苹果上还带着青翠的枝叶，新鲜的。她坚持剥完虾，才洗手吃苹果。这种苹果早熟，上布红色断续条纹，色明艳而透亮，刚下市时最好，口感清脆，邵瑾很爱吃，放久了口感就差了。她曾经跟范松波说，等老了，像爷爷一样也去乡下租房住，最好院子里能有棵苹果树，没有的话，就自己种一棵。

范松波问邵瑾："今天感觉怎样？能出门吗？"

邵瑾想了想，说："你问问爷爷吧，就说我感冒未愈，怕传染给他们，看看爷爷怎么说吧。"

范松波把豆浆机里的豆浆倒入碗里，将煮鸡蛋、油条装盘。做完这一切，他才跑去阳台打电话。邵瑾刚吃完一只苹果，范松波走过来，看着邵瑾说："一起去吧，吃顿饭就回。"

邵瑾说了声"好"。看来这件事真小不了。

吃着早饭,范松波又说起另一件事:"遇到观相南路的邻居来着……"

邻居牵着一条卷尾巴狗,顺着南坡上来,范松波顺着北坡上去,两人在同一家卖豆浆油条的小吃店遇着了。闲聊时,范松波说了句"这天真热"。老邻居像是从另一个凉爽的星球上赶过来的,说:"瞧你,放着前海沿儿不住。"仿佛观相南路不热似的。

范松波也不喜欢邻居的狗,那狗尾巴高高卷起来,露着不该露的,真是条粗鄙的狗。

邵瑾"哦"了一声后,又问:"是一个院子里的邻居吗?"

"可不,就是伺候过前主人的那家。"范松波说着一笑。那家的老奶奶是老宅子以前的主人雇来照管小孩的,老爷爷是他家的厨子。1949年后两人翻身做主人,分到了楼上南侧的那两间房。那是这栋楼里朝向最好的两间房了,原本是旧主人的主卧室和一间小起居室。楼上的阁楼也比松波家的大一些、亮堂一些。范松波他们家在楼上北边两间房里,冬天室内的温度要比南边邻居家低好几度。以前,邻居家老奶奶常坐在院中枣树下讲原来的主人有多穷,"穷得当皮袄"。老奶奶最初说这话时,旧主人下放黄县劳动改造,是真穷了,连皮袄都没得当。

"隔壁楼上那家啊。"

"是啊。"范松波说,"他家小儿子,在下面乡里做事,没对象,拜托咱俩帮他留意一下。"

"这……"

"人家现在也是有编阶层了。"

邵瑾一时没反应过来。"哦,编制啊。"她笑起来。

"是啊,他家小儿子,去年考公终于成了,现在在下面乡里做事。好好干,迟早会调回市里——这是人家的原话。还没对象,说是事业编也可以,你看看你们单位有没合适的姑娘。"

"还事业编也可以!"邵瑾笑起来,说,"我们院里倒真有几个还不错的小姑娘,我们杂志社也有两个的。不过我不知她们都有对象没,从没打听过这种事呢。"

"问问吧,我们学校中年女老师可喜欢干这事了。"范松波说着上下打量了邵瑾一番,说,"邵老师,你也到了要热心这种事的年龄了嘛。"

邵瑾笑,说:"你们学校女老师这么闲?"她看着松波,"你们学校不也是事业编吗?你留意一下呗。"

范松波摇头,笑道:"我可不行。"也是,做媒要去打听双方的隐私,单这一点,范松波和邵瑾就都有些不能胜任。况且,还要从这边往那边说说,从那边往这边说说,中间再捏一捏的,不是一件容易的事。

邵瑾不再打趣松波。吃着饭，她突然想起来什么，于是看着松波说："对了，我想起来，你不是说过乡下缺小嫚、城里缺小伙吗？他家儿子应该算城里不缺小嫚的那种情况吧？"

范松波和小观去长岭村老周家看鸽子时，正好老周的房东也在。房东的儿子三十多了，还没结婚。有人给他介绍了一离异带个三岁男孩的妇人，房东纠结地说，"可惜是个男孩，不然，我们还有什么好挑剔的呢！"养一个别人的男孩，搞不好他就一辈子在身边打转了，结婚时还得给他备套房。有出息、孝顺还好说，要是没出息、不孝顺呢？小嫚就好多了，长大了不过是备套嫁妆，花费不多，以后还多门亲戚，至少每年开春头茬鲅鱼不愁没吃的。

"也许他就是想告诉你，他儿子考上公务员了吧。"邵瑾说。

范松波想了想，觉得邵瑾说的很有道理。家住观相山南坡前海沿儿，又是公务员，还愁找对象？两人悟过来，便将此事翻篇不提。

12

范松波和邵瑾开车去老人那，出城后往东又开了三十多分钟才到。这里再往东，就是景区，要收费了。村子叫凤台村，背山面海，海边有一小片沙滩，色泽金黄，很适合游泳。邵瑾非常喜欢这个地方，安静，离城市却也不是太远，动静皆宜的。一年四季，碧海蓝天，海风习习，红墙绿瓦，茅宇松窗，美的。

村子前有一个天然小海湾，村民从前都靠海吃海，祖祖辈辈捕鳗苗为生。如今这里的村民都从事旅游业，疫情前，游客如织，大家生活得很是不错的。

每年三月底四月初，鳗苗会随北上的暖流流经这里。村民只需把扳罾网铺开在海湾水流轻缓处，用竹竿固定，夜间在网竿下挂上灯笼引诱，鳗苗便成群结队游来。村民蹲在船头，用手抄网便可捕捞，每动一次手，捞上来的都是钱。最初，村民把鳗苗卖给来村里收货的日本人，后来，村人把鳗苗卖给江浙养鳗人。同样是买他们的鳗苗，大家说起客户，口气里也透着他们自己都难以察觉的同胞之情，说日本客户，"狡猾"；说江浙人，"南方人，聪明"。这些年，国家禁止过度捕捞鳗苗，再加上南方人工养殖鳗苗的多了，没人来买鳗苗，大家也便不捕了，全村转而从事旅游业。做了一阵子旅游业后,才知捕鳗苗赚的钱到底还是辛苦钱。游客和鳗苗比起来,又有不同。鳗苗是只能收割一茬的庄稼,有季节性。游客就不一样了,他们不分季节地来,来了就要住,住下后,便要吃要喝要玩。做旅游业,比在海里张网捕鱼,钱来得又容易了许多。前些年,旅游行情好,政府和村民合作办庭院式民宿,家家都把房子翻修成了小四合院,村民另外辟地修楼自住。疫情来了后,游客不来了,这里几乎荒了下来。爷爷和李阿姨原先租住在青涧村,是住在山里,而且,是村民堆放杂物的老宅院。现在,他们搬到这里,用同样的价格,租了半个四合院,三间敞亮的北房,足够用的。三间南房锁着,没人租,所以实际上,整个院子也就爷爷和李阿姨独享了。不过,爷爷和李阿姨都有思想准备,等游客来,这院子他们就享受不起了,得随时腾地方。

这个院子有个好听的名字,叫"荷风叠翠"。

对着院门的东墙边有几级台阶,通向屋顶平台,平台上摆着几列泡沫箱,种了许多蔬菜,也有小桌椅。天气好的时候,一早一晚可在屋顶平台上喝茶吹海风,看太阳在大海里升起、落下。身后高山如抱,茶田顺山势迤逦而上,此等风景,人间再无可觅处。所以爷爷和李阿姨在此的日子过得是相当不错的。

凤台村和爷爷以前租住的青涧村,直线距离并不远,开车跑起来，就远了。青涧村在崂山山中，凤台村，在山前。而老周所在的长岭村，就在山后了，看的是崂山北边的海。

范松波心里清楚，邵瑾退休后想去的乡下，首先便是凤台村这样的地方。夏天喜欢在海里扑腾的人，亲海，只要负担得起，都愿意住得距海近点。

车停到村口的公共停车场后，两人下车拿着好几大袋东西往老爷子家走去。范松波比邵瑾多来了几回，竟有村里大爷认出他来，站在路边跟他打招呼："翠家的？"范松波笑着点头，答："是的。"大爷说："在呢。"范松波说："好嘞，多谢您了。"

往前走了几步后，范松波笑着低声对跟在身后的邵瑾说："瞧，混得可熟。"邵瑾一直在笑，说："可不，爷爷这深入群众的能力，你们这代翠家人啊，可都差远了！"这话说出口后，邵瑾想起松涛，很快便沉默了，低了头只顾走路。她一直觉得，松涛有点"社恐症"的。范松波一点也没察觉到异样，依旧笑着说："咱老爷子这样的，世上能有几个呢！"

连着经过了几个大门紧闭的小院，就到了"翠家"。翠家的门虚掩着，范松波进门喊了声"爸"。爷爷迎出门来。只见他比先前又黑瘦了一些，三亚的阳光把老头儿晒黑了好几个色度。爷爷满面笑容地接去了邵瑾手里的东西，邵瑾赶紧把口罩戴上。爷爷说，这大热天的，戴这劳什子干吗！邵瑾笑道，感冒了。爷爷"嗐"了一声，说不碍的，别戴了，人吃五谷杂粮，还能不生个感冒？邵瑾笑，还是戴着。

山海之间，地金贵，院子窄窄的，宽不过六七步，但收拾得干干净净的。邵瑾进门便瞧见了东墙台阶下的一池荷花。上次她来，还没有荷花的呢。她连忙喊范松波来看，老人便也推松波出来看荷花。只开了三朵，还有两枝含苞待放的，都如水盆般大，风一吹，满池叶摇花颤的，真有了点"荷风叠翠"的趣味。

范松波扭头问厨房里的老爷子："这荷花池是啥时候弄的？"

爷爷在厨房收拾松波和邵瑾带来的菜，隔窗说道："去年十月就砌上了，瑾没见着，你可是见过好几回的。"奶奶以前叫邵瑾"瑾"的，像叫松波、松涛那样，只叫名字的最后一个字，不叫得安他妈。爷爷也跟着叫，都习惯了。提到老曹——"得慧她妈"。两老都这样说。

邵瑾笑着说："没开花时不起眼，见着也是视若无物。爷爷您自个砌的花池子？好手艺呢，这些石头真好看。"

老人得意起来，说："识货！这大些的石头是山上捡的，小鹅卵石是在海边捡的，遍地都是宝啊。要不人说千难万难，不离崂山呢。"

范松波记得租房合同里写着不能随意加建任何东西的，墙上连钉子都不能钉。范松波提起来，又问："村里让砌啊？"

爷爷轻蔑地哼了一声，隔窗笑起来，"有啥不让的？白纸黑字就吓唬胆小的，那都是说在前头的丑话罢了。丑话管丑事来着，咱自个掏钱整个花池子，多好的事儿，还能怎地？！"

范松波和邵瑾来到屋顶平台，见几箱子韭菜、辣椒和小油菜都长得很好，别的倒没见种什么。天气很热，屋顶火伞高张。两人下来，进了屋，才想起来问老爷子，阿姨呢？

老人正往面盆里舀面，准备和面擀饺子皮。他不紧不慢地舀好了面，才转身吩咐松波道："泡茶泡茶，一会再说。"范松波转身去客厅泡茶，老爷子也洗好手，跟过去。

邵瑾看这情形，猜爷爷电话里说的"有事"，大约跟李阿姨有关。邵瑾想着给这父子俩空间，让他们先说阵体己话，不好跟过去，便找事情来做。她把爷爷刚放下的面盆拿起来，兑上水，放到窗前的一张小桌上和起面来。面粉扑出来，溅了她一身。她四处看了看，见门后挂钩上挂着一条鹅黄色围裙，像是李阿姨用过的，她取下给自己系上了。

李阿姨为人爽朗大方，是个非常好相处的人，不知她和爷爷之间发生了什么。仔细想来，他们两人也携手走过十来年了，在邵瑾看来，已是事实婚姻。上次打电话联系，两人在三亚，李阿姨还在电话里跟邵瑾拉了几句家常话的，一点看不出"有事"的样子。

太阳升得很高了，照到了荷花池上。不知从何处飞来两只蜜蜂，围着荷花嗡嗡打转。长方形的小小院落，一半阴着，一半被阳光照得透亮。邵瑾手里揉着面，看着窗外的一切，感受到了岁月之静好。这时，爷爷来到窗前，冲她招手："还早呢，先别忙，过来喝杯茶。"

邵瑾只得赶紧洗手过去。中间那间屋子是客厅，和卧室通着，以前是按酒店套房的格式布置的，现在拉了一道帘子。原先摆在房间内的家具，是村里统一配的酒店家具，布艺沙发、席梦思床垫这些东西老人用不惯，也不敢用，怕弄脏了要赔，都让村里搬去南屋锁起来。客厅里摆着一张旧茶几，爷爷又在村里搜罗了几张旧木椅子，放在茶几四周，高矮合适，坐着还算舒服。一盆君子兰是爷爷的最爱，养了很多年了，跟着爷爷颠沛流离，先是从城里搬到青涧村，又从青涧村搬来这里。养得倒是很好的，叶片肥大泛油光。平日里，爷爷这里应该是有不少客人的，村里的大爷们应该没少来。邵瑾瞥见电视柜里有两大包一次性纸杯还没开封，电视柜上扔着几副扑克牌。爷爷好打够级，打得很好。以往住观相南路时，夏日夜晚，爷爷常在街边路灯下与街坊打够级，大家里三层外三层地围着看，甚是热闹。逢年过节，一家人也在一起打过，松波和松涛都不是爷爷的对手。

屋子里有些东西是松波拿过来，他们自己用不着的东西，比如茶几上的茶台，和一套骨瓷茶杯，还有一台立在墙角、正转得呼呼作响的旧电扇。

邵瑾在茶台边坐下，松波往她面前的杯子里倒茶。邵瑾从茶水的颜色判断，是绿茶。她便起身说道："我带了盒茶叶过来的，凌云送的一盒好茶，放到那袋白芦笋里了。我去拿过来。"

爷爷挥手示意她坐下，说："刚都瞧见了，我拿出来用铝箔袋装好放起来了。先把开封的茶叶喝完，你喝这个茶看看。"

邵瑾端起杯子，还没喝，就闻到香，入口顺滑清爽，略带回甘。她喝着茶，冲爷爷点头，连声说好茶。

爷爷颇有兴致地说："你们猜猜看，这是哪的茶？"

范松波没心情猜，邵瑾猜不着。爷爷说："咱崂山茶嘛！七月底青涧村房东过来玩，送我的。他家有几畦茶，专种来自个喝的，不打药，不施化肥，生了虫，全凭手捉，多少钱也没地买去。"

喝着茶，说了些家长里短，多是爷爷在说。退休工资又上调了多少，上半年，单位里走了几位老人，这村子走了几位老人。得慧和得安倒是常常和爷爷联系的，听着都是报喜不报忧。得安背了个警告，没能参加军部的通信技能大赛，但他跟爷爷说的是今年不比了，等以后再比。邵瑾听着，也不知该高兴还是该担忧：得安这孩子，也不知像谁，遇事反应很快，关键时刻就显得不够冷静，说话也欠考虑，常常冲口而出，善良的谎言，到底也是谎言啊。

茶过三巡，爷爷终于说到正题上。爷爷说，上周，他和李阿姨从三亚回来，李阿姨就回水清沟自己家去了。

爷爷说："本来这事，我想吃完饭再说的，既然你们问起来，那现在就说了吧。不然一会吃饭时你们问起来，我也得说不是？"

邵瑾和范松波对视了一眼。邵瑾问道："回自己家是什么意思？"

"就是以后都搁自己家过了。"

邵瑾和范松波又对视了一眼。邵瑾问："是……出什么事了吗？"

"她孩子的爸，查出来癌症，晚期了。"

范松波和邵瑾都有些蒙了，他们记得李阿姨离异多年了的。"回去看一看也是应该的,毕竟也是孩子爸爸呢。"邵瑾想,忍不住又问道,"那阿姨有没有说,等病人好一点,再回来?"

"一时半会儿,是回不来了。"爷爷喝了口水,手一挥,干脆又说道,"可能就不回了。她说让我甭等她了,大家随缘,各自安好。"

范松波惊讶地问道:"这是什么意思?她先前到底离了,还是没离的?"

"离了的!离了的!"爷爷忙不迭地解释道。爷爷好面子,一辈子没干过缺德事,跟别人老婆同居,这罪名他可担不起。"离了多少年了!只是现在躺下了,身边没人,孩子们要挣钱,挣得又不多,请护工吧,怎么请得起?如今护工的工钱,想必你们也是知道的。她这也是为了孩子,没办法的事。"

原来李阿姨和前老伴呢,离了好些年了。前老伴呢,也找了新老伴的,新老伴是曹县的。半年前,李阿姨的前老伴查出来骨癌,曹县新老伴在医院里照顾了两个来月后,跟李阿姨的儿子说,她的小儿子只有两个闺女,现在国家鼓励生育,小儿媳妇响应国家政策,要生三胎了,她得回曹县去看一看。这一看,就再没有回来,现在连电话,也打不通了。

邵瑾记得,当年爷爷和李阿姨决定一起生活时,把双方的孩子都叫到一块吃了个饭。那时松涛离世不到半年,和李阿姨的同居生活，差不多是救了爷爷一命。李阿姨退休前是国棉五厂的细纱落纱长，手下也管着五六个工人。在餐桌上，她落落大方地把她和爷爷拟好的合作养老合同念给大家听，还将合同复印了几份，双方的孩子人手一份。邵瑾记得，合同中约定两人要互相照顾，房租、生活所需费用都共同分担。但考虑到双方都已年近古稀，因此约定如果哪一方生了重病，卧床不起，谁家的老人，谁家便接回去赡养。当时两位老人都是想着把自己仅有的房子留给孩子，来乡下一起租房养老，也是不得已而为之的事。所以孩子们也都没什么好说的，按照老人的要求也都签了字按了手印表示知情。大家各自还封了个小红包给老人以示庆贺，那顿饭吃得也算是高高兴兴的。

邵瑾在心里算了算，老人搬到一起生活，很快也十年了，看来他们去三亚，是在做最后的告别……她的心里泛起酸楚，为他们感到难过。她看看爷爷，又看看松波，突然间就想到了得慧她妈。这些年来，她竭尽全力回避得慧她妈，凡事忍让，无非就是为了和她不交往。"也不知她现在怎样，有没有伴侣？"邵瑾心里突然像打了一个闪电，"如果有一天，得慧她妈有个什么，即便只是为了帮得慧，松波都不会袖手旁观的吧？"这么一想，邵瑾的心情瞬间就变得格外沉重。

不知范松波是不是也想到了这一层，他面色凝重地坐在那里，只是一味地喝茶，不说话。

电扇吹动挂在卧室和客厅之间的布帘，邵瑾无意中看到床头立着一只行李箱。于是她很快从自己的思绪里跳出来，当初要不是爷爷肯把自己的房子让给他们，她和松波只怕过得会更艰辛。现在爷爷一个人，生活多有不便，大约是想回到他们身边来了。她想着以后要是老人在家，自己若在家工作不方便，可以去办公室工作的，习惯了就好了。再说，家里的房间也够的，爷爷住得安那间房好了；得安回来，可以和爷爷同住一室，也可以睡在书房的沙发床上。

邵瑾打定主意，与其让老人艰难地开口，不如自己先说出来，大家都体面。于是她放下茶杯，很郑重真诚地说道："那么，请爷爷搬回去吧。一个人在外，没个照应，松波也不会安心的。"

没想到，爷爷根本没打算搬回去。而李阿姨搬回去了这件事，也不算是爷爷在电话里提到的事。爷爷接下来要说的，才是要跟他们商量的大事。

爷爷年轻时当过兵，汽车兵，后来作为复转军人分配到市公交公司，退休前一直跑五号线，从胜利路、国棉五厂到栈桥、火车站，六十岁才退休，开了大半辈子的车。

在部队时，爷爷开的是大卡车，给边境驻军运给养，常常一整天都是一个人在路上，最是耐得寂寞。后来开公交车，每天载人无数，话却屈指可数。人老了，更是图清净。他嫌城里吵闹。

交代完李阿姨的事情后，爷爷便催着范松波揉面包饺子。邵瑾感冒，身体不适，爷爷不让她插手，开了电视机，让她坐在客厅喝茶看电视。电视没什么好看的，邵瑾坐不住，还是忍不住过去帮忙。爷爷事先准备了猪肉馅的，见他们又拿了虾仁和芦笋来，便又拌了一盆虾仁芦笋馅。三个人包了两帘子饺子。邵瑾又炸了一盘花生米，将蓬头送的蔬菜，拌了一大盘。爷爷不喝酒，很快大家就吃完了饭，算是过了个立秋。

正午到午后三点，是一天中最热的时候。范松波和邵瑾以为"大事"已毕，便有些轻松、茫然地陪着老人闲聊。他们决定待到傍晚，离开前再陪老人去村里、海边走走。

爷爷跟他们说，一个人租房负担重，村里考虑到他的实际情况，同意他提前终止租约，但这个月月初刚交了下个月的房租，所以他要住到下个月底。只是青涧村老房东的老宅院已经租出去了，租期很长，跟人签了二十年，老房东便给他在村里又寻了一处宅院。这所宅院属于村里一对老夫妻,如今他们都在城里看孙子,没空回来住,前一个租客离开后,房子空了大半年,只求有人给他们看房就行,所以房租十分便宜,距老房东家也近。他和老房东合得来,所以到下个月底,他就要搬到青涧村去住了。

"到时给你们打电话,你们来帮我搬一下锅碗瓢盆,以后你们就到青涧村去看我。"

邵瑾和范松波点头。他们知道的,原本搬这里,也是李阿姨的主意,现在老爷子一个人,不肯住这了,也是情理中的事。想到青涧村,距城里也不是很远,他们便不再说什么,只是叮嘱老人有事务必要让他们知道。除此以外再也想不出别的什么好说的了。三个人有一句没一句,聊出一股寂寥味道。范松波和邵瑾偶尔在心里也会想一想将来退休后的生活,而爷爷不时的一声嗟叹,也颇令他们觉得老年可畏。

过了一会,爷爷进卧室拿出一个本子来,说:"有件事,是时候跟你们交代一声了。"他小心地揭开几张发潮的书页,拿出一封信来,递给了范松波。

范松波疑惑地接过来,只见发黄的白色信封上写着"范守仁(兄)启"的字样。爷爷本名正是范守仁。寄信人地址栏则是一家监狱,墨迹虽然陈旧,字迹却清晰可辨。范松波奇怪地看了父亲一眼。他打小知道的是,父亲唯一的弟弟、松涛的父亲范守义，早在多年前就因病去世了。

爷爷指了指信封，示意范松波读信。松波从信封里抽出信来，是叠成四四方方的薄薄的一块，展开来，只有一张发黄的信纸，折叠处有些破损了，但还不影响阅读。字一笔一画地写着，像出自一个认真的小学生之手。邵瑾把椅子挪到范松波身边，和他一起读起来。

> 哥，收到你的信，心里不好受。我还是想再求求你，求你帮我在孩子面前多说几句好话……

这信开门见山，不讲究格式，也没个问候，看来写信的人为自己的事情苦恼，顾不上繁文缛节。范松波和邵瑾对视一眼，齐齐看着爷爷。爷爷专注地沏茶，说："他比我又小两岁，只跟你太爷断断续续念过两年私塾，后来没条件念，就不念了，多年不读书写字，都忘了。这是在里面又学了文化，才会写信了的。"他给松波和邵瑾都倒上茶后，才端起自己的杯子喝起来，茶水在他嘴里发出"咕噜咕噜"的声响。

范松波和邵瑾接着往下读。

> 我在这里面劳动了二十多年，他妈妈也劳动了好些年。他妈妈已经死了，死者为大，他还不能原谅？

政府都原谅我了，他为啥就不能原谅我？他妈妈已经死了，他不原谅，就不原谅吧。我好歹是他爹，生了他，养了他五年，他为啥就不能原谅我？我是犯下过大错，那都是因为太穷了，一时糊涂，非根器不正。我纵有千错万错，也还是他爹。这二十多年来，我天天劳动，年年评优，政府都说我是个新人了，为啥他还不能原谅我？这阵子管教常跟我谈话，叮嘱我出去后，好好生活。我原本满心欢喜的，我跟管教说，我哥把我儿子教导得好，我儿子有出息，上了大学，为政府工作，端铁饭碗的。我请管教放心，请政府放心，我儿子是个体面人，他不会饿着我，也不会冻着我，每个月他拔根寒毛，就够我嚼用的了。我问过管教，管教说他也应该管我的。哥，请你告诉涛儿——

读到这里，邵瑾一把把信拽过来，拿在自己手里看起来。

老家我是无论如何不能回去的了，房子的事先不说，房子塌了，修也是要花钱的，就是修好了，我的哥哥，请你问问涛儿，我能回去住吗？我的儿子都不原谅我，那些人又怎会原谅我？还请你跟涛儿说句好话，将我的苦处告诉他。实在不行，就跟那姑娘说说吧，你不是说她是个好姑娘吗?让她可怜可怜我——

邵瑾抬头看着爷爷,满脸都是懵懵的表情,好像有一万个不解写在脸上。爷爷却只顾着喝茶,不看她,也不看松波。

她低头接着读信。

她要是肯了,涛儿就不会不肯了。我只要有个地方睡觉就可以了。我不白吃饭,我现在还不到六十,这些年,我在里面学了很多本领,我会做饭,会缝纫,会做皮包。我天天劳动,生活规律,身体也养得棒棒的。等我出去了,我会像管教说的那样,做一个自食其力的人。我还能劳动,将来劳动不了了,等他们有了孩子,我也可以给他们看孩子不是?我不白吃饭。就说这些,哥,吹熄灯号了,我要睡了。盼你的回信,守义。

读完信,邵瑾愣愣地看着爷爷,问道:"爷爷,这是怎么一回事?这个人,这个守义,是谁?"

范松波把信从邵瑾手里拿过去,重又读了一遍。他抬起头,也愣愣地看着父亲,"小叔、写的?这是什么时候的事?他不是死了吗?"

"他没有死，还在呢，不过也活不了几天了。"爷爷把茶杯放下，低着头，叹了一口气后，道，"想我们老范家，在沙坡弯也算是知书识礼的人家，谁能想到……"爷爷两眼看着地面，摇头。

"没有死？那、这些年，他做什么去了？"

"做什么去了？坐牢去了！你婶婶也是，他们都坐牢去了……"

邵瑾和范松波都沉默无语。

"涛没人管，我这才去把他接过来的。那时你也还小，我和你妈商量过，不让你知道，不让涛知道，就说，他们都病死了。"

邵瑾"噌"地站起来，过了一会儿，重又坐了下来。电扇在墙角慢悠悠地转着，她还是觉得闷得慌，有点喘不过气来。信里的"涛儿"，是松涛无疑，而"那姑娘"，毫无疑问，应该就是自己了。看落款日期，那时他们正在恋爱，五月，松涛去温泉镇写生，还带了她去……而松涛的父亲要出狱了。这时她突然有些明白了，为何从温泉镇回来没多久，松涛突然就变了，变成了另外一个人：他搬到小观家，他辞职，他出走，他宁愿毁掉自己。那时她还以为松涛是为了小观和小观娘……原来他躲着她是因为……不！不！他不是为了躲她，应该是为了躲他的即将出狱的父亲，还有那个他无法接受的过去。

邵瑾把两只手紧紧地攥在一起，看着爷爷的眼睛问道："松涛的……小叔小婶他们，做了什么事，竟要去坐牢？"

爷爷长叹了一声，闭了眼，道："家门不幸，没脸说啊！"

范松波也站了起来，有些焦躁地道："今天叫我们来，不就是说这事吗？人现在在哪？"

"在老家。"爷爷看看松波，又看看邵瑾，"他出狱后不想回老家的，想来这……来找松涛。我不让他来，我找了我战友的关系。我有个战友在隔壁县当村支书呢，便把你小叔安置在他们村里的养老院了。他不肯住养老院，说他是有儿子的人，跑来岛城找松涛，以为我骗他，没找着。我说你把涛给害了呢，后来他才死心塌地回去了。待在那养老院，也怪可怜，到底肯做事了，给五保老人做饭、打扫卫生，也种菜、养猪。那时他身体还好，还能做事，现在不行了。"

"不行了？不行了是什么意思？是、要死了吗？"范松波问。

"去年中了风，半身不遂了。人一病，性情大变，疑心重，不是说这个虐待他，就是说那个偷了他的钱，搞得人人嫌弃。如今养老院又换了新领导，查出来你小叔户口不在他们村里，就要我将你小叔弄走，弄回咱自己村的养老院去。你小叔死活不肯，这十好几年，你小叔在他们养老院干活不拿钱，只是管吃管住；现在人不能干活了，就要轰他走，我也觉得有点欺负人呢。这次我和李阿姨去三亚前，先去看了看你们小叔。唉，活不了多久了，不能动，也不大认得人了，有时连我都不认识了。"说着直摇头。

爷爷大概给他们说了说此番回去所见情形。爷爷的老战友早已退休，好在新支书是战友本家侄子，还念及一点旧情，同意小叔继续留在那里，给他一口吃的。

"只是呢，你小叔脾气坏，那么些老人，没一个愿意管他，养老院得额外雇个人，给他送饭送水、打扫卫生。这钱，不能让人养老院出。今天找你们来，也是为这事，我原本也没打算找你们。这不，你李阿姨回了自己家，这房租便落到了我一个人头上……"

"爷爷有困难，只管说，不要紧。"见爷爷不吭声，邵瑾又问，"需要多少？"

爷爷再次低了头，两眼看着身旁的地面，说："两千多点一个月，应该就够了。不过，"爷爷抬起头，看看松波，又看看邵瑾，"等我搬回青涧村，每月房租便可省出不少，到时你们贴补个千把块钱就可以了。"

邵瑾马上说道："这钱我们有，我们拿就行了。您在哪住得舒服，就住哪，别为了省几个钱搬来搬去。"

爷爷的神色松弛下来，说："这边是断不能长住的。明年就是壬寅虎年了,虎首值岁头。壬寅虎替辛丑牛,百姓吃穿不用愁,这是有数的。明年旅游的就该都来了,房价就会涨起来,我迟早是要搬走的。再说,"爷爷道,"这里距城里近,靠旅游区,什么东西都贵,地又金贵,种不成什么。等到了青涧村,物价便宜不说,家家户户的院子也大些,随便种点什么菜,都吃不过来的。"

"那边,"邵瑾犹豫了一下,说道,"小叔那,要是需要什么东西,您只管说,我们可以,寄过去。"

爷爷的脸上终于有了一丝笑容,说:"有需要,我会跟你和松波说的。暂时应该不缺什么。前不久你李阿姨还寄了一大包旧衣服到养老院,这次去,又带了些过去。他这辈子,还能穿得烂几件衣裳呢!"

过了好一阵,邵瑾迟疑地问道:"到底,是因为什么坐的牢呢?"

范松波也按捺不住地问道:"是啊,到底干了啥这是?两口子都进去了,一坐二十多年,犯了什么事这是?"

"唉!"爷爷长叹一声,"真没脸说啊。"再没脸说,最后还是抵挡不住范松波和邵瑾的一再追问,他不得不强忍羞惭,为他们一一道来:

瑾没有去过沙坡弯,松波你小时候,我和你妈回沙坡弯是带着你回的。那年松涛出生，我们一家人都回去了。当时你妈肚子里又怀了一个，可惜你妈自己都不知道，我们一路颠簸过去，又一路颠簸回来，回到岛城你妈肚子疼，去医院一瞧，已经晚了。松涛后来来我们家，你妈心善，想的是老天收走一个，又还了一个，没觉得是多了张嘴。过了这些年，这事没啥好说的了。我说这事就是想告诉你们，沙坡弯这个地方在三省交界地，偏远，路不好走。路不好，又偏远的地方，都穷。沙坡弯，就穷，穷得了不得，穷得都不知该怎么说了。沙坡弯、沙坡湾，就是有个泥沙坡，山道在那有个急弯。我们祖屋正好在那道沙坡前。沙坡前开私塾问题不大，但种庄稼就不成了。要是赶上下大雨，在沙坡上开的梯田就会被冲没了，种下的土豆、地瓜，还有高粱、菜啊，就都没了。家里穷，常常吃不上饭。有一年下了场特大暴雨，一百里路之外冲垮了一座水库，淹死了不少人，我们家庄稼被冲没了，房子也被冲倒半座。你小叔那时还没娶亲，房子一倒，就更娶不成了。我和你妈那时工资也不多，能帮的有限。我是寄过一点钱回去的，你小叔买了些砖，把冲垮的墙补了起来。没钱买瓦，就先用茅草把屋顶苫了起来。又过了两年，国家形势好了，沙坡弯跟前的那条路，铺了柏油。路一好，三省交界地的优势就出来了，常有大卡车拖着东西，来来去去经过沙坡弯，在三省地上跑来跑去。有一天，一辆拖着车机瓦的卡车，路过沙坡弯时出了事，司机走了神，一车机瓦翻倒在你小叔家门前的稻田里。司机没事，瓦碎了不少。夜来你小叔睡不着，就趁夜黑去捡了些机瓦，埋在屋后竹林里。过了几天，来了吊车，把大卡车吊了起来，司机把卡车开走了，也没数一数瓦。过了一阵，见没人来问瓦的事，你小叔就把瓦挖出来，盖房顶上了。可事情就是打这开了头。房子盖好后，你小叔也娶了亲。沙坡弯这个地方呢，一年总有那么几辆车会出事，侧翻在稻田里。你小叔就去捡，后来你小婶也去，村里住沙坡弯的有七八户人家，大家都去捡。捡些瓦啊，化肥、毛巾啊、橘子什么的，倒不打紧。最后出事，出在捡单车上。一辆拉单车的卡车翻了，大家捡得太多了，捡得一辆不剩的，警察就来了。一查，你小叔算是责任最大的，就这样给抓了起来。

范松波听着，先是惊讶，后来便生出胸闷气短之感，心里堵得慌。这哪里是"捡"，分明是趁火打劫啊！他想起来得慧说的，松涛在深夜扑在母亲怀里哭泣……他又把那封信拿过来,看到那个日期,心里对过去,渐渐明晰起来。原来,从一开始,松涛的一生就注定是艰难的。他手里捏着那张薄薄的信纸,突然就想起来,有个夏日的傍晚,他带着松涛去海里洗海澡,松涛的一只脚被礁石上的牡蛎壳划伤了,他只好背着他回家。一路上,松涛不哭不闹,安静地趴在他的背上,将两只纤细的胳膊亲密地环抱着他的脖子。他扭头问他,脚疼不疼呀?松涛用了可以称得上是快乐的语气答道:"一点也不疼呢。"那时他以为他只是在装硬汉。他从不知道他的爱护对松涛来说是如此重要。现在回头看,小小的松涛就像植物需要水一样需要家人的爱。即便是在他扮演一个大哥的角色、厉声训斥他时,他眼里对他的信赖与依恋也不曾减少半分。而他自己,大约是在上高中之后,也越来越处于应付生活的状态,他的青春,以及整个青年时代,同样也是在迷茫、无助中度过的,对松涛,他不怎么顾得上了。他没能照顾好他。想到松涛暗地里不知有过多少不为人知的挣扎,范松波的心里泛起一股苦涩的滋味。命运如此强大,一个人咬紧牙,顽强地活着,就像孙猴子那样使出浑身解数,一筋斗翻出去五百里,再尿一泡,到头来,却发现还是在五指山下,且动弹不得。

邵瑾一直看着门外,日光将南院屋顶的阴影推到了檐下。等爷爷说完,她平静地问这是哪一年的事。爷爷想了想,说了个年份。邵瑾点了点头,说:"带头哄抢公私财物,那阵子是要严厉打击的。可小婶怎么也……"

"嗐!"爷爷不等邵瑾说完,便道,"你小叔没读什么书,没见过什么世面,就更不用说你小婶了,妇道人家,眼皮子浅,见人家有单车,就想有。家里突然有了好几辆单车,还没高兴够,又一辆不剩的,她受不了,就死活想留下一辆。怎么可能给她留下一辆?警察把单车推走的时候,她拿着把镰刀冲上去,把一个警察的头给砍破了。那警察当场就倒在了地上,在医院躺了好些日子才好。你小婶后来倒是知道错了,可知道错了,也晚了,判了十年。她坐了四五年时,生了个病,提前走了。"

"什么病?"

"不知是个什么病,只知道是癌,发现得有点晚了。也幸亏那时她坐牢,政府出钱给她治的,在医院躺了一个多月,死了。她娘家又没什么人,我和你们妈去给她料理的后事。她这病,要搁家里,只怕死得还快些。"

"松涛,知道吗?"邵瑾有些艰难地问。

"没跟他说。那时他还小,他知道了,又能怎样呢?!"

回家的路上,范松波和邵瑾都有些茫然。这种茫然有点像是突然发现自己迷了路,失去了方向感。两人陷入了长久的沉默。汽车收音机开着，一个人在收音机里讲《红楼梦》，从薛蟠看春宫画，把唐寅认作庚黄，讲到文征明以屈子"唯庚寅吾以降"入印，到成语印的各种好玩典故。有的人总能从大家都已烂熟的事情里发现些不一样的东西。

范松波终于跟邵瑾说到了补习班的事。邵瑾很平静，她在心里计算了一番后，问道："以后我每个月给你六千，房贷，加给小叔的，够不够？"

范松波说："够了。年底如果我的中教特级教师能评上的话，我们就没这么紧张了。"

邵瑾"嗯"了一声，又说："放心，光是日常用度，是要不了多少的。"

范松波知道邵瑾一直在努力存钱，想着退休后也去旅行一下，想着将来得安上学、找工作、结婚成家时能帮一下。以后，许多事可能没法继续了。想到钱，他的心情便变得有些沉重。他倒不像老爷子，有那么强的家族蒙羞之感，柳下惠这样的君子，还有盗跖这样的弟弟呢，十个手指哪能一般长。

范松波开着车，不时看看街上来来往往的行人。他和邵瑾，一个教师，一个编辑，收入都很稳定。邵瑾副编审，他中教一级，工资也都不算低，可他们还过得这么累。那些收入不稳定的家庭，比如蓬头一家，比如药店女导购一家，又会是怎样的情形呢?

接下来,两人除了讨论家里的开支用度,没说旁的事。路过程凌云家时,他们稍做停留,把中午包的饺子,送了一些给她。

天黑前他们回到家,两人照寻常的样子过完了这一天中剩下的几小时。连这一天的热,也跟前几日并无分别。邵瑾也还鼻塞着。沙坡弯,他们也只是在立秋这天,听说了一回。后来,两人也没再提起。

13

一到九月，岛城的天气就更加舒适宜人了，海水变得清澈，海蜇也少了，在海里比在岸上暖和。邵瑾去海里游泳的次数，比夏天要多。

她也多是一个人去游。

开学后没多久，范松波就接了一个补习的活，在家里给一个打算出国留学的赵姓少年辅导进阶数学。少年的父母，经多方打听，慕名而来。他们甚至给了足够的时间，让范松波去熟悉这个课程。这孩子每周六、周日的下午三点来，五点走。邵瑾便也多在这个时候出门游泳。有时候天气不好，风高浪急，不适合游泳的话，她就一个人出门，去海边走走，或是到山顶僻静处独坐，晒晒太阳，吹吹海风，远远望望那一抹蓝。

海总是能给人慰藉。

游泳时，邵瑾总是把头埋在海水里，闭着眼往前游，幻想能听到身边传来松涛划动海水的声音……曾经是松涛帮助她克服了对大海的恐惧。那时她总是安心地跟着他往前游，前面有什么，她丝毫也不曾担心。

她一个人闭着眼游啊游，秋日的海水澄澈、温暖，像是一个怀抱。等浮出海面换气时，她睁开眼，发现四面都是辽阔的海水，而身边空无一人，心里便会陡然生出些恐惧、惊慌来……她把松涛弄丢了。从凤台村回来后，她梦见过松涛几次，每次都是他远远地走来，见到她，便低了头；而她，压抑着心里的痛苦，面无表情地任由他擦肩而过。回回都是这样。在梦里，她也未曾放下自尊，不曾伸手抓住他，大声地问出那句她一直想问却从未问出口的"为什么"……是她丢下了松涛，在他最需要帮助的时候。她丢下了他。

每回她都是这样，拼命往前游，一直游到拦鲨网那里才停下。她筋疲力尽地趴在粗大的缆绳上喘息，任由温暖的海水将她晃来晃去。

邵瑾也开始反思自己对得安的教育，那个"倒是好养"的女孩，是不是成了一个"但求好养"的母亲呢？

来家里补习的少年，和得安差不多大。从他上小学开始，父母就经常在寒暑假带他出去旅行，他去过西藏、新疆，三山五岳爬遍，甚至还出国游学过，去过十好几个国家。"最美的山水，还是在我们中国。"他面带笑容，自豪地说。笑起来的样子着实好看。他还年少，对自己的人生，已有了非常清楚的规划，想上什么样的大学、想学什么专业，甚至是想成为一个什么样的人……谈到这些时，少年的眼里满是自信的光芒。

赵同学会弹钢琴，网球打得不错，也学过击剑。高三学习这么紧张，但每个月他会去马术俱乐部骑一次马。他甚至还有一个属于他自己的股票账户。

邵瑾虽然和这个孩子交流不多，但他留给邵瑾的印象非常好：一个家境很好，也很努力的少年。邵瑾通过这个少年，好像看到了一对不一样的很有能力的父母。——这不仅仅是经济方面的能力，也是一种爱的能力。看得出，他们对孩子的关注、支持，可能已成为他们人生中最为重要的一件事，他们真的是让孩子站在了他们的肩膀之上。

得安小时候，在爷爷奶奶家待的时间要比在自己家多。

邵瑾回头看，惊觉自己并没有很好地尽到一个母亲的责任。得安出生后，有很长一段时间，她和松波都还没有很好地建立起一个家庭。他们在社科院给她分的一间单身职工宿舍里住了几年，一间十几平方米的卧室，带一个小小的厨房和一个小小的卫生间。所有的家具和电器，包括冰箱和洗衣机，都要放在外面这间卧室里。他们没有餐桌，就在一张茶几上吃饭。得安的婴儿床，放在他们紧靠在一起的两张单人床旁边。得安在这张婴儿床里睡到三岁多，他们才换了张小床给他，还是在他们那两张并在一起的单人床旁边。那时候，邵瑾是很愿意得安去爷爷奶奶家的，至少，那里空间比较大，得安可以和得慧在家里玩捉迷藏的游戏。而且，她和松波忙于工作的时候，爷爷、奶奶有空带他去海边抓螃蟹、洗海澡、放风筝。他的童年倒也是快乐的。

邵瑾仔细想了想，在他们搬到观相山北坡之前，得安大部分时候是和爷爷奶奶待在一起的。她和松波并没有给过他一个真正意义上的家。

那么长的一段岁月里，自己在忙什么呢？邵瑾不停些问自己。

她明白自己不能以忙于工作为由替自己开脱。虽然一直以来，工作的确让她费心劳力，也让她变得忙碌，但这不是她忽视孩子和家庭的主要原因。她回过头去，看到的自己，是一个不知是迷茫、还是麻木的年轻女孩。她站在那，有点手足无措，可日月逝矣，时不我待，舞台上的大幕已徐徐拉开了，而她却从未做好准备，去扮演人生分配给她的每一个新角色：女儿、恋人、妻子、母亲……她努力掩饰自己的惊慌、失望，以至于她的平静，看上去都有了几分冷漠。

这日，邵瑾游泳回来，赵同学上完课刚离开。范松波坐在餐桌前，看着一堆资料发呆。那天从凤台村回来后，他就常常这样。

邵瑾终于问道："……怎么了？"

范松波回过神来，匆忙答道："哦，没什么。"他抬头看着她，两道粗黑的眉毛拧了起来，"他们的数学，在内容上和我们的有点不一样。他们高中开始学矩阵了，我们要到大学才学的。"

邵瑾大学后就没碰过数学，也不大懂什么是矩阵，便"哦"了一声。她把泳衣清洗好，晾晒到阳台上。她回到餐厅，给自己倒了一杯水，也给范松波倒了一杯。她在他对面坐了下来。

"不过，有些地方也学。我刚搜了一下，沪版教材里，高三就有这方面的内容了。"范松波还沉浸在自己的思索里。

邵瑾又"哦"了一声。桌上有那少年留下的草稿纸，字写得很漂亮。她拿起来看，想起来某部科幻电影里的矩阵，里面有个把人类当动物般放牧的人工智能系统。她对那些越来越不可思议的科技既心怀敬意，又有些难以说出口的畏惧。

范松波叹道："这都不重要。只是，通过辅导这个孩子，我发现自己以前可能做得不够好，对不起学生啊。"

邵瑾看着他，笑着说："吾日三省吾身，一日三省，需要太多时间了。不过……"说着她起身走到门厅小白板前，拿起笔写下一句：

三日一省吾身

范松波扭头看了一眼,也笑了,说:"好,那我们就三日一省。"

邵瑾看着松波,过了很久,才说道:"你可以了,你不需要太省。"她觉得松波如果有十分力的话,他已经用尽了。

范松波一边收拾桌子,一边说道:"数学是有趣的。我刚在反思自己,这些年,我把精力都放在教学生学数学知识上了,我有没让学生感受到数学的有趣呢?这个恐怕就要打个问号了。"他停下手里的活,"教了快三十年书,职称也快到顶了,突然发现自己的教学水平还有很大的提升空间,有点受打击呢。"他笑着摇了摇头。

邵瑾安静地坐在那里,用爱敬的眼光看着范松波。"一个多好的人啊。"她在心里想。一个每天忙着工作、忙着赚钱养家糊口的人,为生活疲于奔命的人,还能保有一点理想主义的品质,和对他人的温柔之情,这个人,不是君子,还有谁是呢?

"你说,去年,得安为何执意要去当兵?"邵瑾问松波。

"高考成绩不理想,有点受挫了。"稍停了一下后,范松波又思忖地说,"我估计,受爷爷影响也大。我和松涛小时候,"说到这,仿佛有什么卡住了他,他停顿了一下,才接着说道:"小时候我们总听老爷子讲部队的事,有一阵,我俩都特别想去参军的。要是高考考不上个大学,可能我俩就都去当兵了……"说到这,范松波又停了下来,他看着桌面,仿佛忘了接下来要说什么。过了一会儿,他忽地抬起头,看着邵瑾,眼里流露出一丝痛苦的神情,"可能、可能只是我想去当兵,是我,向往军营生活,觉得,"他吞了口口水,一只手在虚空里挥了挥,像是在给自己打气,"觉得热气腾腾的。其实松涛呢,很多时候他睡不好,要吃谷维素的,你知道的吧?中考、高考前还吃过安定。其实现在想来,松涛呢,虽说多是和大观在一起玩,其实他是一个人的。尽管有大观、有个家,其实、那时候……他在人群里,也是一个人的,其实他还很小的时候,"他的一边嘴角抽搐起来,"他就是一个人了……"

范松波说得有些语无伦次的,但邵瑾都听得懂,懂得他说的每一个字。她放下水杯,默默走到他身后,从背后紧紧抱住了他。

后面那栋楼的邻居家里又吵闹起来,老太太在哭闹,儿媳的哭泣声里夹杂着咒骂,听不清在哭闹什么,只觉得起伏不定的悲声,宛如潮涌。

范松波和邵瑾走到厨房窗前往外观望,透过白蜡树和樱树间的缝隙,隐约可见那家的儿子正在阳台上抽烟。

晚上，两个人出门散步，一路无语地走到了山顶。广场舞已经开始了，音乐声格外吵闹。邵瑾拉着松波往回走。

邵瑾说："网上有个姑娘，开房车旅游、做自媒体，两年了。"

范松波叹道："有钱又有闲的人啊。"

"主要是有闲，钱并不需要太多。她原来是开美甲店的，后来，生意不好，干脆关店去旅行。四万来块买了辆二手七座面包车，自己改装了一下。"

范松波"哦"了一声，认真地道："等我们退了休，也去买个车，改装一下，这房子就给得安，咱俩环游世界去。"

提到得安，邵瑾沉默了。得安因为没能参加军部的技能比赛，情绪一直有些低落。邵瑾每周找他一回，提到学习，他就表现得很烦躁，每次说不上几句，邵瑾就不得不把电话给松波，让松波来收拾一地的鸡毛。

范松波走在邵瑾身边，继续展望未来。对未来他们尚有勇气谈论。

"面包车空间可能还是不够的，你又爱干净，得厨卫浴俱全。我们可以买个小额头房车，我在网上看到过，那种车就可以了，还算宽敞舒适，也不贵，就十多万。"范松波说。他已经计算出了自驾游的大概花费，主要是油费和过路费。至于生活费，应该不会比居家多的，有房车可以自己做饭，也没有住酒店的费用。车还是买辆新车比较好，旧车，万一坏在没有人烟的地方，喊人来拖，再加维修，那花费就不可控了。

邵瑾默默行路，不吭声。

知妻莫若夫，范松波知道邵瑾在想着得安的事，便安慰她道："得安在部队快一年了，他高中同学上大学也快一年了。这次小刘没有考好，分数不够上军校，得安眼看着是有点着急了的，小刘那么努力，也没考上，他可能感受到压力了，慢慢来，他开始急了，你还急什么呢？"

"嗯。"邵瑾挤出一个笑容。近来她常有日暮途远之感。她没再说什么，单是点了点头。

这日是个周二，一大早范松波接到老爷子电话，说要提前搬到青涧村去，问他们有空没有，没空的话，他就叫辆面的。

范松波一周里只有周二没课，平时他在学校上课，周六周日在家里上课，唯一的娱乐就是晚上和邵瑾散个步。偶尔，周五下午在学校和年轻老师打一场篮球。早上他刚睁眼，正想着这一天要做点什么好吃的，计划着下午陪邵瑾去海里洗个海澡，还没来得及跟邵瑾说，老爷子就打来了电话。他在客厅接完电话后，又跑进卧室。邵瑾也被电话铃声吵醒了,翻了个身。卧室窗帘没有拉开,范松波拨弄着她的头发,一个人在幽暗里笑,不说话。

邵瑾闭着眼问是谁这么早来电话。

范松波说:"老爷子说今天搬家呢,你说他是不是在咱家里装了个监控器?没准啊,"松波换了一种戏谑的语气,"他有一个长长的望远镜,能伸到我们家里来——要不他怎么就知道我今天有空?"

邵瑾睁开眼,说:"我忘了跟你说了,你那件冲锋衣,你不是嫌小了吗?前几天我给爷爷发了同城快递寄过去了,顺便打了个电话,问他什么时候搬家,跟他说你只有周二有空的。"

"好啊,原来是你出卖了我。那你去不去呢?你要备课的吧?"

邵瑾过两天要去滨大给学生讲学术论文的写作规范。她起床去卫生间洗漱,想着如果可以顺便去趟温泉镇的话,就去一趟,等回来加夜班备课好了。

她对松波说:"给爷爷搬完家,要不要顺便去趟小观那?都说要去给人家温锅的,一晃这么久了。"自从她知道松涛父母的事情后,她就在心里对小观和小观娘感到歉疚——这些年来,自己一直都错怪了他们。以前,只要一想到小观和小观娘,邵瑾就会感到不适。自己曾经把松涛和他们的关系想得那么……想到这里,她心里着实感到羞惭。她洗完脸,静静地看着镜子里的自己,这么多年了,镜子里的这个女人真是痴长年岁,除了眼角隐隐的鱼尾纹,好像什么都没改变。连发型,也还是及肩直发,因为这发型不用求人,一旦长得太长,自己用一把牙剪就可以修剪。

"没心没肺地活到今日呀。"她在心里对镜子里的自己说。

范松波倚着卫生间的门框站着,思忖了一阵后,说:"妙一可能国庆节回来。这样吧,你今天就别去了,在家备课,我去把老爷子安顿好。等国庆长假,我们再去小观那看看,大家好好聚聚。"

邵瑾想了想,觉得这样也好,时间上从容,便依松波的,在家备课。两人匆忙吃了点早餐,邵瑾又收拾了一包吃的用的给老人。前不久腌好的荬瓜,她也拿了些给爷爷。范松波临出门,邵瑾又叮嘱他去山上买点熟食,还有老人爱吃的炉包,这样搬完家两人也可以马上有饭吃。范松波走后,她一个人在房子里走来走去,总觉得爷爷不是不愿搬回城里住,只是不想和他们住在一起吧,不自在,怕打扰他们。如果爷爷的房子还在,他大约还是会愿意住在城里的。有时她在山顶公园,或是小区里看到聚在路灯下打够级的老人,就会想起在乡下的爷爷。现在爷爷一个人了,身体还好,暂时没什么大问题,万一有个头疼脑热,就得把老人接回来住了,思想上要做好这样的准备。

想到这,邵瑾便拨打松波的电话,让他给爷爷搬完家,顺便接爷爷过来住一阵子,等国庆节再送他回乡下。范松波开着车,一一应了。

备课像是一次检阅。如果单从采编流程来谈学术论文写作的基本规范,邵瑾觉得讲起来就太轻松了,随随便便就能扯一两个小时。想到松波对自己作为老师的反省,她又觉得如果只从自家刊物的采编流程来谈学术规范,又有些对不住学生。吃过午饭后,原本想睡个午觉的邵瑾,喝了一杯浓茶后,就又坐到了书房里去,直忙到日影西斜,从小区外面的坡道上,传来放学归来的孩子们的喧闹声。

天黑前,范松波一个人回到家。早上他拎了一包吃的出门,晚上,他拎了两包吃的回来。进门他就对邵瑾嚷嚷开了。

"哎呀可惜你没去,老爷子这回租的院子真是太棒了!"

邵瑾在厨房做饭,闻声出来,见范松波左手一袋鸡蛋,右手一袋桃子,一脸兴奋的神情。松波知足常乐,对庭院向来没表示出什么特别的兴趣。每年开春,在阳台上给家里那几盆盆栽换土时,他总是兴致勃勃,一副心满意足的样子,一点也没有施展不开的遗憾,反而使人觉到一种"吾虽无寸土,春亦到吾家"的畅快得意。

于是邵瑾只是问:"你有没叫爷爷回来住一阵?"

"说了。他懒得跑,说年底单位组织退休员工体检,到时再回来住两天。"

"他一个人,还行吗?"邵瑾又问。

范松波把鸡蛋、桃子都放到餐桌上后,看着邵瑾,眨了眨眼睛,有些迟疑地道:"我看还好。怎么,你是不是知道什么我不知道的事?"

邵瑾瞪了他一眼,"你不知道爷爷和李阿姨刚分开?在你看来这不是件事吗?如果我离开你,你是不是也,还好?"

"不是一回事嘛!"范松波摸着脑袋,笑着说。

"怎么不是一回事嘛?老人的感情,不是感情吗?"

范松波语塞,不好意思地笑。过了一会,他拿出一个又红又大的桃子,讨好地对邵瑾说:"这是刚下树的桃子,今年乡下桃子丰收。"

"昨天买的苹果还不知什么时候能吃完呢。"邵瑾接过桃子,说,"这么大,吃这一个桃,晚饭也省了。"

"比往年便宜不少。运不出去,增产不增收,我们多吃点,也算拉动一下内需。"说着话范松波掏出手机,让邵瑾看照片。是爷爷新租的宅子，三间平房带院，还有两间东厢房，想是厨房、卫浴间。院里有块菜地，一条砖铺小路将菜地分成了一大一小两块。院门外有一棵修剪成形的高大迎客松，松波说是黑松，"树下停得了一辆房车"。

邵瑾看了也很喜欢，房子虽简陋，却宽敞明亮。邵瑾问："租金怎样？"却也不贵，范松波说整院租下来，月租才一千二。老爷子精打细算，先跟房东签了五年合同，五年后老爷子八十四，"七十三，八十四，阎王不叫自己去"。这价格便宜得让邵瑾惊讶，将来她和范松波的退休金都会比爷爷多不少，她简直有些不敢相信这个小院能这么便宜地租下来。

"农村的房子不能像城里的房子一样流转，当然便宜啊。"范松波说，"再说这些年，村里修太多房子了，你哪天去看看就知道了，家家户户都有好些房子。村里还有公寓呢，租金更便宜，只是没电梯，老人爬楼不方便。"

邵瑾连声赞道："这个小院就好，这个小院就好。等我们有空了，去帮爷爷种菜、种花。"

范松波笑道："老爷子也这么说，要收拾一间房出来给我们。再弄一间做客房，得安和得慧，谁去，谁住。"

"那里，也还是没有暖气的吧？爷爷和李阿姨以前合租房子，两个人分担费用，经济上轻松点。再说，有李阿姨在，天冷时爷爷会开空调。现在一个人了，有空调只怕他也不舍得开的。"

范松波看着邵瑾直点头，说："你提醒了我，这个问题我来解决，你就别担心了。"

两人直到上床睡觉前，都在谈论爷爷在乡下的生活。近来他们难得有这样的谈兴。他们还记得那年，通往郊外的天车刚通，退休的老人们多乘天车去山里采摘、踏青，爷爷和李阿姨就是在天车上认识的。后来两人去青涧村玩耍时，正好见村里有旧宅院出租，租金低廉，山里空气好、水好。两人便一合计，租下来一起养老度日。没想到，在乡里住了一段时间后，爷爷便不想回来了，迄今快十年了。范松波和邵瑾聊着这些，心情也和往日不一样了。以前两人都觉得爷爷搬去乡下，是为他们做出的牺牲，现在看到爷爷是真的喜欢乡村生活，便也感到轻松愉快起来。如今乡下除了井水，也有自来水、抽水马桶，卫生条件和城里不相上下，交通也方便了许多，只是没有图书馆、商场、电影院，没有灯红酒绿罢了。

"我去花了五十多分钟，回城时，开始堵车，时间长了点。"范松波说。

范松波努力向邵瑾描绘一种将来他们可能会实现的理想生活，他曾经不敢和邵瑾轻易谈论的东西，竟就在距他们五十分钟车程便可抵达的地方。这给了他信心。

"人，好处吗？"邵瑾问。她在小乡镇长大，在她对乡村生活的向往里，有一种范松波还未及体察的谨慎。

"有什么不好处的？都各过各的。"范松波说。过了一会，他想起来一件事，又说，"不过，那里没海，洗海澡得开车去仰口。"

"那就开车去仰口啊。"

两人说着，都笑起来。这晚他们终于怀着愉快的心情进入了梦乡。

14

这日下午,邵瑾去滨海大学法学院讲座。范松波上完两节课,打开手机想问问邵瑾讲完没有,好去接她。开机后,他看到有个未接来电,竟是妙一的。范松波赶紧回过去。原来妙一回来了,范松波问他现在在哪,妙一说了个地方,却不是湛山寺,是距湛山寺不远的一家小旅馆。范松波和妙一说好晚上一起吃饭,挂了电话便找邵瑾,邵瑾已在回家的出租车上了。两人商量了一会,邵瑾最后定夺:"回家吃吧。我一会就到山上了,我去买点吃的,等你回家炒两个素菜,不就好了?"松波想了想,觉得这样也挺好,妙一不食荤腥,吃得简单。冰箱里还有蓬头给的一把秋葵、几根黄瓜,他让邵瑾买块豆腐,再买两个新鲜土豆。松波也没忘问下午的讲座怎么样,邵瑾说还行。菜市场边上的小超市门口有儿童摇摇乐,松波听到电话里传来一句"爸爸的爸爸叫爷爷",便不再说什么,只叮嘱邵瑾回家洗好菜,等他回去炒。两个人挂了电话,分头行动。

小旅馆位于一片老旧的住宅区,这里的房子多是出租屋,住客鱼龙混杂。旅馆门前的街道两边,有好几家烧烤摊,每一家用的塑料桌椅样式都一样,只是靠颜色来区分,放眼一望,赤橙黄绿青蓝紫白都有。才下午五点来钟,已有不少姑娘小伙坐在街边吃烧烤喝啤酒了。九月里的天气，傍晚的风已经捎上了一点凉意，姑娘们都穿得很少，小伙儿露着花臂。

范松波把车停在小旅馆门口，给妙一打电话。不一会儿，妙一就从小旅馆狭窄的门里走出来，他穿着洗得发白的灰色短袖衬衫，黑色长裤，手里拎着一只装得鼓鼓的白色纸袋，满脸笑容地走过来。妙一上了车，松波说去家里吃啊。妙一道谢，说客随主便。两人互问家人近况，皆无喜无悲。松波问他怎么不住在寺里，住到这么个地方来了。妙一温和地笑，说这地方很好啊，这次来，就没想去寺里吃住打搅，近来寺里也没什么活需要我做。妙一告诉松波，他在这边就住一晚，明天一早就去小观那。松波问他打算在小观那待多久。妙一说，看看有没事做，有事做，就待长一点，无事做，就待短一点。松波让他多待一阵，国庆假期大家好好聚聚。妙一笑着点头，说怎么也得节后再走。松波看他晒黑了不少，便问他在博山做什么事，待了多久。妙一想了想，回答说在博山待了快两月了，先是维修大雄宝殿，大雄宝殿修好后，下了一场大雨，冲毁了寺前一段路，便又修好路才回来。

"我带了博山的肉火烧给你们。"妙一拍了拍放在腿上的纸袋。

"费心了。你自己不吃，还买它做什么？"

"你们吃啊。"

两人说着话,很快到了观相山顶。正好晚钟敲响,钟声穿过松林,逸音低回,远近一时竟不可知。妙一看着窗外那座基督教堂,听着钟声不像是从这教堂发出来的,便问,"没有钟楼,钟声从哪里来?"范松波说不远处还有座天主教堂。"天主教堂敲钟的。"松波说。妙一"哦"了一声,说曾经路过的,转向了,原来距观相山这么近。松波说也不近,只是钟声传得远。

"丛林法器,大钟第一。"妙一说。

到了楼下,停好车,妙一没有下车,而是跟范松波说起了另一件事。

"小观那,有些松涛的画,等你去时,看看要不要拿一些回来。"

范松波很惊讶,说:"小观家失火,不是都烧了吗?"

"因缘际会,幸得小观拿了些到温泉镇那边。"

"好。等我们去时,挑几幅,以后留给孩子,做个念想。"

妙一又说:"有几幅,是邵老师的。"

松波听到自己的心脏"怦怦"跳了两下。他点了点头,说:"好,等去了看看再说吧。"

两人到了家,邵瑾站在门口迎接。妙一双手合十,含笑弯腰跟邵瑾打招呼,说着打扰了之类的客气话。看上去与一般人无异。邵瑾把客人请进客厅,心里略微有些诧异,觉得这人好像在哪见过。她早已泡好了一壶松波从云城带回的苦荞茶,三人稍坐,邵瑾便留松波陪妙一,说她已经把菜都准备好了,端上桌就行,就有一样土豆丝,需要松波去炒。松波炒土豆丝很拿手。妙一拿来的肉火烧,邵瑾烤了两个,一切为四。她把几只素馅的包子放到小蒸锅里蒸上后,才叫松波过来炒土豆丝。

邵瑾从厨房出来,看见妙一正站在躺椅前看挂在墙上的画。

妙一笑着问:"邵老师,这是松涛画的吧?"

"可不。毕达哥拉斯,松波考上大学那年,松涛画的。我们搬来这里后,才找出来,装框挂上了。"邵瑾说。嘴角也挂着一点笑。

妙一看着毕达哥拉斯,说:"哦,看来那时候松涛就画得很不错了啊。"

"是啊。"邵瑾附和道。

"多么智慧的人!可惜啊,由执我法,二障俱生。"

起初邵瑾以为妙一说的是松涛,不过很快她便反应过来。松波曾经跟她说过,在松涛画这幅画之前,他给松涛讲过毕达哥拉斯诛杀弟子希伯斯的故事,两人还顺便讨论了下孔子到底有没杀少正卯。听妙一说"二障",她猜他说的大约是这件数学界的所谓"君子之诛"。

邵瑾问妙一:"我听松波说,妙一老师以前也是学数学的?"

妙一谦逊地说:"邵老师客气了,就叫我妙一吧。说来惭愧,只学了点皮毛而已。"两人由这幅画又聊到松涛,邵瑾便请妙一稍坐,自己转身去书房拿出来一本十六开大小的速写本,递给妙一看。

"我们搬家时,清理书柜发现的。"邵瑾笑着说。

妙一接过去,翻开来,手指刮得纸张沙沙响。他在湛山寺凿碑,手指上就裂了许多小口子,还未及痊愈,到博山又裂了。妙一放下本子,不好意思地对邵瑾说想借用一下洗手间。他去卫生间洗干净手后,出来接着看松涛的画。画的都是岛城风景,小岛、海湾、浪涛、栈桥、灯塔、火车站、红屋顶的房子、有黄色矮墙的街道,还有他们刚刚路过的教堂。也有几张湛山寺的远景,妙一看出来,这应该是在寺旁山间小亭子那画的。松涛画的街道,有房子、有树、有行人,就是没有汽车。比较意外的是,每页画稿上竟然都签有日期和名字的拼音首字母缩写。后来他是把这两样都去掉了的,画倘若没人要,也常常是不留的。小观见有喜欢的,藏起来一些,偷偷落个款,谁想到后来却又失了火。

妙一看完，笑着点点头，把速写本合上，还给邵瑾。

"松涛和小观，多亏有妙一您啊。"邵瑾对妙一说。

妙一笑道："以盲引盲，相牵入火坑。"

"您过谦了。"邵瑾犹豫了下，终于问道，"您是怎么……认识松涛的？"

妙一说："那年我还在湛山寺出家，他去寺里，想给母亲和小观的哥哥供奉往生莲位。那日可巧我在客堂值守，写莲位时，他问我临过些什么帖……"妙一的脸上浮现出一丝笑容，仿佛在回忆一件特别美好的事。

邵瑾很是有些意外，她用了平静的语气问道："他的、母亲？"

"是的，他的生母。当时他没报老人的名字，莲位上写的就是范松涛之生母。"妙一说。

厨房里传来范松波炒菜的声音。邵瑾把速写本打开，又合上。她几番欲言又止，想问问松涛最后的情形。松波跟她说过，那晚临睡前，松涛对小观说："我命令你啊，活下去！"她倒宁愿松涛"一夜叫的都是娘"。不过实在是时光久远，一刹那九百生灭，一瞬间万千往生，这十年间，只怕在看什么都一样的妙一那里，再大的事也是无从打捞的。再说，近来她才知道，事发当晚妙一在距祁连县城三十里之遥的阿柔大寺做小工，不在场，也未必知道更多的。邵瑾犹豫再三，终究没有提起。

"听松波说,您在国外还待过几年?"邵瑾随口问道。

妙一说:"是的,在加拿大多伦多待过两年。那里的湛山精舍建下院,去做了一阵子小工。"

邵瑾无数次想象过见到妙一后会说些什么。她原以为自己会毫不迟疑地通过妙一,来和松涛的最后一刻相遇;她以为她可以站在妙一面前,平静地问出那句"为什么"。而在她的想象中,妙一知道所有的答案,他的回答将比松涛的回答更可信赖……而当她真的站在了妙一面前,才发现生命中被时光带走的那部分,包括一部分自我,再也找不回来了。遗忘是座避难所。她在心里冷酷又清醒地告诉自己,答案不重要了,没有答案,也没人知道什么答案。

好在很快范松波就过来请妙一去餐厅吃饭。三人落座,没有酒,邵瑾又起身倒了茶来,以茶代酒。虽都是素菜,却也大小碟子摆了六七道。松波对妙一带来的肉火烧赞不绝口。邵瑾先是不肯吃,松波说,没事的,我和小观还在他面前啃过猪蹄呢。邵瑾这才拿了一小块肉火烧吃起来,果然好吃的。妙一却吃得很少,吃了一个素包子,每道菜搛了一两筷子,就不再吃了。他喝着茶,含笑看着松波和邵瑾吃。松波问妙一,小观知道你回来了吗?妙一说,已经通过电话,小观最近欠安，所以明儿一早我就过去看看他。松波停下筷子，叹了口气，说，你去了，就好了。妙一却只是说，一切随缘。

邵瑾见妙一说小观欠安，松波却没问问是怎么回事，便猜小观大约不过是旧症又犯了，这些年，想必他也是时好时坏的。那年松涛搬去他家照顾他时，是他病得最重的时候。眨眼松涛都过世十年了，他还活着，人世间的苦，看来他还没有吃完。

饭毕，三个人又坐到客厅喝茶。说话间，邵瑾想起来，那日在禅修会场，最后进来一个陪妙境的人，可不就是妙一。一问，果然是。邵瑾便掩口笑。妙一也笑。邵瑾问妙一，怎么去了却不参加他们的活动。妙一说，我是去干活的，茶馆烘焙间的炉子不好用了，那日去修了下。他又问邵瑾是不是常常参加禅修活动的，倘若是，红岛太远了，他倒知道不少城里的禅修会所。邵瑾看了松波一眼，说偶然碰见，便进去听了下，平时忙，并没有时间的。不过妙境法师的琴声，倘若有机会，还想再去听一听。妙一沉默了一会后，说妙境法师远游，恐怕一时无缘聆听他的琴声了。邵瑾"哦"了一声，想了想，问红岛那个禅修会的会费大约是多少。妙一说一般也没个定数，出多少的都有。邵瑾问多能到多少，妙一说，有出几千的，有出几万的，也有出十几万、几十万的，多少都有，各随其心。邵瑾听了，不免有些难为情，心想难怪慧如不肯收她那红包呢。接着妙一便介绍起城里各种禅修会所来，原来也是以群分的，各式各样。这晚，妙一又就这个话题聊了半个多小时才起身告辞，改变了他最初留给邵瑾的不善言谈的印象。

妙一不肯让范松波开车送他回旅馆，坚持要走到南坡山顶去坐地铁，松波便陪他往山顶走去。两人走在人行道上，抬眼望，穿过路灯伞一样罩下来的昏黄的光，一个又大又圆的惨白月亮挂在山顶上。两人望着月走到山顶，月亮却又到了山脚下的海面上。妙一让松波转回，笑说送客不过虎溪。两人于是就在山顶作别。

范松波回到家里，邵瑾刚收拾完厨房。她洗净手，出来找他说话。

"原来这就是妙一啊。"邵瑾说。

范松波说："可不，平常人儿。"

邵瑾又问松波，妙一是哪里人。松波看着邵瑾，想了一阵，说，我记得他说过，好像是邹平黄山人。邵瑾说，邹平黄山……梁漱溟先生埋骨之地吧？松波说，可不，妙一说自己喝杏花河水长大的呢。邵瑾问，那你知不知道他为何出家，又为何还俗。松波看着邵瑾笑，说我还真问过的，可见我俩皆是俗人。邵瑾也笑，问妙一如何回答。松波说，我记得当时他是这样说的：出家时只是想出了，还俗也一样，只是想了。邵瑾问，到底哪样他觉得更自在呢？松波说，这个问题，下回再见你自己问他吧。

邵瑾又说见到蓬头了，土豆、茼蒿都是在他那买的，末了蓬头见她没还价，也没抹掉零头，又往她袋子里塞了两根小葱。邵瑾夸蓬头会做生意。松波就笑，这孩子实诚，他不认识你，他那只能你去，我是不好去了，两个男人为几把小菜推来推去，实在有些难为情。邵瑾又说山顶原来那家卖粮油的小店不知什么时候关门歇业了，现在竟有人在那开了家书店，但她急着回家准备晚饭，就没进去看。

"米都不行了，书能行吗？这两年，有不少书店都关了呢。"邵瑾有些忧心忡忡的。

范松波说："是啊，从前那样的书，是断不能卖的了。如今人多看手机，又有几人正经看书呢。"接着他也说了些学校里的事。从学校又说到去接妙一，今晚他住的那地方鱼龙混杂，妙一也不嫌吵闹龌龊，妙一是真的平等看众生的。

"一个心里干净的人，看什么都干净的吧。"邵瑾说。

两人上了床，范松波才想起来问邵瑾讲座的情况。邵瑾淡淡地说了句还好。

大约因为讲的都是比较实用的东西吧,来听的学生很多,走廊里也站了好些人。邵瑾受到鼓舞,原计划讲一个小时的,不知不觉竟多讲了十来分钟。学生提问也很踊跃,回答不过来,后来又延长了十来分钟。不过,她没告诉松波的是,有两个学生的提问让她觉得有点难堪。一个学生问编辑们看不看自然来稿,她回答说一般都会看的,她也要求年轻编辑看自然来稿。那个学生说,投过一个稿子到贵社邮箱,过了三个月没消息,打电话到贵社也没人接,后来干脆投到一家核心期刊去碰运气,没想到竟中了。那一刻,"贵社"副主编邵瑾很有些尴尬,她祝贺了那个学生,解释说现在自然来稿太多了,杂志社人手有限,根本看不过来,所以一般都是粗略浏览一下进行筛选,难免会有遗珠之憾。

想到这里邵瑾便觉得有些不自在、心慌,就是那种"人人都知道你撒谎,你也知道人人都知道你撒谎,可你依然撒谎"的感觉。

另外一个学生,就比较犀利了。邵瑾在讲座中提到了诺贝尔文学奖获得者约翰·库切。库切的博士学位论文做的是塞缪尔·贝克特,他需要引用贝克特的作品《徒劳无益》,便特地写信给贝克特的出版商查托·温达斯出版社征求许可,出版社转达了贝克特的要求:"允许你引用(最多十次),

每次不超过十行（以查托·温达斯版为准）"。邵瑾讲这件事无非是想告诉学生，那些大师是如何尊重别人的版权，又是如何注重保护自己的版权的。结果，那个学生当即站起来说库切的征询真是"徒劳无益"，他有合理使用的权利，一问，反而自求镣铐，搬起石头砸了自己的脚。他说完，讲堂上热闹起来，笑声、议论声嗡嗡一片。这还没完，说完这些，这个学生并没有坐下去，而是接着说道："库切的博士论文如果写的是中国作家，事先完全不用征求意见，因为事后他十有八九能得到中国贝克特受宠若惊般的感谢。"语气里不知多少少年人的不屑。话已至此，邵瑾也只得幽默了一下："那你是说他写的不是博士论文，而是表扬信吧？"

范松波见邵瑾不想聊讲座的事，猜想她大约是太辛苦了。讲完课，回到家还得做饭招待客人，这一天也真是够累的。他伸手把邵瑾搂进怀里，想着以前听邻居家的老奶奶讲以前的主人，在报馆做事，并不是有钱人，常常"穷得去当皮袄"——可穷得去当皮袄的人，家里也雇着两个佣人呢。山顶开花店的小夫妻俩说，母亲节那天，他们接了个九百九十九朵康乃馨的大单，夫妻俩把花送到麦岛附近的一栋别墅里。院子大，房间多，家里工人也多，送进去后，竟迷了路，最后只得由一个家政工人领着才出得来。倘若不是亲耳所闻,这两件事,在松波看来,都不像是真的。不过他也想,就自己家的情况来说,如果真的雇得起,真的雇一个工人来,只怕也就今晚为款待妙一需要帮下忙。

"雇来,也不过是添张嘴罢了。"迷迷糊糊中下了个结论后,范松波也就踏踏实实地进入了梦乡。

15

杂志社年年国庆长假前都要忙一阵。节后要赶印新刊，工作得往前赶。而今年特别，因为有纪念刊，工作量比往年差不多翻了一番，就更忙了。节前需要收集终评委的意见稿，把待刊用的稿子定下来，分发给各栏目编辑排版、校对，要做的事不少。

自从在滨海大学搞过一次讲座后，邵瑾觉得还是要把编辑的积极性调动起来。这日她召集大家碰了个头，要求每位编辑每月底汇报一下各栏目自然来稿的评阅情况，把觉得不错的稿子，拿出来大家讨论。节后还有件大事，就是办刊三十周年纪念暨社科院金秋论坛学术会议，杂志社负责的工作也不少。她叮嘱年轻人安排好自己的生活，这段时间不要休年假，全力以赴投入到工作中。

碰头会开完，邵瑾回到自己办公室，还没来得及喝口水，办公桌上的电话"叮叮"响起来。接起来，却是院长。

"邵副主编，请来一趟。"院长在电话里说。

邵瑾收拾好东西，出门斜穿小院，往行政大楼走去。门卫师傅在打扫院中小径，看到邵瑾，师傅停下来，有些悲伤地对邵瑾说："邵老师，你可知啊，小黑没了呀！"

邵瑾一直不确定站在玉兰树高枝上的是否是小黑，甚至也不确定每次看到的高枝上的那只鸟，是否是同一只。她问师傅，小黑是如何没了的。师傅挂着扫帚，神情悲切地说，最近小黑都不怎么来吃东西了，窗台上的面包虫总也不见少，前天一早起来，见树下散落着好几根黑色的羽毛，树上却不见了小黑，想是它不想活了，下树喂了黄鼠狼。邵瑾很惊讶地问，这院里有黄鼠狼吗？师傅说有的呀。邵瑾急着去见院长，便随口安慰了他几句。门卫师傅又说，羽毛我都捡起来了，一会邵老师走时拿一根，留个念想。

邵瑾"嗯"了一声拔脚离去。

院长接下来还有个会，只匆匆跟邵瑾聊了几句。他先是问邵瑾纪念刊准备得怎样了，有没什么困难。邵瑾说都差不多了，没问题，暂时都很顺利。院长又问她那件事考虑得怎么样了。邵瑾心怀感激地说，很感谢师兄的关心，这阵子我仔细想了想，才疏学浅的不说，什么都不突出，偏偏椎间盘突出，坐的时间稍长一点，就跟受刑一样，眼还花了，眼前这份工作已经用尽全力，暂时不能有别的想法，先努力把手上的工作做好才是。等身体好了，学识也跟上了，那时再考虑其他不迟。院长又笑又叹气，说好吧，不强求，你还真是老实，大家都像你这样，那我可就省心了。邵瑾也笑，掏出一句真心话，说我这不是老实，是会偷懒、图轻省，这岗位上混着，自在点，少开多少会呢，自打椎间盘突出后，我看到开会通知就哆嗦。院长笑着摇头。临走前，院长又说节后的活动，有可能会改成线上的了，假期就好好度假吧。邵瑾听到这消息，心里乐开了花，走出院长办公室时觉得整个人都轻松起来。

邵瑾出了行政大楼，看看也到了吃午饭的时间。她想了想，便在一棵木香树下立住脚，打电话给程凌云，喊她过来吃面。程凌云可巧有空。邵瑾说那可真难得，我一会把地址发给你，你打车来啊，小巷子，没法停车。

邵瑾把面馆地址发给程凌云后，便往外走。正午的太阳着实有些刺眼，她从随身布包里掏出遮阳帽、墨镜戴上。走到门口，门卫师傅还是认出她来，嘴里喊着"邵老师"，拿着一根羽毛追过来。

邵瑾只得停下脚步。她从师傅手里接过那根羽毛，仔细看，才发现并不完全是黑色的，末端有一点白，若有若无的白。白往上，却有一抹幽深而明净的蓝，有点像是夏日里刚入夜时的天空。她想起来英文里有个词，叫 Nightblue，说的应该就是羽毛上的这种蓝。

邵瑾手里拿着这根羽毛，拐进单位旁边的一条小坡道，然后进了一条顺坡道曲折盘旋的小巷。小巷的路面是马牙石铺就的，许多年了，石子都磨得光溜溜的。路两边都是些老旧的居民楼，统统用黄色的砖墙围了起来，蔷薇、凌霄、金银花的藤蔓爬满墙头。那家海螺面馆，破墙而出，开在小巷口。面馆门前的大树下，海螺壳围了一圈又一圈。门两边的石阶上，也摆着许多海螺壳。主人颇费心思地在一些海螺壳里种上了多肉，有的里面长着一两茎野草，或是一根豆芽，看着非常有生趣。店面原本是居民楼靠围墙的一套民居，空间不大，操作间外是两间卧室打通的铺面，放着几套小桌椅。男人永远在厨房忙碌，手脚麻利的妻子负责跑堂、收银、擦桌椅等一切活计，是个典型的夫妻店。有时遇到邵瑾加班，范松波下班时拐来接邵瑾，两人为免晚餐的操劳，也会来此各吃一碗面再回家。

面馆里客人不多，有三人各坐了一桌吃面。邵瑾拣了个靠窗的位子坐下。这扇窗朝向围墙里的小区，和前栋楼隔得比较近。窗前有一棵无花果树，上面结满了果实，撑起了一片阴凉。女店主过来，把桌上茶托里倒扣着的茶杯翻过来一只放到邵瑾面前，茶杯有一只小孩拳头大小，是陶的，里面未上釉。女店主往杯里注入了温热的大麦茶,刚好七分满。女店主笑着问她，现在点吗？还是白汤？邵瑾每回来，不论春夏秋冬，喝的都是温热的大麦茶，面，要的也都是不辣的白汤面。邵瑾笑着说，还有一个朋友要来，给她来壶凉茶吧，面，等她到了再上。女店主又取了一壶凉茶、一碟瓜子送来。

邵瑾把那碟瓜子推到一边，喝着茶看手机打发时间。近来她也常在手机里读书，很方便。不过很遗憾的是，她觉得手机不太适合看学术文章，引注、参考书目什么的，读起来就不太方便了。茶喝了两杯，一篇关于当下经济分析的文章未读完，程凌云就到了。她径直走到邵瑾对面坐下，两人在窗边各据一方。

邵瑾给程凌云倒上凉茶，说："你怎么满头大汗的？"

程凌云喝完一杯茶，拿起纸巾擦汗，道："巷口那条路单行线，司机不乐意绕了，我就下车走过来，也没几步，就是太晒了。为吃你这碗面我容易吗？"说着她拿起邵瑾面前那根羽毛端详。

邵瑾笑，说："不会让你失望的。"她扭头对正在收银的女店主笑。女店主连忙走过来，笑着问都是白汤？不要辣？程凌云连忙说要辣。邵瑾不管，对女店主说，都白汤，不要辣，加一碟糖醋萝卜皮。

"哎呀！"程凌云笑道，"范松波这些年怎么过来的？吃你一碗面，还不让人挑一下。"

邵瑾也笑，对程凌云说："今天你听我的，不要吃辣的了。你看你嘴角、额头都长疙瘩了，虚火旺盛。"

程凌云撇撇嘴，道："哪像你这般好福气，范松波这么黏你，出门一晚就火急火燎往家赶。"

邵瑾笑而不语，给她把茶杯满上。

程凌云四处望望。"这家面馆装修得倒朴素文雅。"她对邵瑾说，"做学生时，觉得我们学校门口的那家兰州拉面馆的拉面可好吃了，有一阵，和飞飞常去。前不久路过那，便进去要了一碗，倒觉得味道一般了，都没能吃完。"

提到飞飞，邵瑾的神情瞬间一变。程凌云看在眼里，便拿起那根羽毛，在邵瑾鼻尖上扫了一下。她指了指墙上的画，笑着对邵瑾说："这个人，我认识的。"

面馆墙上挂着几幅水墨画，画的都是寻常食物。也有一碗碗的面，上面海螺肉堆得颤颤的，满是人间烟火味，颇有趣。邵瑾细看落款，"真妖"，猜是化名，一问，果然，这些画都出自一位叫甄耀的老画家之手。程凌云说，当年经手过这位甄老师一件离奇的官司。那年画家赴了一个饭局后，顺路送一个大嫂回家，被一辆大货车追尾，大嫂没系安全带，飞出去落在绿化带里。至此倒也只是桩平常的交通事故。离奇的是，大嫂身上一件真丝连衣裙不知去了哪里，就那样赤身躺在绿化带里。没找到裙子，车里没有，马路上没有，绿化带里也没有。一时间谣言四起，对画家很不利。好在后来大嫚在医院里醒了过来，还了画家些许清白。但那条裙子怎么回事，至今未解。

"那年他赔了一大笔医药费。"程凌云对邵瑾说，"这位甄先生为人正直，是个正人君子。"邵瑾听了，也颇觉离奇。

邵瑾问程凌云，国庆长假打算怎么过，要不要一起去山里住几天，看看月亮，放松一下。"赏月以乡间为好，又以秋月最佳，一起去吧？"

"你别操心我啊，人各有命。你好好和范松波赏月过节吧。"程凌云缓缓呼出一口气后，叹道，"唉，我这辈子，大约就只能低头看脚下有没钢镚好捡了。"

邵瑾默然。过了一会，她又问老徐和小徐现在怎么样。程凌云说，都挺好的，有老徐在那，我可放心小徐了，老徐把小徐料理得很好，小徐这个学期门门功课都是A，老徐免了我的后顾之忧啊。

邵瑾看着程凌云，说："那你一个人要好好吃饭啊。哎，我这个人是多么幸运，这个城市八百万人口，我有范松波，居然还有你，你一小时的咨询费抵我小半月工资，我跟你在一起真的像是在谋财害命呢。瞧这大热天被我叫出来吃碗面，听我啰唆半天……"

程凌云笑起来，连忙打断她，说："够了够了，鸡皮疙瘩都起来了。"她看着邵瑾，说，"你以为我白让你蹭的？我每次和你厮混几小时，回去时人就变得更加清醒。我会对自己说，程凌云啊程凌云，别太贪心啊，你看看人家邵瑾，弱水三千，只取一瓢饮。人家取一瓢，活得好好的，有家庭有事业，好歹还是个副主编。你忙乎那么多瓢干什么呢？撑不死你还能累不死你？"

两人打趣间，两碗面端上来，银丝面上堆着雪白的螺肉片，各配一碟手撕芹菜、一碟糖醋萝卜皮。程凌云挑起一筷子面，尝了一口后，赞道："不错！"邵瑾说："这家的面两种汤，红汤、油爆螺片配宽面条，另外一种就是这个，螺肉吃本味，要白汤，面条细，入味。来这家店，多是吃白汤，除非吃腻了，想换个口味，才要红汤。"

程凌云吃着面，说："嗯，蛮好吃。你许我这么久，今儿终于吃上了，吃你一碗面也太不容易了。"

邵瑾笑，说："以后想吃了，就给我打电话，洋饭请不起，面条，我管你够。"邵瑾拿起茶杯，说："你看这种土陶杯，握在手里多舒服，不怕烫着，也不怕摔了。春水馆饭菜贵也就罢了，用那么贵重的餐具，吃顿饭还得小心翼翼，生怕打碎东西。"

"你呀，"程凌云摇摇头，笑起来，"给你个棒槌你就当针，春水家的餐具，都是假名牌好吧？即墨路小商品市场里，要多少有多少，也就你，一说，就信。"

"这样啊，我说呢！"邵瑾恍然大悟，也笑起来，她看着程凌云，"难道你就没信过？"

程凌云说："你是知道我的呀，也不太信，只是我不想为这点事费神。后来可巧带了个懂瓷器的朋友去那吃了一次饭……"程凌云笑着摇头。以前程凌云有句口头禅，"先怀疑，再相信，相信才会有价值"。如今她不说了。邵瑾也是知道的。

两人吃完面，见店内客人也不多，不急于腾位子，于是就着一碟瓜子、两壶茶聊起来。邵瑾问程凌云最近有没去看文老师，他现在怎么样，还好不。程凌云说，这阵子忙，没去，但天天视频的，还好。两人嗑了几粒瓜子后，都嫌麻烦，便不嗑了。

邵瑾把面前的杯子、碟子挪开，从背后拿过自己的布包放到桌上，从包里小心翼翼掏出一个小卷轴来。邵瑾说："那年，杂志做了一期关于海洋发展的人文社科研究专辑，我央松涛画一小幅海洋题材的画，不拘油画国画，好做杂志封面背景。这就是他那次画的。"

程凌云接过来，展开，是一小幅彩墨画，朴素的纸装本，画面素淡，寥寥几笔，画的是海、沙滩，沙滩边有几棵松树，落穷款。

"这幅画他装裱后送给了我，我一直收在办公室的柜子里，松波都没见过。前几日，闲着没事，拿出来看，才发现背面还写了几个字。"邵瑾看着程凌云笑，"是不是很可笑？过了这么多年，我竟然才看到。"

"哦？捡到时光漂流瓶的感觉。"

程凌云把画翻过来，果然看到了几个还算清晰的小字，小楷写就：

> 愿世世，相守茅檐
> 拣人间，有松风处，曲肱高卧
> 　　　　　　　　松涛

居然写在背面，而且也没留时间，看不出是哪年写的。程凌云笑着摇头。她猜，范松涛画此画时，和邵瑾应该还只是在互有好感状态。想必是装裱好后，送邵瑾前才想到要写几句，却又不好意思题在画上，便写在背后，借此传情达意。程凌云和范松涛没见过几面，不甚了解，总觉得他太过忧悒，不轻松，但这些年，她对范松波是赞赏有加的。

程凌云把画重新卷起来扎好，说："范松涛这个人，就是太敏感，太冰雪聪明了。要是他跟范松波一样憨、一样糙，就好了，糙一点、憨一点，就敢于直面惨淡的人生了。"她把画还给邵瑾，问道："你今天叫我来，有什么事？"

邵瑾把画重新放回包内,问:"你最近忙不忙?"

"还好,想不忙,也可以不忙。"程凌云看着邵瑾,"说吧,到底有什么事?"

这时面馆内又走进来五个年轻人,三男两女,女孩像是附近医院里的医护实习生,男孩则看不出来是学生还是工作了。两个女孩都很瘦,粉色护士服里,是特别短的花裙子,坐下来后,露出了白皙纤细的腿。他们把两张桌子拼到了一块,大声招呼老板娘上凉茶。

"有件想不通的事,想拜托你帮我打听一下。"邵瑾静静地看着程凌云,"你知道我的,想不通的事,会一直想着的。"

"说吧。"

"是关于松涛的……"邵瑾的目光越过程凌云的肩膀,看向外面。先前那三位客人吃完面,相继走出了面馆,他们中的一个人往左拐,两人往右拐,都走到了明晃晃的阳光里去,很快就不见了身影。外面的街道安静下来,满街都是白而炽热的光。刚进来的那几个年轻人将脑袋碰到一起,在讨论什么,声音并不大,但邵瑾仍然觉得他们吵闹。邵瑾的眉头皱了起来。

程凌云端起杯子喝水,耐心地等着。

"前不久我和松波去凤台村看望老人……"说到这邵瑾

便停下来。过了一会,她换了个坐姿,将身子靠到椅背上,抬眼看着程凌云,飞快对她说道,松涛和松波并不是亲兄弟,松涛五岁时,爷爷回老家把他接进城,跟人说的是,松涛父母生病死了。这次在凤台村,才知道松涛的父亲还在,他母亲生病去世倒是真的。

"他父亲、还活着?"程凌云问。

邵瑾点头,说:"其实他来岛城时,他父母都还活着;之所以说他们死了,也是为了保护他吧,因为他父母都坐牢去了。"

"现在他父亲找上门来了吗?"程凌云以为松涛父亲要认孙子,邵瑾为此苦恼。

"那倒不是,现在人在乡下养老院,失智状态。"

"现在患阿尔茨海默病的老人真不少啊。"程凌云感慨地叹道,她看着邵瑾,"那可以问一下吗,为什么事坐的牢?"

邵瑾便把在凤台村听到的都告诉给了程凌云。说完,她又把自己的怀疑说了出来:"其实今天找你来,是我觉得我家爷爷没跟我们说实话,至少是没完全说实话,可能隐瞒了什么。"

"哦?"

"你见过松涛画的那幅毕达哥拉斯吧,我家客厅里的那幅?"

"哎呀你快说吧,我不懂画,别绕弯弯,到底有什么不对头?"

"毕达哥拉斯跟孔子一样,有很多门徒,形成了庞大的毕达哥拉斯学派。他的一个弟子,叫希伯斯,发现了无理数,这对毕达哥拉斯有理数理论来说,是构成致命打击的。毕达哥拉斯急了,为捍卫他自己的真理,宣布希伯斯为异端,暗地里叫他的门徒将希伯斯五花大绑,扔进了大海。松涛是知道这个的。但是,你看他画的毕达哥拉斯,眼里却没有杀气,一点也不暴戾……"

"等等,"程凌云困惑地打断邵瑾,"你到底想说什么?"

"他应该清楚,这世上罕有完美无瑕、永远正确的圣人。从那幅画来看,他接受了毕达哥拉斯残暴、专制的一面……"

程凌云嘴角一挑,笑起来。

邵瑾急忙解释道:"我是说,他还是画了个数学家,而不是凶手、暴君。"

"我明白你的意思。"程凌云收敛起笑容,点了点头。

"每次看到他画的那幅画,我就觉得,他不会仅仅因为父母坐过牢,就……我总觉得哪里不对,可能还有别的什么……"邵瑾定定地看着程凌云,"别的什么,让他过不去的事。"

两人离开面馆前,邵瑾问程凌云:"这辈子,最困难的时候,你是怎么度过的?有没什么令自己感到后悔的事?"程凌云沉默了一会后,说自己这辈子最后悔的事,就是那年夏天,不应该让飞飞中途下火车。

"那年我家种了二十多亩稻子,五月底、六月初要下田除草,没把他骗去拔草。我多拔了好些日子,整个人都晒成了黑炭。"

两人起身往外走,路过那五个年轻人身边时,听到一个女生说道:"我去,我咋知道他苯巴比妥不耐受!"一个男生安慰她:"都过去了,向前看向前看。"

两人走到巷口,立在树荫底下等出租车。程凌云突然用力搂了搂邵瑾的肩,说:"至于最困难的时候……没有什么特别的,就是向前看,一直向前看。"

这晚,邵瑾把松涛的画拿出来给松波看。"今天清理办公室的柜子,找到的。"邵瑾说。

范松波拿着画看了半天后,说:"那时就开始做减法了,画这画时应该认识妙一了吧?"他笑着摇了摇头,又道,"才抹了这几笔,这家伙啊,就是太懒散了。"

"你以前听他提起过他的父母吗?"

"没有,"松波看了看邵瑾,"来我家时他还小,对父母应该没什么印象了。"

"他生母病逝时,他真的一点也不知道?"

"应该不知道的,连我都没听说过。"范松波看着邵瑾,"怎么?"

"没什么。"

范松波把画举起来,歪着头看,问邵瑾:"你觉得,挂在哪里合适?"

邵瑾站到松波身边,也歪着头看了一阵。她问松波:"上次你说爷爷门前有棵什么树来着?"

"松树,黑松。"

邵瑾想着,那也算是,人间有松风处吧。于是她对松波说:"我看,就拿到爷爷那去吧。"

16

一入秋，山里的夜晚就会凉起来。

这日邵瑾在家，想到要到山里过国庆长假，夜里少不得要和松波外出赏月，便把秋衣翻出来晾晒。两人平日都很少买衣服，松波更是。自从得安身高追上他后，他便开始捡得安淘汰下来的衣服，多是运动服，有些能穿。有些穿着实在不合适的，他也不舍得扔。邵瑾只得背着他，偷偷放进小区旧衣物回收箱。

十月初，山里早晚凉，倘若天气晴好，白日里气温还是可以的。邵瑾想着，夏天衣服各带两套，松波是牛仔裤配短袖T恤衫，一人再带一件长袖运动外套，另外自己再带一件开衫，可以套在长裙外穿。范松波整个长假都有空，来补习进阶数学的学生，假期要参加模拟联合国的培训，难得他可以休一个长假。邵瑾想着这回要和他好好在山里待几天，放松一下。

邵瑾把要穿的衣服收拾出来，放到阳台上去晾晒。在收拾松波的袜子时，发现他的薄棉袜都不行了，好几只都磨破了，难得配成两双好的。邵瑾想到还要给爷爷带些生活用品，便拿着手机、购物袋出了门。

邵瑾来到山顶，见人不多，便先到小公园里走了走。平日里范松波忙，只有晚上才能和邵瑾一起散个步，两人大多只是走到由方整石铺就的小广场上，就顺原路折返了。夜晚，小广场上多是跳广场舞的中老年妇女，白天则以抽陀螺、舞剑、提笼遛鸟的大爷居多。小公园顺着南侧山坡开辟出一块花园，种着许多花卉，迎春花、牡丹、芍药、杜鹃、耐冬……在不同的季节里各自开放。西侧高处，几级石阶之上是教堂。平日里，石阶藏于一扇虚掩的小门之后，闲人不至，颇为清净。偶尔有游客至此，推开小门，上去打卡，凑巧的话，可免费获得一本《圣经》后走人。邵瑾曾在湛山寺获赠一卷《金刚经》。程凌云去日本旅游，也从浅草寺拿了一本《心经》回来送她。

教堂下面的山坡上，满是水杉和黑松，林间有曲折小径，由山顶盘旋而下。树木都长得高大茂盛，即便是炎炎夏日，林间也十分阴凉。邵瑾喜欢在深秋时来这条路上走走。再过一个多月，灌木凋零，林间变得疏朗，在小径两边的任何一个观景台上，便都能无遮无挡地看到山下的红瓦碧海了。邵瑾顺坡走了一段路，看到有一群人正由下往上走，便转身由原路返回。

邵瑾先去蓬头那买了一把芹菜和两个洋葱，然后去小超市给松波买袜子。同一品牌的袜子，两双一盒的，价格较去年涨了不少。邵瑾拿出手机在网上搜了搜，相差并不大。她想了想，决定还是支持一下身边小店，于是给松波买了两盒薄棉袜，给爷爷买了两盒厚些的。想到得安虽然部队发了制式的袜子，却总也不够穿的，便又给得安买了几盒。爷爷要的牙膏和蚝油，也各买了两瓶。

从小超市出来，邵瑾看见楼后的男邻居拎着一袋蔬菜，站在街边和一个老头聊天。看到他，邵瑾便会不由自主地想到他的母亲。她从他们身边走过时，听到一个对另一个说："电话是死活打不通的，少几块钱就算了吧，少十好几块呢，一天的嚼用了……"说的好像是他们的退休工资。两个雪白的脑袋，凑在一起很打眼。

药店门口放了张桌子，桌子上放着消毒液和测温枪，比别处又难进一些。不过邵瑾也没打算进去逛，她近来没什么好买的。她往里瞥了一眼，那个晚上在夜市摆摊卖杯子、盘子的年轻妈妈可巧在。她穿着白大褂，靠柜台站着，眼睛看着地面发呆，不知在想什么。

药店旁边是书店，邵瑾推门走进去。书店老板是个中年男子，竟然在不大的店面里辟出来一块地方放茶台。见邵瑾进来，老板点点头，仍旧喝他的茶。邵瑾把自己的东西放在门边地上后，就一个书架挨着一个书架地浏览起来。多是旧书，各种教辅材料，尤以雅思托福、司法考试、公务员考试之类的辅导书籍为多，也有二手儿童绘本，还有一些大家耳熟能详的中外文学名著，当然也都是旧书，价格很吸引人。

邵瑾在一堆旧书里翻出来一本很薄的小说——《我和我晚年的母亲》。邵瑾被这本书的简介吸引了，一个作家需要钱，便答应为出版社写一本名叫《我和我晚年的母亲》的书。书名读着有点别扭，单看这书名，就知道八成是外国人写的。中国人习惯说"老母亲"，我和我的老母亲。不过，邵瑾又觉得，老母亲和晚年的母亲，说的不是一回事。"老母亲"仿佛端坐在一把高背靠椅上，一个楼后邻居那样的儿子，使她坐在那上面。而晚年是一间单人牢房，母亲困在这间牢房里，孤独无靠，没人能走进去，没人能帮得了她，即便是她有一个楼后邻居那样的儿子。她可能得更多地依赖一支拐杖，或者，像文老师那样，依赖一个助步器。简介里说作家直到钱花光，都没有回到母亲身边，他一直在旅行，忙着和不同的女人谈恋爱，处处留情，过着放荡的游手好闲的生活。有一天，他的晚年的母亲突然晕倒，危在旦夕，这时他才真的回到母亲身边。

让邵瑾决定买下这本书的，是作家的母亲在苏醒后说的一句话："我没有为你的书提供一个结局，但我为你栽了一个跟头。"一个孤独的、无可避免的跟头。

邵瑾两手不空，走在回家的坡道上，一路下坡，却觉得比上坡还累。好在阳光很好,有风吹来时,路边梧桐树便抖落下片片黄叶,在风中翩翩飞舞如蝶。

邵瑾意识到自己是不会有晚年的母亲的。永远也不会有了。

临去乡下的那天,范松波在邵瑾已经收拾好的行李里,又加了一套干净的床上用品。他告诉邵瑾,他们至少要在青涧村待三天,然后去温泉镇过一夜。这样,可提前两天回来,邵瑾还有时间备课。节后,邵瑾还有两堂讲座,是在另外的两所大学。

"我买了一只炉子,应该快到了。"范松波说。早几天,他就在网上订了一只好看的壁炉。这种炉子特别适合在乡下用,可烧柴,也可烧煤,既可取暖,又可烧水,做些简单的饭菜。

"量好尺寸了吗?有合适的地儿安装吗?"

"有。这几天应该就到了,等去镇上取回来后,问问老爷子,看装在哪里方便。"范松波从手机里找出炉子的照片给邵瑾看,说,"我跟妙一也说了,万一我搞不定,到时请他来帮忙。"

邵瑾看图片,是一种带耐高温玻璃门的新式壁炉,顶部双炉口设计,干净漂亮。冬天把壁炉烧起来,屋外白雪飘飘，屋内炉火熊熊，坐在炉边看书、喝茶，想想便觉得温暖美好。

但美好的生活是需要更多的付出的。

他们从南坡搬来北坡时，就在得安的房间里放了两张单人床，打算让得安和爷爷一起住。爷爷住到乡下后，他们为了空间的利用，就把两张小床推到了一块，拼成了一张双人床。邵瑾原本打算这次去乡下时，跟爷爷说说，等入冬，天气冷了，不如回来住一阵子，明年开春再回乡下。她担心松波花起钱来没数，忘了下个月还要负担小叔的费用。她把手机还给松波，提醒他道："下个月，你记得要给爷爷钱啊，小叔那边……"

"放心，我记得的。"范松波说。

两个人收拾了一堆东西，汽车的后备箱里有范松波买的一箱啤酒，塞不下太多东西。有几件包裹，就都堆在后排座椅上，鼓得老高，从后视镜里都不怎么看得到后车了。这让邵瑾很担心。为了让范松波专心驾驶，邵瑾一路上也没怎么跟他说话。她帮他观察路况,提醒他后面有人要超车了，像个小心翼翼的教练。想到邵瑾至今未学会开车的，范松波看着她紧张的样子，便笑着说等有空了，要教会她开车。

"退休了，不是要周游世界的吗？两个人都会开比较好。"范松波说。

邵瑾说:"周游世界,没想过呢,在国内游游就可以了。"

"要有理想。"范松波拍了一下方向盘,说,"你知道小赵吗?这么年轻,已经去过十来个国家,快把世界看遍了。"

提到小赵,邵瑾便又想到了得安。

"这孩子,又行万里路,又读万卷书,前天他来上课,课间休息时他到我们书房看了看,好多书他都读过了,包括那本《论犯罪与刑罚》。那年我从你那借来看,还觉得高中生看不懂的,你记得吗?他高一就看了呢。"范松波说着摇摇头。

"得安也看过了的。"邵瑾说。不过说完,并没让她觉得填补了得安和那孩子的差异,差异反而被衬托得更大了。那孩子对未来无比确定,而得安,就像听到起跑枪响,却迷茫得不知要往哪里跑。迷茫的孩子后面,是一对同样迷茫的父母。好在这阵子,得安的情绪稍微好了些。但邵瑾也没有跟他说太多,怕加重他的迷茫。另外,她确实也不知该怎样鼓励他,鼓励他努力去过他想过的人生。因为她自己,包括松波,也不敢说就过上了想过的人生。

从滨海大道下来后,他们拐上了一条曲折的乡村公路,迎面扑来山野的风,带着清凉的植物的气息。路边清溪奔流,声啸乱石中。农舍被各种果树簇拥,顺着山势分布在公路两边的山坡上，石头砌成的围墙上爬满扁豆或是凌霄。汽车经过时，从围墙后传来狗叫声，狗叫声又引得鹅或是鸡也叫起来。这一切，便是邵瑾最喜欢的那部分乡村。

"我现在给小赵讲课，就当是学习了。我想过，万一得安明年考军校也不中，我说的是万一啊，"范松波扭头看了看邵瑾，"那后年他退伍回来，我们学校每个科目的王牌老师，我都给他团齐活了，数学我自己上。哎，你就等着瞧吧！"

"那也得得安有学习的意愿……"邵瑾说。最近她爱回想自己在得安那么大时候的事，什么也不懂，就知道读书，从小镇到县城，从县城到省城、他乡。大学毕业，有机会读研就读了研，读完研出来到杂志社，人生就像溪水从山顶流到山脚一样自然。范松波也差不多。"我们这代人是幸运的。"有时她会这么想，把自己所有的好运气都归功于他们所处的时代。时代的山没有砸到他们头上，时代的灰落到他们头上，也还没有变成山。她希望得安这代人也能遇到一个好时代，希望他还有机会多读书，多出去看看世界，他还年少……哪怕需要她栽一个跟头，不，十个，百个，多少个都行。

在村口查验绿码后，范松波又把车往山坡上开了一段，最后来到山腰一块地势平坦之处。此处有几户人家，顺着山势分散开来，和在山下看到的一样，都是低矮的石头院墙围着一栋平房。松波把车停到了爷爷门前那棵松树下。这棵松树以前应该是被精心修剪、定形，才会长成现在这般模样。它的树干恰到好处地弯曲着，像一只向前伸出的手臂，树冠庭庭如盖，分成三个层次，远远高过院门。只是应该很久没人去修剪了，长出来的新枝抹去了一些先前人为雕刻的痕迹，平添了几分沧桑。

一只小黄狗听到动静，"汪汪"叫着从小院里冲了出来。爷爷喊着"得福"，也从院里跟出来。看到先下车的邵瑾，便问他们吃过早饭没有。乡下，老人早饭吃得很晚，听邵瑾说吃过了，老人便把这顿早饭省下了，打算留到午饭时一起吃。

得福围着邵瑾打转。

邵瑾问爷爷，刚抱的狗吗？爷爷说，从凤台村跟过来的流浪狗，原先你李阿姨愿意喂它。搬家时，它跟着松波的汽车追了一路，那就养着吧，横竖它吃的也不多。邵瑾蹲下来，摸了摸得福的头。

得福突然从邵瑾身边跑开。邵瑾一回头，发现路边杏树下，不知何时多了几位老人。老大爷都蹲着，老大娘把手插进上衣口袋里，都傍了树站着。他们和气地笑着看向这边，两只狗趴在他们面前。得福跑过去后，三只狗便你追我赶地嬉闹起来，看样子已混得很熟了。邵瑾冲老人们挥手微笑，老人却都没回应，只是照旧笑着看向这边。这让邵瑾以为自己会错意，有些不好意思起来，便从车里抱出一床被子，转身进去了。倒是松波，摸出一包烟来，走过去挨个问他们抽不抽烟。

进了小院，一条和院门一样宽的水泥便道通向三间正房。窗棂和门刷的都是绿漆，有些地方脱落了，露出陈旧到发灰的木头来。房前立着两根铁棍，上面拉了根绳子，绳子上晾着两件衣服，它们灰色的影子，静静地落在干净的砖地上。

便道两边都是菜地，右手边两间厢房，厢房前的菜地里种着油菜、葱，也有一丛迷迭香，长得极茂盛。左手边一块菜地，却还空着。

邵瑾问爷爷："这房子以前就有人租住过的吧？"

爷爷说："一个城里人在这住过几年。"

邵瑾指着那丛迷迭香对爷爷说，这是迷迭香，可以当香料用，拿来烤肉、炖肉。爷爷说，听说雪天也绿，就留着看吧，谁又稀罕吃它呢。

他们把带来的东西拿进屋后，范松波和爷爷又从车里拿了一箱啤酒出门去了。

中间那间屋是堂屋，只有一张桌子、几把椅子，墙上挂着一台电视机。邵瑾在屋里转了一圈，想着要给松涛那幅画找个地方。任何一面墙，对那幅画来说，都太大了，凭空就透出一股寂寞孤冷的气氛来。最后，她把那幅画挂在了电视机旁边。

西边那间房是给她和松波准备的。邵瑾进去，看到一张木床，上面有一张薄薄的席梦思床垫，看上去还算干净。墙角立着一只衣柜，柜门似乎关不上，半开着。但墙壁刚粉刷过，白得很，地面也很干净。东边那间房隔成了两间，外间陈设很简单，除了一张桌子，只有一铺炕，没有炕洞，应该是冬天需要铺电热毯的那种。好在就砌在窗下，阳光从窗外照进来，晒得炕上暖暖的。这应该就是爷爷的房间了。炕头放着那盆君子兰，这盆花一直跟着爷爷颠沛流离。里间靠窗放着两张小床，再无别的家具。总之，一切都比在翠家时要简陋了些，看上去像是开启了一种新生活，却处处透出一股因陋就简的气息来。这让邵瑾心里很有些不安。

邵瑾去厨房打了盆水来，把各处都擦了一擦，然后把带来的东西都归整好。铺好床后，房间里有了点家的温暖气息。她做了许多事后，范松波才笑着从外面跑进来，原来他们去看老房东了。爷爷刚搬来，多亏老房东多方照顾。现在爷爷和老房东到村部去了，那里有村民活动室，可以打扑克、下象棋。

邵瑾问他笑什么。

范松波说，原来村里人都知道他这个教书先生娶了一个了不得的媳妇。"在政府工作，党的副局级干部，"范松波引用大爷们的话，"比咱县长矮不了多少。"

邵瑾掩嘴笑起来，红了脸，猜到一定是爷爷说的。爷爷不清楚副编审是干什么的，也看不懂他们杂志上刊登的文章，但杂志社直属社科院，是市委、市政府直属正局级全额拨款事业单位，吃财政。这一点爷爷却是清楚的。

"刚才他们应该都是来看你这个副局级干部的。"松波笑着说。见邵瑾不吭声，松波又说："等老爷子回来，我说说他。"

邵瑾没想到，自己这份工作居然给了爷爷一点自豪感，偶尔细想她内心里还是有些许愧意的，不知自己这份工作的意义在哪，每一期都凭"总会有几个人看"的想法才能认真应付下去。抛开这方面不说，她和松波在同龄人里也不算有什么出息，日子过得勉强，连买个房子还吃老人的老本呢。于是她对松波说："多大个事？老人高兴说，就让他说去吧。"

范松波拉着邵瑾上了厢房屋顶，屋顶上还晒着一些玉米。松波指着山脚下一片红屋顶的房子说，那都是别墅，两万多一平方米呢。邵瑾听着，有些吃惊，没想到这里的房子都这么贵了。松波又说，那原是村里的地，所以现在村里差不多每家都有人在别墅小区的物业工作，年轻人也都住到镇上的楼房里去了，村里的老宅院里，基本上都是老人了。

"如今的农村,和以前还是不一样了的。"范松波带着点艳羡的口吻说道。

第二天吃早餐的时候,爷爷才看到那幅画。

到村里的第一个晚上,范松波和邵瑾都觉得乡下的天黑得特别早。吃过晚饭,看了一会电视,爷爷就睡下了。范松波和邵瑾怕进出有声响,打扰爷爷睡觉,连院门也没敢出,单是站在院子里看月亮。黑夜里微风萧萧,一轮凉月如眉。呆看了一阵子后,两人脚杆子酸,脖颈也酸,便轻手轻脚回了自己房间。一看时间,才晚上八点多。二人打定主意来度假的,都没带电脑,无事可做,只得早早上了床。灯一关,愈发觉得夜沉如海、风冷窗虚,黑暗里伸手一摸,只有彼此……相互安慰一番后,范松波很快就累得睡着了。邵瑾却毫无睡意。山村的夜晚,说安静吧,也特别安静,听不到人说话,也没有汽车跑来跑去的声音。黑夜从山顶罩下来,小院像沉到了幽暗的海里。也许是太过安静了些,一个深夜还醒着的人,便听得到夜里许多的声响:"啾啾"的虫鸣声,溪水从山上往下流淌的声音,还有不知什么鸟,深夜里说梦话,不时"咕——"一声。邵瑾闭着眼,随暗夜之波漂流,不知不觉回到乡下外婆家。外婆全村都住在一栋像迷宫一样的房子里,号称张家大院,村里人几乎都姓张。夜里在张村醒来，能听到许多人远远地在说话。白日里她告诉外婆，外婆说小孩火焰低，看得到鬼，自然也听得到鬼话，但张家大院，鬼是不敢进来的，只好远远说话勾小孩出村。"只要你不出村，就不会有事。"话是这么说，可外婆还是在手上抹了煤油，顺着她的额头往上推，想把她身体里的火焰推高……

早上天还没亮，"喔喔"的鸡鸣声传来，把邵瑾从一个还没做完的梦里叫醒。不一会，爷爷起了床，院门"吱嘎"一声拉开。邵瑾再也睡不着，松波却还在熟睡。邵瑾躺了一会，轻手轻脚地起来穿了衣服，开门出来站在院子里。抬头仰望，天空是一种干净的蓝黑色，山脊上方有颗很亮的星。空气格外清新，带点凉意。邵瑾在院子里伸伸腿挥挥胳膊，活动了一阵后，便去厨房做早餐。小米粥、从城里带来的馒头和腌好的荽瓜脯——到村里，不知不觉中便有了点一个村里好媳妇的样子了。

邵瑾做好早饭，爷爷转山回来，见松波还在睡，便站在房门外对松波说道："也该起来了呢，秋三月，天气以急，地气以明，早睡早起，与鸡俱兴。"

邵瑾笑着走过来，小声说道："平日里都捞不着睡懒觉，爷爷今儿就让他多睡一会吧。明儿让他与鸡俱兴，陪您去转山。"

爷爷摇摇头，打开电视机看早间新闻，又嘀咕道："古人的话，不听……"

"涛画的？"爷爷抬眼望着墙上，放下碗。碗里的小米粥冒着热气。

范松波"嗯"了一声。

爷爷端详半天，又说："画的是太平角吧？涛这孩子……"叹一声后，便说起松涛小时候，乡下算命先生说他天机、巨门同守父母宫，与父母不谐，刑克很重，宜三岁前寄养或过房，可他父母不舍得。

范松波虽不知什么天机、巨门的，但听着觉得有些不顺耳了，说："说的好像他克父母，他父母克他还差不多！"

像是为了避免争吵，爷爷不接松波话茬，看着那幅画自顾自地说起以前的事来。

"到底还是不公，又不是命案，双双坐牢，还有个死缓。"说着自觉也不是什么光彩的事，况且也都过去那么久了，想了想便只说松涛，"来时也哭过一阵，找他爹娘，带去海边抓螃蟹，就不哭了。等回到家里，睡觉前怎么也得哭一阵。"说着爷爷又想起来一件事，看看邵瑾，犹豫了一下，到底受到"都是一家人"的鼓舞，又说道，"初来时，上街得牵紧了，看到大车就兴奋，就想往马路上冲。我揍了他几次，好歹是记住了。过了两年，上学了，喜欢美术课，写完作业，就在练习本上画树、画房子，房子边一条马路弯过来，一头扎在稻田里，怎么看都像是沙坡弯。"爷爷端起碗来喝粥，说，"来时五岁了，要是早两年接来，今儿可不得添两个碗？坐这喝粥的，少说也多两个人。唉，都是命！"

爷爷以前不说"不公""都是命"这样的话。他是退伍军人，是车队的老党员，传帮带年轻人很多年，嘴上自然就严些，像安了个筛子。退休这些年，散居山野，和村民打成一片，筛子用不着了，说话就像个老百姓了。这倒没让邵瑾和松波觉得有什么，只是，"少说也多两个人"这句，让他们俩都愣了一愣。两人瞟一眼对方，什么也没说。爷爷那番话，于是变成了一个人寂寥的长篇独白。不过，虽然没有得到言语上的回应，但在听众的心里，还是掀起了波澜。邵瑾着实心疼那个不明白发生了什么，每晚睡前都要因为想念父母、想念家乡哭一场的小男孩儿了。

吃完饭，范松波去洗碗，邵瑾跟着爷爷去喂得福。

邵瑾蹲在爷爷身边，问松涛的生母叫什么。爷爷愣了下，说不记得了，都叫她守义家的。邵瑾又问，姓什么也不知道吗？爷爷眨巴了两下眼睛，答非所问地说，守义家的，是个苦命的女人，她娘家没什么人了，我和松波妈常叮嘱守义，要好好待人家，他们处得还是不错的。邵瑾"嗯"了一声，接着问，她是哪里人呢？爷爷看了她一眼，起身出门遛弯，什么也没说。

范松波在老爷子的指挥下，开始翻院里那块还空着的菜地。每一锄头下去，翻过来的都是黑土。黑土在太阳底下冒着热气。

范松波按照爷爷的吩咐把菜地刨成一垄垄的，爷爷计算着要种几垄白菜、几垄萝卜，剩下的种大蒜和香菜。

邵瑾搬了小桌椅出来，坐在檐下看书。她泡了壶茶，倒满三只茶杯。"晚年的母亲"学会了自嘲，她做完白内障手术，往眼睛里植入一个人工晶体后，爆了粗口："操，以前看不到的皱纹，现在看得一清二楚了。"

范松波把地规整好后，和爷爷也坐到小桌边来喝茶。种菜的事告一段落，父子俩再无话可说，两人都背靠墙坐着，把腿伸到阳光底下去晒，都默默看着刚翻好的黑土慢慢被晒成干燥的灰色。

"晚年的母亲"从医院的病床上下来，拄着拐杖走了几步后，问道："我拄拐杖的姿势，是不是和《爱经》里画的很相似？"这位"晚年的母亲"很酷，她用幽默实现了一次短暂的越狱。但她也令邵瑾感到陌生。邵瑾放下书，问爷爷："李阿姨、还好吗？您最近和她联系了吗？"自从她追着问松涛生母的事情后,爷爷一直回避她的目光,一句话也没跟她说过。

爷爷把手里的茶杯放到桌子上,双手在胸前握成一个拳头撑住下巴,说:"前天跟她视频了下,都认不出来了……"爷爷叹了一口气,道,"老李,可是遭罪了。"

邵瑾和范松波去镇上买蔬菜种子。

范松波在手机上查到他的快递已经到了镇上一个叫南北行的快递点。不过没人给他打电话,也没人发短信叫他去拿,他决定开车过去看一看。

按着导航开过去,却是一个距镇上还有三公里的村口,几间集装箱搭成的简易房子,就是附近几个村子的快递收发点。快递点边上有潦草搭建起的海鲜水产店、果蔬店,也有炸鸡架、卖酱肉的流动商贩推了小车来摆摊,俨然已形成了一个小小的商业中心。

范松波进去查问快递。邵瑾在门口的果蔬店买了些水果、蔬菜,在水产店买了一袋海蛎子。邵瑾发现,这边虽然距渔港近,小海鲜却不如城里的好。

快递到了已有两日了,范松波从里面推出一个大纸箱来。纸箱很沉,范松波一个人搬着很有些吃力。有几位男子把汗衫的下摆卷到腋窝下,露着圆滚滚的肚子,站在简易房屋檐下看着他们。松波和邵瑾应该是出现在这里的两张新面孔,一对城里人,是他们以前没见过的,所以他们单是抱着双臂站在一边看着,脸上带着点笑,不知是不好意思不请自来呢,还是想看邵瑾和松波的笑话。

邵瑾想过去请他们帮下忙,但转瞬间便想起来一件事。大三那年暑假,她拖了一只很重的箱子回家,在县城下了火车,要到汽车站坐去小镇的公交。为了赶时间,她在火车站叫了辆出租车,司机师傅却并不下车帮她把行李往车上弄。他无比耐心地坐在车里等着,下车的时候也一样。邵瑾付完车费后对师傅说:"您能帮我把行李拿下来吗?"那师傅把一只胳膊搭在车窗上,仿佛听到了什么特别可笑的事情:"嗬!帮你拿行李,那是不是还要我抱你下车呢?"想到这,邵瑾瞬间失去了勇气。她忐忑不安地过去请卖卤肉的男子来帮忙,她刚刚从他那里买了只卤猪耳的,他们还聊过两句,尽管此地的土话比岛城的方言更不好懂。她有一丝把握他不会拒绝她。果然,卖卤肉的男子马上跑了过来,和范松波合力把纸箱弄到了后备箱里去。后盖盖不上了,像嘴那样张着。汽车开出一段距离后,邵瑾从后视镜里还能看到那几位男子脸上的笑,他们也在看着越跑越远的他们。

两人又拐去镇上买菜种。在卖种子、化肥的那家店隔壁,范松波买到了一根带喷头的水管,他打算给爷爷装在院子里那个水压井龙头上，免去爷爷提水浇院子之苦。

回青涧村的路上，邵瑾对松波说："你知道吧？果蔬店、水产店和物流中心的老板都姓逄。"松波问她怎么知道的。邵瑾说看了他们挂在墙上的营业执照，还说卖卤肉的男子也姓逄，和村长是本家。松波只是"哦"了一声，他迅速地计算了一下遇到的人和已知姓逄的人。

"那逄姓应该是这村里的大姓。"范松波说。

邵瑾"嗯"了一声，想起计生委员的母亲。作为张村人，她从不敢以计生主任的身份进张村，张村的计生工作，向来由上级另派工作组进村开展。

邵瑾笑着对松波说："千万不要和姓逄的吵架啊。"

下午，播种完蔬菜，范松波组装炉子的时候，邵瑾一个人去村里走了走。

房子顺着山势修建，朝向大多不正。为风水的缘故，有的人家故意把大门歪了歪，石头院墙像是被折了一下，凹进去的那块地方一般种丛绣球，或是月季。月季都是嫁接的，一根手杖般粗细的秆子上，簇生着一丛枝丫，枝丫上开着一朵朵碗大的红花，开得甚是热闹。这种树一样的月季每家每户都有，看上去有点傻头傻脑的，总让人不由自主地想到《红楼梦》里的傻大姐。村子里很安静，偶尔听得到几声鸡鸣狗吠。

17

邵瑾和范松波在青涧村待了三天。第一天，他们把菜种上了。第二天，范松波安装好了炉子。炉子装在堂屋里，这样，冬天时，可以一边烤火，一边看电视。在炉子上做点吃的，也很方便。炉子自带的烟道不够长，范松波又跑了一趟镇上，在一家卖五金的小店里买到一张铁皮，拿到做不锈钢护栏的店铺加工成烟道，接上后从后窗通了出去。

第三天，两个人仿佛没有什么特别的事情可以做了，齐心协力地做三餐饭，在新装好的壁炉上烧水、烤红薯。炉子很好用，爷爷很满意。午饭后范松波和邵瑾去爬山，得福和他们混熟了，竟跟他们一起爬到山顶。范松波和邵瑾坐在一块石头上看风景，得福就蹲在他们身边。山前许多地方已经盖了房子，有的地方还没盖完，不知为何像是停了下来，脚手架安静矗立着。城市像洪水一样蔓延到了山谷。两个人下山的时候，顺便捡了些枯枝回来烧炉子。爷爷照例在下午出门，和老房东一起遛弯，去村里的活动室打够级。傍晚七点，得安自由活动时间，得慧也有空，范松波依次找孩子，让他们和爷爷视频聊天。孩子们都很好，也都知道怎么讨老人欢心。爷爷很高兴，晚饭时三个人破天荒喝了一瓶啤酒。爷爷照例在晚上八点多就上了床。山村的夜依然安静得让人睡不着,而且这夜云黑雾重,竟没有月亮。度过没什么事可做的一天后,范松波也毫无睡意。两个人上了床,邵瑾看书,范松波玩手机,搜十月还可种的蔬菜和花卉,能种、好养的那种。手机给他推荐了几个品种,比如二月兰,不怕冻,嫩叶可食,开兰花。唯一令人不省心的是,繁殖太快,过不了两年,就要把它当杂草除了。

范松波放下手机,问邵瑾:"你觉得,老爷子是真的喜欢乡下吗?"

邵瑾放下书。风流成性的作家回到年迈的母亲身边后,对街上遇到的漂亮女孩一点兴趣也没有了。大约是因为母亲提前让他看到了人生最后一站的凄凉景象,自此红粉骷髅、白骨皮肉,一下悟道色空。

邵瑾问松波道:"爷爷如果回到城里,他会怎么度过今天?"

"早上起来去山顶遛弯,下午去找老邻居们聊天、打够级,晚上,应该也会早早睡下……"松波想了想,叹道,"也是,乡下还多点事,至少隔几天需浇一回院子。"

假期的第四日,范松波给菜园子里刚播下的种子浇了浇水,和邵瑾准备午餐时,每样菜都多炒了一点,留着给爷爷晚上吃。到了下午三点多钟,两个人就辞别爷爷,去温泉镇了。

去温泉镇要回到滨海大道上，然后一直往北走，过崂山，再往西拐入一条新修的马路。一路上，邵瑾所见都是房子，再也见不到大片菜地和果园了。就连小观家所在小区的对面，也变成了另一片别墅小区，一片红屋顶的二层小楼，从马路边直铺到山脚。

邵瑾记得那次和松涛来，他们倒了三趟公交，然后坐去温泉镇的大巴，从大巴上下来后，又租了一辆人力三轮车，才到巴登小镇门口。因为他们坐三轮车来，进小区时还颇费了一番功夫，门口保安给小观家打电话确认后才放行。邵瑾还记得的是，那时的马路也没有这样宽，楼房也没有这样多。

范松波在导航的指引下顺利把车开到了巴登小镇门口。小观已经提前跟保安打了招呼，查看行程码后，保安又给他们指了一下小区的路："左拐，再右拐直行。"范松波便左拐，然后右拐直行，一边开车一边对眼前所见赞叹不已。

距上次邵瑾和松涛来，时间又过去了快二十年，这个小区的花草树木全都长得高大茂盛了。邵瑾记得上次来时，路两边种着的单樱还纤细得像刚抽条的少年，现在，两边树木的枝丫已在空中交织，形成了一条林荫大道。花开时节，一定是美不胜收的。

只有妙一站在小院门口等着他们。

等范松波停好车，邵瑾下车和妙一打招呼。她从车里拿出毛毯和餐具，妙一马上接了过去。邵瑾拎着她和松波的洗漱用品。松波拎着水果，还有两瓶自己做的荬脯，和妙一走在前面。进了小院，只见靠院子西侧种了两畦茶，其余的地方，全都铺上了红砖，只沿围墙留出一小条土地做花池，种着些酢浆草、红豆杉之类的植物。那年她和松涛来时，这院里还是泥地，长着各种野草，院中除了一棵石榴树，什么都还没种。现在那棵石榴树还在，长高了不少，树上也结着几个果子，都不甚大。树下老船木做的小桌上，摆着一盆近些年很受园艺爱好者追捧的多肉植物。妙一对松波说了几句话后，邵瑾听到松波惊讶地问妙一："这是什么时候的事呢？"声音突然大起来，听上去又惊讶又着急的样子。邵瑾心里也不由得"咯噔"一下，不知出了什么事。妙一说了句什么，邵瑾没有听清，但松波的脚步加快了，她也只好快步跟上去。

三个人进了屋，妙一把他们引到一间小会客室坐下。松波简直坐不住，很快又站起来。一个阿姨端过来一壶茶后，又急忙离开了。这阿姨看上去三十多岁，中等身材，有一张平常、干净的脸。她留着短发，头上扎了一个丸子小髻，显得很利落。邵瑾稍稍打量了下四周，发现房子里面的布置跟当年差不多，非常简陋的装修，只是多了几件家具，显得更拥挤了而已。小会客室边上应该是一个敞开式书房。邵瑾坐在会客厅，看到了一面书柜，书柜的玻璃门映照出窗外绿树在微风中摆动的样子，给室内平添了几许生机。书房对面可能是间卧室，门虚掩着，邵瑾听到里面有动静传来。妙一给他们倒上茶水，邵瑾和松波都没心思喝。不一会，小观从那间卧室里走了出来。邵瑾站起来，小观过来握住了她的手，叫了声"嫂子"。小观的手冰凉。

多年不见，小观真是见老了，须发尽白，背也有些佝偻了，脸上多了许多皱纹。不过，仔细端详，还能依稀辨认出当年那个清俊、病弱的青年模样。

松波急切地问："大姨现在怎样了？能进去看看她老人家吗？"小观招呼大家都坐下后，说："手上不小心受了点伤，倒不要紧。"小观说着指了指自己的脑袋，"主要还是这。上了年纪，没办法的事，多谢兄长和嫂子记挂，这阵子好多了。昨儿听说你们要来，高兴得一夜未睡，可巧刚睡着，等睡醒再说吧。"

邵瑾不知发生了什么事，又多年未见，不好冒昧地问什么。几人相对而坐，一时竟尴尬地安静起来。好在小观竟还想得起来问候家里的老人和孩子。松波一一道来，老人身体还好。得慧在云城，网上直播卖首饰，忙不过来，不知什么时候才能回来了。得安以前淘，如今在部队，有人管着，老实了。诸如此类。都是拣着说，颇有点近来怕说当时事的意思。四个人坐着寒暄一阵后，小观站起来，带着松波和邵瑾在屋里转了转。走到二楼一间卧室门口，邵瑾往里瞧了瞧，记起来，当年她和松涛来这，住的就是这间卧室，推开窗户，能看见淡淡一抹远山。现在应该是妙一住在里面，床尾搁着妙一的一只背包。邵瑾没有进去，只是在门口踮脚望了望，看见原先果园的位置，已盖了不少房子，山好像变小了，也变远了。小观推开走廊尽头的房门，对松波和邵瑾说："这间卧室，有独立的卫浴，会方便一点。"邵瑾看出来这是间主卧，连忙对小观说住客卧就行。小观说这就是客卧，自搬来这里后，为方便照顾母亲，他都是睡在一楼书房沙发上的。"嫂子不嫌简陋就好。"小观客气地说。说完他让松波和邵瑾稍休息一下，然后就匆匆下楼去了。

小观下楼去后，邵瑾去卫生间洗了手。她出来后对范松波说，如今小观看着不错啊，比从前话多了些，都好了吧？松波点了点头，说你看他娘都这样了，他哪里还敢病。邵瑾又问，小观家，出什么事了？我们是不是来得不是时候？松波过去把房门关上后，走到邵瑾身边，压低声音说，今儿早上的事，家政阿姨来了后，小观和妙一就出去散步了。没多久，小观舅舅来了，本来和小观娘坐着说话来着，不知为何竟吵起来。阿姨刚好在厨房，等她闻声出来，见地上都是血，小观娘被水果刀刺伤了手，小观舅舅端着两只手气呼呼往外走了，手上也都是血，不知是他自己的，还是小观娘的。

"啊！"邵瑾吃惊地问，"要紧吗？"

"妙一说伤倒不要紧，缝了十几针，就是人受了刺激，本来就有点糊涂了的，这一下，便有些神志不清了。从医院包扎回来后，就一直睡着。"

邵瑾听了，叹了一口气。

两人稍休息了一下就下楼去，妙一和小观都坐在书房的沙发上等他们。

书房非常宽敞，一边墙上都是书柜，另一边墙上只孤零零挂了一幅字。一扇宽大的落地窗对着北边小院，窗前的一株红叶石楠挡住了一部分光线，使得书房显得有些阴暗。窗前摆着一张长沙发，沙发的一端护手上搭着一床被子，想必这就是小观夜里睡觉的地方。沙发前面有一张长桌，长桌上已摆好了一个小小的茶台，桌边摆了两把不一样的椅子，正对着窗。有一把椅子应该是临时从餐厅搬来的。见范松波和邵瑾进来，妙一和小观都从沙发上站了起来。也许是因为邵瑾的缘故，大家都有些拘谨。

小观泡好茶,说:"我这院子里也有两畦茶,前年才种的。不会种,长得不好,春上才收了不到半斤。大家将就着喝吧。"

范松波喝了一口,道:"嗯,不错,也是你自己炒的吗?"

"我哪里会。"小观摇头,笑着说,"家里阿姨拿到村里请人炒的。太少,人都懒得费事,和别人家的茶一起炒了拿回来,倒不知是不是自己家的了,权当自己的来喝罢了。"

邵瑾端起杯子喝了两口,淡淡的,胜在有一股清新的味道。为舒缓气氛,邵瑾便想着找个轻松的话题来说,她四处瞅了瞅,目光落在墙上那幅字上:

坚白相非是,高虚目送雄。

远公差解事,孔老各牢笼。

邵瑾看着这字,觉得虽然写得隽秀,却欠点笔力,既不像是松涛写的,也不像妙一写的。不知是什么时候写的,也不知抄录谁的诗,不过,看着像在说莲社的事。邵瑾猜测,不管是谁写的这条幅,都应该是在妙一和松涛、小观结识后的事了。她觉得,那时的妙一、松涛和小观,倒可以画得一幅新三笑图的。她在心里想,"不知松涛有没画过"。但看着"牢笼"二字,想起松波说妙境实际上是身陷丛林纷争、被迫远游的事来,转念又想:"天下牢笼又岂止孔老呢!"于是心里便生出一股凄凉、无望的情绪来。

邵瑾问小观，这字清秀脱俗，是小观你写的吗？小观笑，说嫂子好眼力，知道这字丑，只能是我写的了。松波插了一句，我看不丑，至少我写不出这么好看的字。小观接着说，这房子空有一个别墅的外壳，太过寒酸简陋，也只配挂我的字。不过，那年也不是为字才挂的，原是为遮丑。说着他起身走过去，掀起条幅，露出墙上茶碗大的一个洞来。小观说，不承想却是以丑遮丑，可又嫌补墙麻烦，挂上了就懒得动了。妙一温和地笑着说，等我弄完下面，给你补上吧。

原来妙一此番来，是为了给小观刷房子，现在正在刷地下室。范松波一听，忙说，明儿上午我跟你一起刷。妙一笑道，就一套工具，明儿你们走后，我再刷。小观问松波，明儿就回城吗？松波说，明儿就回，家里还有些事，老早就想着来看看大姨，看看你，可我俩都像被根看不见的绳子拴着，一直竟不得空。说完长叹一声。妙一和小观大约也是知道他们忙，非为名缰利锁所累，是不得已，一时都沉默了，竟不知说什么好。倒是邵瑾，大方地问小观，大姨，怎么就伤到手了？不要紧的吧？小观欠身给大家续茶水，只简短地答道，不要紧。——听上去不像是在回话，倒像是在给人吃闭门羹。邵瑾便不好意思多问了。

邵瑾起身走到书柜那，书柜很大，里面的书却很少，多是诗集，全唐诗、宋词元曲之类，两套不同名字的风月集占了半壁江山。也有几本外国诗人的诗集，多是邵瑾没听说过的。小观歪在沙发上，笑着对邵瑾说，嫂子想看什么，尽管拿走。

范松波和妙一说着刷墙的事。松波说老爷子新租的宅子收拾得实在潦草，想在入冬前给老爷子把房子里外都重新刷一下。妙一给他推荐了一款质量不错、价格很实惠的墙漆，又说小观家里也是刷这个，刷完应该能剩半桶漆，到时来拿去。松波又跟小观介绍起炉子来，他劝小观也装一个，趁妙一在，冬天除取暖、烧水外，做饭，烤个芋头、地瓜什么的，太方便了，一炉多用，安装也不费事。

小观对炉子没兴趣。他起身走过来，站在邵瑾身后，说我们去看日落吧。

那年邵瑾和松涛来，是看过日落的，在不远处的那座山上。夕阳落入果园，犹如被大地吞噬一般。邵瑾看看窗外，阳光没那么强烈了。邵瑾说好。小观去了对面房间，出来又到厨房去跟阿姨交代了几句后，便过来邀请大家去看日落，说顺便买些海鲜回来煮了吃。原来是要去渔港。自松涛葬在附近后，大家应该都看过渔港的日落了。邵瑾有些担心地问小观，家里就阿姨一个人，行吗？小观笑道，没问题，我们很快就回来了。四个人往外走时,阿姨端着水果追出来,让大家一人拿一个苹果在路上吃。范松波和妙一谢绝了,邵瑾笑着拿了一个,阿姨往小观手里也塞了一个。她拉住小观的一只衣袖,说在渔港买什么,你可都记住了?小观说妙一自然知道该买什么。阿姨笑着,松开了手。她往小观手里塞苹果时的样子,有点宠溺的味道,很像一个母亲;宠溺中又有一点娇嗔,也很像一个,情人。

从巴登小镇到看日落的渔码头,二十分钟的车程。范松波开车,妙一坐在副驾驶座上。小观和邵瑾坐在后排,一人手里拿着一只苹果。如果汽车绕个弯,往西南方向开出七八里地,就到了松涛的墓园。不过,大约是因为妙一在的缘故,没人想到要这样做。妙一明心见性,参透生死,在他看来,一抔黄土并不是一个人最后的归宿,人死后不过是开启了新一段旅程,三界六道十天九地流转的,一时知在哪呢。

范松波和妙一又聊起了刷房子的事,妙一说了腻子粉要刮几遍,如何判断刮好的腻子粉干没干。邵瑾和小观坐在后排,各自看着窗外。近些年,温泉镇涌入了很多的城市人口,这一带的马路都拓宽了,路两边,还有中间的隔离带都种了不少的树和花草,密密实实、生机勃勃的,连天车线路的桥墩上也爬满了爬山虎。

小观咬了一口苹果后,凑过来对邵瑾说:"在七医,如果你手里明明拿着一个苹果，可你不吃，也不说话，医生会认为这是病情加重的表现呢。"

邵瑾一下被他逗笑了。她问小观，这些年他都怎么过的，在哪过的。小观不再吃苹果，他沉默了一会，好像在努力回忆这些年自己都去哪了，在哪过的。汽车驶过一个村庄，靠近马路的房子几乎都被改成了店铺，多是卖茶叶的。也有几家卖馒头的店铺，巨大的铁锅就支在户外凉棚下，热气腾腾的。家家都在路边撑起了一块硕大的牌子，上书"王哥庄铁锅大馒头"几个字，西下的太阳光掠过树梢，将它们的影子拉得又细又长。有狗和孩子在街道边跑来跑去。

"有两年，我想不起来是怎么过的了……后来的这些年嘛……"小观有些迟疑地说道。仿佛他正努力在回忆里翻拣，好拣出几样拿得出手的来说与邵瑾听。

"观相一路住住，这边住住，没怎么出门。不像妙一，跑来跑去，走了许多路，见了许多人，也做了许多事，每一天都说得清。"小观说着，笑了下，问邵瑾，"法律上有个什么不明罪？"

"巨额财产来源不明罪。"

"巨额财产来源不明罪，嗯，我有巨额日子下落不明罪。"

邵瑾咧嘴一笑。两个人不再说话，都吃起苹果来。

苹果还没吃完，就到了渔港。

范松波把车停在妈祖庙前,大家下了车,往码头走去。潮水正在慢慢上涨,渔船远远地向渔港驶来。赶海的人也陆续上了岸,他们戴着遮阳帽,手里拎着的小桶里多是蛏子、花蛤、牡蛎之类的小海鲜。大家在码头上找了条长椅坐下来看日落,松波、邵瑾坐在中间,小观挨着邵瑾坐着。夕阳高悬在渔港对面的山脊上,它的影子掉到海里,在海面上辟出一条闪着金光的大道来,一直通到他们脚下。他们以及整个码头,都像披上了一层金纱。潮水慢慢涌上来,拍打着堤岸。有许多海鸥,嘎嘎叫着,追着船只向岸边飞来。逆着光,它们飞翔的身影全是黑色的剪影,轮廓清晰,翅膀扇动起来的样子很容易让人想到自由、辽阔的天空,以及无尽的远方。

小观起身走到岸边,把手里没吃完的苹果扔给了海鸥。邵瑾也走过去,把最后一点果核扔给了它们。两人静静地趴在栏杆上,看着太阳一点点落到山后边。四面都是风,把他们的头发一起吹乱。

有渔船靠了岸,身手矫健的渔夫跳上岸来,麻利地将缆绳系在船柱上。松波和妙一走过来,对他们说,你们就在这等着吧,我们去买些海货。

范松波和妙一走了后,小观突然对邵瑾说:"今天不知有没鳗鱼,松涛喜欢鳗鱼,你呢?"邵瑾笑,说我只喜欢蒲烧鳗鱼。

"我在七医的时候,认识了一个喜欢吃鳗鱼的朋友。不过,他爱吃的是鳗鱼手卷。他说他是从另一个星球飞来的,还说地球其实是个监狱,他来这监狱出差,办点事情。事情办完后,他想着再吃一次鳗鱼手卷就回家,可等他吃完鳗鱼手卷从餐厅出来,却发现他的飞船被人偷走了,回不去了。"

邵瑾看着小观。小观一本正经的。夕照里他的双眼微微眯了起来,眼周皱纹密布,长而稀疏的睫毛根根可数,且亮晶晶的。

"他有没说,来我们这、来这监狱办什么事?"

小观摇头。

"他有没说他来自哪个星球?他们那里是什么样的?"

小观又摇了摇头,他抬头看着天空,说:"不记得了,只记得他说地上事多,天上事也多。"

邵瑾默默看着他。

"他的飞船被偷了后,他再不肯吃鳗鱼手卷了。他偷偷跟我说,总有一天,他的同胞会来接他的。后来,他真的被人接走了。"

邵瑾看着他,说:"他是……出院了吧?"

小观没回答邵瑾,自顾自地说道:"他曾经跟我说,只要我愿意,以后他随时来接我去他家玩,玩够了再送我回来。和妙一从祁连县回来后的头两年,我一点印象都没有。那两年我去哪了？怎么过的？我什么都想不起来。可能，是那位朋友把我接到他家乡去玩了两年吧。"

"那，他家乡什么样，你一点也不记得了吗？"

小观摇了摇头，说："可能他没让我把记忆带回来，外星人想抹去我们的记忆，应该不难吧？"

邵瑾看着他满是细纹的脸上那孩童一般的神情，只得说："外星人嘛，应该不难。"她有点不敢跟他聊了，害怕还会听到什么出格的，而自己竟然不觉得不正常。这样的对话多了，她怕她会觉得自己不正常。这么多年以来，她一直想着有天见了他，要问问他，那个晚上，到底发生了什么，会让松涛在一个他觉得仙境一样的地方了结自己。他找到了一个能让他画一辈子的地方，他却又不想画，什么也不想干了。难道仅仅是为了逃避过去？她看着小观，觉得自己突然又有些明白了。生活里没有逻辑。生活里也不是件件事情都有为什么。松涛也许正是因为突然发现自己来到了一个仙境一样的地方，便再也不想跟过去的一切有任何联系了吧。

邵瑾两手紧紧抓着栏杆，尽量用了漫不经意的语气说道："不要再去想那两年了，知道自己现在在哪就好。"

小观转过头来看着邵瑾。"瑾姐，"小观忽然这样叫她，"他不是不喜欢你，不是不喜欢大家，他只是，不喜欢他自己了。"小观的语气变得无比忧伤，他看着她，说，"在终南山，一个算命先生给四个人算了命，偏不肯收他的钱……妙一只是说他往生了，但我知道他是自杀的。"小观慢慢伸出自己的一只胳膊来，他把袖子拉上去后，用一根手指，从自己肘弯里往下挖，直到尺骨动脉凸出来。小观说："应该是在这……我吃了药，睡着了，半夜里被一种奇怪的声音惊醒过来，扑哧、扑哧——像是高压锅跑汽的声音。我醒来，却睁不开眼。后来，这声音变小了，渐渐没有了，我又睡着了……"他抬起头，看着邵瑾，黑眼珠像两口深井，"等我再醒来，涛不见了，妙一来了。"

邵瑾只是盯着小观看，什么也没说。突然，她离开小观身边，快步向拎着海货走过来的松波和妙一跑了过去……

他们回到巴登小镇，一进小观家的小院，邵瑾就看到石榴树下坐着一个漂亮的老太太。那阿姨站在她身后，正在给她梳头发。老太太穿着一套格纹家居服，身子微微倚着椅子的一侧扶手坐着，缠着厚厚绷带的左手像只小船桨，停在她往前伸出去的一条大腿上，右胳膊支在椅子扶手上，手像兰花一样托住下巴，食指翘起来抵到唇边，仿佛在向人示意一个吻。从她妩媚的坐姿，邵瑾马上认出来，是小观娘。看到他们，小观娘扶着椅子慢慢站了起来，她端着那只船桨站在那，看着大家笑。邵瑾赶紧走过去，扶着她坐下了。

松波把买到的鱼递给阿姨。他们没有买到鳗鱼，全是小杂鱼。有两只大鲍鱼，范松波让阿姨先放在冰箱冷藏室里，待明日煨汤给小观娘和小观吃。小观看到鲍鱼，说我们没有高压锅的吧？得像杨中丞家一样，用柴火煨上三天了。邵瑾听到这话颇感意外，这一刻她觉得小观比谁都正常。阿姨说我们没有高压锅，但有慢炖锅呀，半天就好。

小观娘拉着邵瑾的一只手，不说话，一双眼睛盯着她只是笑。十年过去了，邵瑾看到了她额头、嘴角的皱纹。虽然她的头发几乎还是黑的，只在鬓角生了几根短短的白发，但她的脸颊上，已经生出了几块指甲盖大小的老年斑，下巴上的肌肉也松弛下来，原先优美的线条变成了模糊不清的一团，稍一低头，就像鸡嗉子一样鼓出来。岁月终究没有放过她。邵瑾在她身边坐下来，一只手被小观娘紧紧拉着。邵瑾说："大姨，您还记得我吗？这么些年了，您一点没见老，倒是我们……"邵瑾笑着看了看小观、妙一和松波，对小观娘说，"倒是我们，都老了。"小观娘面泛红云，有些害羞地说道："你这孩子，一向会说话……"她竟然还记得她，知道她是谁。

晚餐时，小观娘也没松开邵瑾的手，还好那是只左手，邵瑾用一只右手吃饭。小观娘没怎么吃东西，阿姨喂她吃了点他们从渔港带回来的小杂鱼后，她再不肯吃什么了，只是坐在那，望望这个，望望那个，很快乐的样子。小观和松波开了瓶红酒，他们给邵瑾也倒了一杯。妙一不喝酒，不吃肉，面带微笑，看大家吃看大家喝。餐厅的墙也该刷刷了，邵瑾闻到一股发霉的味道。她计算了一下工期，妙一如果想把所有的房间都刷一遍的话，那他可能要忙到阳历新年了。

邵瑾问小观平时都在哪画画。小观说，物业中心有间画室，想画了时，就去画两笔。

"那有张大桌子，"小观伸出又细又长的手指在餐桌上画了个圈，说，"有这四个大。"

邵瑾又道："我听妙一说，你现在画的画，和松涛的有些像了。一会能不能让我们欣赏一下？"

听到邵瑾提到松涛，小观娘看看松波，看看妙一，又看看小观。

妙一笑，说："他只画，不留。"

范松波说："前几日我路过大学路美术馆，看到那有个文人画展，我便进去瞧了瞧，讲真，画得比小观你差远了。他们都好意思开展，你倒一张不留。"

小观细声静气地说："松涛都不留的嘛。"

松波叹了一口气，说："松涛这家伙，怎么讲都不听。"

"他说过，这样的货色，这世上已经太多了。"小观说。他看看邵瑾，又看看松波，说，"我这倒还有他几幅画，不知何时拿来这里，倒留了下来，一会你们看看，挑两幅吧。"

小观娘突然凑到邵瑾耳边，对她说起了悄悄话。小观娘问邵瑾，哪个是松涛？这么多年不见，我竟认不出他来了。邵瑾把手遮到嘴边，低声在小观娘耳边说，松涛这个坏蛋，去找大观玩了，他不肯来的，他们都不肯来。小观娘"哦"了一声，笑起来，说："大观要赚钱的嘛，他要赚钱买房子的，我们自个儿的房子。"小观娘把那只缠着绷带的手遮到嘴边，低声对邵瑾说："松涛才不是坏蛋，你们都不是，你们都是好孩子，我才是……"邵瑾把小观娘的一缕头发替她抿到耳后去，柔声地道："你也不是。"说完她把自己的酒杯端到小观娘嘴边，喂她喝了一口。小观娘舔了舔嘴唇，扳着邵瑾的手，一口气把酒都喝光了。喝完她还想再要一杯，小观不肯，她生气了，嚷着让小观给她满上。小观笑着摇头，不肯。

　　小观娘发起脾气来，伸出兰花指，隔桌指着小观骂："你能有今日，靠了谁呢！酒都不给我喝一口，往后啊，王政委来也好，刘团长来也好……"这时那阿姨不知从哪里跑进来，搀起小观娘就往外走。阿姨说："好了好了，我们要睡觉啦，你们慢慢吃慢慢喝吧。"邵瑾在那阿姨刻意拔高了的欢快的声音里，听出来小观娘满腹委屈的嘀咕："哼！往后啊，可别指望我喝了，拿我当妹子，还是当……"

　　小观和松波不语，妙一也默默吃着一盘拍黄瓜，大家仿佛都没有听到。餐桌上的吊灯垂在桌子上方,将他们四个人沉默的黑影,都投到了身后发灰的墙上。

邵瑾低下头,一动不动地坐着,好像她把周围的人都忘了。

范松波看着她。过了一会,他把一盘烤鸽子转到邵瑾面前,对邵瑾说:"这都是老周的鸽子。今年鸽子不好卖,老周回老家去了,临走前处理了所有的鸽子,就带了宝钗回家。一会你去厨房打开冰箱看看,小观冰箱里啊,全是老周的鸽子!"

小观说:"走时拿一些啊。"

邵瑾抬起头,灯光下她的脸色白得吓人。她撕下一条鸽子腿来,咬了一口后,问妙一:"你怎么看我们这些吃肉的人?"

妙一说:"没有杀心就好。"

邵瑾想起来在码头,妙一和松波蹲在刚搬到岸上的渔获前,一起挑选了今晚吃的鱼和海螺。于是她又问道:"那……那些打鱼的人呢?"

妙一平静地道:"众生皆苦,止杀心自祥。"

邵瑾不再说什么,她只觉得难过。

范松波坐在她对面,有些忧伤地一直看着她。

邵瑾放下那只鸽子腿,用餐巾纸仔细地擦自己的手指,一根一根地擦着。擦完手指,她抬头,看见松波还在看她。她把目光挪开,一时更加难过起来。她不知为何难过,但这难过是属于她自己的,这点她是清楚的。

第二天上午,范松波和邵瑾离开小观家的时候,小观娘和小观、妙一送他们到车边。

小观娘看上去是正常模样了,就好像昨晚她只是扮演了一个和她本人不一样的角色,妆一卸,又重新做回了她自己。邵瑾抱了抱她。她拉着邵瑾的手,一再叮嘱她和松波要常来转转。

"没有妙一和你们,我家小观……"说着她便红了眼。

汽车开动后,邵瑾回头看了一眼,小观和妙一站在原地未动。倒是小观娘,端着那只缠着绷带的手,顺着樱树枝丫交织的林荫道,又往前走了几步。弯曲的道路,深重浓厚的绿的背景,跟邵瑾以前梦见过的情形,相去不远。

18

国庆长假结束后，邵瑾为金秋社科论坛的事忙了一阵，邀请的外地嘉宾都没能来，来的只是本地的学者。不得已，论坛采取了网上交流的模式，没想到效果也不错，接待任务还轻松。这一期的《半岛社科论坛》三十周年纪念刊也得到了大家的好评。邵瑾算是松了一口气。接着邵瑾又去高校搞了两次讲座，熟能生巧，如今她讲起来从容多了，应对学生的提问也游刃有余。毕竟，讲的是学术规范，是偏实用的，从规范拓展到为何要遵守规范，再到知识产权保护与国家科技振兴，不愁没东西讲，一两个小时根本讲不完的。她也尽量用了朴实、简洁的话语去回答学生的提问，每次讲座结束后学生热烈的掌声也给了她很大的鼓励。就是有一样，讲座都是坐着讲的，几堂课讲下来，她的腰椎真有点不好了。

从温泉镇回来后，范松波和邵瑾很少谈到温泉镇。这日为贴秋膘，范松波炖了一锅鸽子汤。

从小观家带回的几只冻肉鸽，还未及长大，真正的乳鸽模样。据说都是白羽王鸽，基因稳定，耐粗饲，抗病能力强，好养的，可惜生不逢时。范松波喝着汤，跟邵瑾感叹老周的万事俱备，却欠东风。又说起妙一不停做事，吃得却简单。邵瑾便有些担心他营养不良。松波说你放心吧，他吃素多年了，你看他身体健康得很。再说他也不是一味认死理的人，那年他陪松涛、小观在终南山过冬，大雪封山，到处都是白的，小观说比七医还白呢。说到这松波笑起来，过了一会才又接着说道，雪把门窗都埋了，没得吃了，好在老周养着鸡的，三个人便和老周一起杀鸡来吃，吃了好些天的鸡。妙一也吃的，要是他不肯吃，这世上哪里还有妙一呢。

邵瑾点头。虽然她只是在近来才见过妙一两面，但他留给她的印象是不一般的。妙一这样的人，是珍贵的，凡事求诸己，万物能容。她想起来，松波曾说妙一是喝杏花河水长大的，便多少明白他为何会还俗了。"宇宙实成于生活之上，托乎生活而存者也。"修行对妙一来说可能也是这样，哪座庙对妙一来说都小了，都太拘泥于形式了。生活就是他的菩提道场，是他的庙，这座庙才是最适合他的。

到了十月底，邵瑾下半年最重要的几件事情，算是彻底都忙完了。范松波的补习课也告一段落，赵同学的英国大学入学考试在十月底完成后，便不再来上课了。这样，范松波和邵瑾两人算是都轻松下来。晚饭后散步也常常走得比以前远，到了山顶，他们常会顺南坡一直走到海边。这段时间也算得上是岛城最好的时节之一，气温适宜，从海上吹来的风还没变凉，水净天青，晚来海风吹送，秋高潮涌，让人神气清爽的。

　　好时光总是过得很快,仿佛只是眨眼间,就到了十一月,很快松波就要过五十岁生日。邵瑾想着,以往他过生日,都只是在早上煮一碗长寿面给他,没怎么正经过过。这次她打算把老人接回来,一起过。不过,还没等她和松波商量什么时候去接爷爷,爷爷竟自己回来了。

　　一个傍晚,邵瑾去蓬头那买菜回来,发现爷爷竟然坐在小区的门卫室那,正和门卫大叔聊天呢。邵瑾只听得门卫大叔说:"……不像咱,可孬,全都不管老人死活的。"爷爷叹道:"世上老人也太多了。"像是在聊外国的事。邵瑾惊讶地问爷爷怎么来的。爷爷说搭公交过来的。爷爷从公交公司退休,对公交线路门儿清。不过,从青涧村过来,先得走到镇上去。镇上有公交车到城里,但是车次很少,一个小时才有一趟。到了城里,还得倒几趟公交才能到家。邵瑾便对爷爷说,单位要体检了吗?打个电话,我们去接您,多好。爷爷笑笑,没说什么。

　　进了家门,爷爷对邵瑾说他累了,要休息一下。说完径直去了得安的房间。邵瑾给他关好门,又走到书房去给松波打电话,告诉他爷爷来了,要他下班回家时,顺路买点爷爷爱吃的菜。老爷子单位年年都是年底体检,这回稍稍提前了一点。范松波也没有多想,下班回家路过山顶时,把车停在路边，去菜市场买了炉包和猪头肉。

范松波回到家里，爷爷还在睡觉。邵瑾从他手里接过菜，装盘，问他要不要晚点开饭，爷爷这一通公交倒过来，大约是累坏了。松波说，那就七点前叫他起来吃饭吧。爷爷每晚都要看晚间新闻的，晚七点《新闻联播》就开始了。范松波洗过手后，拍了几个大蒜做蒜泥拌猪脸。邵瑾已经烧了海鲜疙瘩汤，小蒸锅里还蒸了条小黄花，等爷爷起来，再炒个青菜就可以吃饭了。两人准备好饭菜从厨房出来，却听到爷爷好像在房间内说话。邵瑾转身进厨房去炒青菜，范松波敲门进去。看见老爷子果然已经醒了，正和得慧视频呢。范松波开了灯，老爷子面露喜色，对着手机说，你爹来了，你快跟他说说吧，让他也高兴一下。

"得了个什么奖。"老爷子把手机递给松波，说。

得慧设计的那两套作品，其中一个系列，草叶集，得了一个设计大赛的银奖。范松波高兴坏了，差点蹦起来。得慧却在电话里问爷爷呢。松波说他刚出去了。得慧说老爸我要提醒你，你可要多关心爷爷啊，你就没看出来他情绪不对吗？松波连忙问怎么了。得慧说你没问他今天跑城里来干吗，松波说爷爷来体检的吧，他们单位去年十二月体检的，今年的体检应该是提前了一点。得慧说，我感觉不是，刚我找他时，他好像不开心呢，我哄了他好一阵，又告诉他我得奖的消息，他才高兴起来。得慧又问，最近爷爷和李奶奶过得还好吧？没吵架吧？范松波一拍脑袋，说看来还真是件事。他便把李奶奶搬回自己家的事说与得慧。得慧听了，说天呐我爷爷和李奶奶太可怜了，爷爷失恋了呢这是，老爸你别不当回事啊，赶紧陪我爷爷去，不然等你过生日没礼物啊。范松波应着，问得慧到时能不能回来。得慧说肯定得回啊，就一个爹，能不回吗。得慧在电话里犹豫了一下，又问到时能不能带个人回。范松波一下想到老七，他没有多问，单是说了句欢迎。父女俩又聊了一阵子才作罢。

范松波从房间出来，见老爷子正到处找遥控器。他连忙过去帮着找。他和邵瑾一年上头也看不了几回电视的，遥控器都不知道放哪了。还好在沙发底下找到了。

老爷子一边看电视，一边问得慧得的是个什么奖。范松波说是一个首饰设计的奖。老爷子点头，脸上重又有了一丝笑容。

范松波进了厨房，跟邵瑾说得慧得奖了，得慧设计的那两套作品，其中的一个系列，草叶集，得了一个设计大赛的银奖。

"是吗？"邵瑾也高兴起来。

"她送你的那片水杉叶，就是那个系列的。"

"呀，那我得好好留着。"

范松波说:"她刚跟我说,她的作品都有签名的。"

"签名?签作品上?"

"是啊,我以前也不知道。"

范松波让邵瑾去把得慧送给她的那件首饰拿出来给爷爷看。邵瑾去卧室,从首饰盒里取出那件首饰来。在吊坠的背后,叶梗的位置,果然刻有两个花体字母——"DH"。邵瑾拿出来给松波和爷爷看。

三个人在餐桌边坐下后,范松波说喝个酒,庆贺下。说着去找了一瓶去年冬天没喝完的老酒出来,一人倒了一小杯。

范松波把那片水杉叶又拿在手里,看了又看,舍不得放下。他问邵瑾:"程律师有没告诉你?得慧咨询了程律师的,是她建议得慧去申请外观专利保护,说防抄袭,以后若是卖给别人去做,也可卖个好价钱。"

邵瑾说:"我刚还想着这事呢,原来她问过凌云,那我就放心了。国庆前我和凌云见了一回面,倒没听她说。"

"我上次去云城,把程律师的电话留给得慧了,让她有事咨询程律师。果然,程律师稍一指点,就不一样。得慧说等回来再去面谢。"范松波非常感慨地说道,"到时也得让孩子去看看文老师,当初要不是文老师,得慧就不会认识朱老师,不认识朱老师,就没有今天。"说着他又想起来白老师,觉得应该找个时间打个电话，也感谢一下她。

邵瑾点头，说："得慧这两个系列，应该是早就做好了的，原来不是准备给先前那家公司做主打款的吗？"

范松波点头，说是的，后来出了那么些事，又辞了职，就没给。

邵瑾想了想，说："白老师家是做首饰的，不知得慧有没想过给白老师家？我看，你若打电话给白老师，说话注意点啊，不要自作主张。有些事，让孩子自己去处理吧。"

范松波觉得邵瑾提醒得很有道理，不住地点头。过了一会，他问邵瑾，如果得慧和一个云城青年谈恋爱，你觉得怎么样？邵瑾笑着说，你是真憨啊，地域还能成为一个问题吗？他们互相喜欢便好啊。范松波点了点头，说嗯，希望他是一个善良、有责任感的人。

大约喝了点酒的缘故，爷爷吃过晚饭，稍坐了坐，就洗洗睡下了。邵瑾也没觉得异常，在乡下，爷爷也一直是早睡早起的。夫妻俩出门散步时，范松波才说老爷子情绪不高，这次突然回城，不知是不是去见了李阿姨，心里难过。邵瑾听了也觉得心酸得很，却也想不出什么好办法来帮助他们。这个年纪的老人，为了减轻子女的负担还要牺牲自己的幸福，真是太悲哀了。可再想想，也不单是子女的问题，倘若李阿姨的前夫经济自足，或者有完善的社会养老机构可以依靠，李阿姨的孩子就不用承担太多，只需给予日常的关照就可以了，那么李阿姨也就无须为减轻孩子的负担而牺牲自己的幸福。几千年来"养儿防老"，一旦子女力有不逮，老人境况也难免可悲。余生终老，愿托于斯。找个地方养老是容易的，可一个人最大的难题，是到坟墓去的那最后一段路程，单凭自己，爬不过去……

第二天，范松波去学校后，爷爷怎么也不肯待在城里了，坚持要回乡下去。邵瑾劝爷爷再住一阵子，等松波过完生日后再回去。爷爷却等不了那么久，他放心不下得福。"得福盼着呢。"爷爷说。

"等咱松波过完生日，壬寅年就要来咯。"提到松波的生日，爷爷总是会高兴起来，"壬寅虎替辛丑牛，那时日子就会好过了。"

邵瑾见爷爷心情好转，便不强留。这一年爷爷不容易，大家都不容易，借爷爷吉言，她也希望松波的生日能快点到来。邵瑾给爷爷装了些吃的带着，又在网上给爷爷订了个专车。车来了后，老人死活不肯上车，说他有免费的公交卡，何必花这冤枉钱。邵瑾说钱已经付了，没法退。老人这才上了车，还不停嘀咕，心疼邵瑾花了不该花的钱。

邵瑾站在路边，看爷爷的车走远后，才转身往家里走去。不知为何，她心里为爷爷感到难过。现在她才意识到，人到了一定年纪，生活给予的痛苦不是减少了，只是变得无声无息，不太容易被人注意到罢了。

邵瑾回到家里，想着虽然天气还算暖和，但已经进入十一月了，只要来一场雨，天就会一下冷起来的。她看看天气尚好，便想着把冬天的衣服拿出来晒晒，去去味。衣柜门一开，从一堆毛衣里掉下一个长方形的硬纸盒来。邵瑾不记得见过这个纸盒，也不知是什么时候塞到柜子里的。她把盒子捡起来，打开，只见里面有一个卷轴，是装裱好了的画。

邵瑾猜这应该是松波从小观那里拿回来的。那晚在小观家，吃过晚饭后，她就先上楼歇息了，松波和小观、妙一又去书房坐了坐。她端着盒子，出来坐到餐桌边，解开卷轴上的黄色缎带。卷轴展开，她看到年轻的自己，正坐在那棵石榴树下看书，身上穿着一条白色连衣裙，外面套了件浅蓝色开衫薄毛衣，黑色的及肩短发挎在淡粉色的耳后，脸颊饱满，神情专注……正是她一生中最好的时候。

范松波下班回来，见到邵瑾便说，老爷子到青涧村后，给他打了电话，又高兴又心疼钱。

"说有个好儿媳呢，也夸专车服务好，还送了一瓶水呢。"

邵瑾说爷爷上了年纪，又拎着东西，倒公交不方便，这点钱，该花的。又想到老人到了家，也是一个人，这次辛辛苦苦回城，也不知见到了李阿姨没有，不免心下凄然。邵瑾说："本想留爷爷多住几日，等你过完生日再送他回去的，可他惦记狗，不肯。"

晚上上了床，邵瑾突然想起来好几天没喂程小金了，又慌不迭下床。到书房一看，箱子里的菜叶子已经吃得干干净净的了，水盆里的水也没了。邵瑾给水盆加上水，又将一只苹果切成几小块，投到程小金面前。程小金一动不动的。邵瑾万分抱歉地说："小金，对不起啊，你饿了吧？先吃苹果啊，明儿再给你弄些好吃的。"

第二天一早，邵瑾一醒来便去看程小金，却见那几块苹果原封未动，水盆里的水也不见少。程小金呢，怎么拨弄它，它都没反应。邵瑾慌了，喊范松波过来看。范松波跑过来，把小金拿出来，放到地板上，小金一动不动。每天早上小金都要晨练的，一到地板上就爬个不停。范松波连忙戳了戳它的爪子，没反应。范松波也慌了，他把它拿起来，头朝下抖了一下，只见它的脑袋耷拉下来，眼也不睁一下。范松波连忙穿好衣服，拿起手机搜宠物医院，说我带它去看一下医生。这下邵瑾更慌了，慌乱里找了只鞋盒出来，把程小金放了进去。范松波把车钥匙、手机揣进口袋，抱着纸盒，对邵瑾说，别着急啊,龟这种东西,命大得很。我去去就回,你就在家,等我回来吃饭。

范松波出门后,邵瑾在沙发上呆坐了好一阵。她真希望程小金没事,给程凌云帮这么点忙,都帮砸了,想想都有些不好意思。她仔细回想了一下上一次给程小金喂食的时间,也就耽搁了三天,最多四天。想想国庆假期,小金还挺过了四天半呢。于是她心里生出了一丝希望,希望程小金只是饿晕了。她起身做早餐,心里对程小金说:"请再给我一次机会啊,保证以后按时喂你。"她不由想起了硕士毕业前,在一所大专院校实习时的事来。期末考试的时候,她监考,发现一个男生夹带小抄。按学校的规定,学生作弊是要按退学处理的。她不能装作没看见,也不能马上走过去抓住他,纠结了好一阵后,才趁主监考老师不备,偷偷摸摸走过去把那男生的小抄给抽走了。反正就是"再该死也不要死在我手里"的心态。

现在程小金要死在她手里了。

毕业的时候,她没想过去司法系统,不想碰刀把子;也没想过去学校,怕误人子弟。这两项工作都责任重大,她单是想想,便觉得心慌。知道自己考进杂志社了倒是欢天喜地的。现在邵瑾发现自己真是有些懦弱的,那么怕承担责任。"也不知将来靠不靠得住……"妈妈是如何从年幼的她身上发现了这一点的呢？她一定很嫌弃她的这个唯一的孩子，嫌弃她的，懦弱。

范松波手里捧着那只纸盒回来。只是看他的脸色，邵瑾便知道程小金没救了。不过，倘若程小金是只像邵瑾所说的"值好几千的金贵的龟"，松波的脸色大约也不至于这样凝重。

宠物医院的医生告诉他，程小金这样的龟叫安戈洛卡象龟，人称安哥，是陆龟之王，全球也没有多少只的，比大熊猫还珍稀。野生安哥受到严格保护，不允许买卖。人工繁殖的也特别贵，一般是按体长来定价，以厘米计，单价过万。程小金是人工繁殖的，身长九厘米零三毫米，市价不会低于十万。

邵瑾听了，着实难过，半晌无语。过了好一阵，她问松波："是饿的，还是渴的？"

范松波把纸盒放下，小心翼翼地说："不是饿死的，也不是渴死的，是、噎死的。"

"噎……噎死的？"邵瑾简直不敢相信自己的耳朵，"……被什么噎死的？"

"蛋黄……"

邵瑾瞪大了眼睛，说："你……你喂它蛋黄了？"

范松波歉疚地说:"不是我,是、老爷子。"

原来昨日早餐时,程小金晨练,爬到了餐厅,伸着脑袋眼巴巴地看着爷爷。爷爷想着它也是孤零零一个,怪可怜的,便把自己的蛋黄省下来喂它。

"早上我打电话给老爷子,问他有没喂小金什么,老爷子说,就喂了个蛋黄,他问出什么事了,我说没事。"范松波说,"我没敢告诉他。"

邵瑾叹了口气,说:"告诉他也晚了,说了只会让老人心里难过。算了,反正已经这样了,先吃饭吧,吃完饭我再跟凌云说一下。"

两个人心事重重的,随便吃了点东西填了填肚子。邵瑾硬着头皮给程凌云打电话,她太不好意思了,简直没法说出口。这阵子,程凌云在北京总部给所里新入职的律师做培训,她听邵瑾说完后倒淡定得很。

程凌云在电话里对邵瑾说:"不要紧的,没跟你说太多,就是怕你有思想负担。再贵也就是个龟嘛,多大个事!"挂了电话后,没多久程凌云又打过来,问邵瑾有没就医记录,有的话留着,万一将来人家问起来,也好有个说法;没有的话,就算了。

放下电话,邵瑾看着范松波,说:"你瞧,什么叫举重若轻?这就是啊。我现在才算明白了,勇于承担重担的人,多也担得起的。"

"举重若轻,"范松波笑着摇了摇头,说,"都是因为我们穷啊!"

邵瑾也笑,说:"不是钱的问题好吧?不是因为我们穷,而是因为我们怂啊!"

两个怂人互相打趣一阵后,范松波突然说:"我说,我们找个做标本的地方,把它做成标本吧。珍稀动物,死了也有价值,把标本给凌云,万一以后人家问起她来,她也好有个交代。她要是不要,就捐给我们学校。"

邵瑾也觉得这主意不错。她问松波:"宠物医院的医生怎么说来着?程小金比大熊猫还珍稀?"范松波点头。

邵瑾又给程凌云打电话,问程小金有没相关身份证件,想把它做成标本。程凌云说倒是有的,只是放在家里了,做完这个培训,她还得去南方出个差,也不知什么时候才能回去。

"你俩看怎么保存吧,到时可能还得拿着那些证件,去林业局办理珍稀动物标本制作许可证、收藏证。挺麻烦的,不是一两天就能办好的事。"程凌云说。

邵瑾一听这证那证的就头大。她放下电话,对范松波说:"问问你们学校的生物老师,看制作标本之前能不能冷冻?"

范松波想了想,说:"我问蓬头好了,前几天在菜市场碰见蓬头,问起当年他养的那只孔雀,蓬头说孔雀后来死了,他把它做成了标本,现在还在家里墙上挂着呢。"范松波没有跟邵瑾说的是,这只孔雀其实是蓬头原来那个女朋友的,女友后来回老家嫁人去了,把孔雀留给了蓬头。

19

为程小金的事忙过一阵后,邵瑾和范松波又照常应付起他们简单又略嫌疲累的日子来,两个人就像在自己洞穴里待惯了的小刺猬,偶尔出去转一圈后,又慌不迭缩回到洞穴里来。洞穴里的日子虽然不轻松,好在两个人能合力应付,倒也不觉得难过。

日子不紧不慢,不久便到了冬天。早晨,上班的路上,范松波打开车窗,常能看到路边草地上的白霜。

天气越来越冷,但好消息总会给日子添得些许暖意。继得慧得奖之后,范松波的职称也评了下来。得知这个好消息的那天,范松波从山顶超市买了一箱老酒回家,每晚和邵瑾温一小壶来喝。

偶尔,微醺的范松波会和妙一、小观通个电话。小观娘的情形时好时坏。不过小观状态不错,老周送的鸽子吃完后,小观的体重增加了不少,一改先前的病弱模样,看上去健康多了。妙一已经刷完地下室和二楼所有房间了,就剩一楼还没刷,小观娘不让刷,说等她死后再刷不迟。这话令邵瑾心下凄然。有次妙一说,小观的状态比先前好太多了,现在他能帮着阿姨给他娘洗头、喂药了,刷房子时也知道帮忙了,给墙漆调色什么的,有时还知道扶一下梯子呢。妙一说到这,在电话里笑。范松波放下电话,便一一告诉邵瑾,邵瑾听了也高兴起来。

有个晚上,多喝了一杯后,范松波坐在毕达哥拉斯下面的摇椅上,说其实小观啊,真不用担心他的,他这样快一辈子了,至少活得比松涛长呢。邵瑾"嗯"了一声。松波笑着又说,有件事,一直没跟你说过。有一年,小观去七医住院,一个小护士竟迷上了他,差点和他私奔。临上火车了,小观觉得不能这样,又说服小护士和他一起回了七医。邵瑾笑,想起小观家那阿姨,便觉得小观活得也真是个谜。那次她在社科院大院里遇见松涛和小观,她问小观:"可都好了?"松涛代为回答:"好多了。"后来松涛告诉她,他多次去七医接小观,那儿的医生从不说小观"好了",每次都是说"好多了"。不敢说"好了"的小观,可是好好地活到了现在的呀。

过了几天,程凌云从外地回来,打电话给邵瑾,让她来家里坐坐。邵瑾便把蓬头做好的标本给她送过去。程凌云正在收拾东西,客厅的地上摊着两个大行李箱。

邵瑾进门见此情景,一脸蒙地问:"你这是刚回来,还是要出去?"

程凌云笑,说:"刚回来,但过两天也要出去。"

"去哪？"

"上回不是跟你说过嘛，上海。"

"哦，这一去就要长住那边了吧？"邵瑾有些失落地说，"以后要见你，就没那么容易了……"

程凌云把手里的一件羊绒大衣叠好放进箱子里，说："忙完那边的事，我就会回来的。"她走到邵瑾面前，把两只手搭在邵瑾肩上，笑着说，"只要有空，我就会来看看文叔、看看你的，坐飞机才一个多小时呢，方便得很。"

"就怕……"话才起了个头，邵瑾就打住不说了。

程凌云曲起一根手指，在邵瑾的额头轻敲了一下，说："会好起来的。古话说得好，否极泰来，还能坏到哪里去呢。"

尽管觉得世事难料，邵瑾还是振作起来，笑道："嗯，我家爷爷也说明年会比今年好。"

程凌云问爷爷这么说有没什么根据。邵瑾便把那句辛丑牛壬寅虎的顺口溜说给她听。程凌云笑，说那我就当祝福收下了啊。

"想想吧，上海，多好的地方啊，一个律师去上海，是个更好的选择。"邵瑾说着便把手里的纸盒递给程凌云。

程凌云接过去，打开盒子一看。"呀！"她很有些惊喜。她把程小金从纸盒里取出来，托在手里好一阵端详。标本制作得不错，像活的一样，昂着头，黑黑的小眼睛温和沉静地看过来，还是那个程小金。

程凌云把程小金摆在一只花瓶边。她没想到两个老实人居然这么快就找到地儿做好了标本。她转过身来，看着邵瑾只是笑，过了好一阵子后，才说道："难为你俩了啊。"

邵瑾头一低，有些羞愧地说道："真对不起。"

"行了啊，多大个事，别再提了啊。我留着它，不过是想着万一哪天要用，"说着程凌云看着邵瑾的眼睛，"你明白的吧？"邵瑾点头。

"把大衣脱了吧，我这儿暖气温度调得高了点。"

邵瑾把大衣脱了扔在沙发上。她伸长脖子看了墙上的温控开关一眼，咂嘴叹道："这么高啊！程大律师，有钱也不能这么烧啊。"

程凌云伸出一根手指，指了指脚下，低声道："楼下邻居家的公司破产了，前不久我从网上看到了破产公告，昨儿又听我们这栋楼的物业管家说，他家今年都没交暖气费，说是可能要搬家的，今年就不交了。"程凌云又问邵瑾喝什么。邵瑾愣了半晌，方说："白水。"

程凌云倒了两杯矿泉水，邵瑾接过来一杯，走到窗前看海。灰蒙蒙的天空下，一朵更灰暗的云，在海天相接的地方缓慢移动。虽说是个阴天，但连着刮了两天风后，空气质量还不错，能看到远处海边的一块礁石，形似老者，静坐于波涛之中。程凌云站在邵瑾身边，长叹了一口气后，说这世上哪有什么是坚固的呢。

邵瑾想起来小观在渔码头说的话，便告诉程凌云，松涛的一个朋友，说地球是个监狱，宇宙的监狱。程凌云笑笑，什么也没说。过了一会，程凌云说那件事，我问清楚了呢。邵瑾点头。

"过去这么多年了，打听了一大圈，才找到一个当年经办此案的检察官。他和我的一个朋友，是国家检察官学院同一期高级培训班的同学，现已退休了，和我朋友已多年不联系，但打听起来倒也不难。那个老检察官对这案子还有印象，他说还记得这案子中的孩子，还有女人，也就是松涛和他妈妈。他还问起松涛来着呢，问他如今怎样，过得好不好。"

邵瑾安静地听着，过了好一会，才问："松涛的生母，叫什么名字？"

"她没有自己的名字。"

邵瑾吃惊地看着程凌云，说："怎么可能？一个人怎会没有自己的名字？"

"没人知道她的名字，大家都叫她守义家的。"程凌云看着邵瑾，"她是个哑巴。"

"哑巴？"

"是的，哑巴。判决书上写的是，范守义之妻。后来到了里面，管教干部给她取了个名字，守义佳，佳人的佳。"

"守义、佳？"

程凌云点头，说："没人知道她是哪里人，也没人知道她确定的年龄，为谨慎起见，提起公诉前把她骨骼的 X 光片送到北京去测过骨龄，说是大约二十五周岁，总之是成年了的，所以后来一并判了。"

"难道搞清楚她叫什么，是哪里人，很困难吗？"邵瑾的语气里充满了不解。

"你应该知道的呀，那就是另外一个案件了……唉，以前这种事太多了。"程凌云叹道。

邵瑾沉默了。过了好一阵后，又问道："那她和、他们是怎么认识的？"

"她是捡来的。"

"捡来的？"邵瑾瞪大了眼睛。

"是的，捡来的。"

邵瑾呆呆地看着程凌云。

"刚开始确实是意外，就像你家爷爷说的那样。后来，就不是了。站在屋后山坡上，看到大卡车开过来，男人就跑下山，候着，听到汽车开过来，要拐过弯道时，就让自己的孩子和狗，突然从公路这边跑向那边，有时是孩子和狗，有时只是孩子。"

邵瑾默默地看着前方，仿佛在听陌生人的故事。

"那是个机灵的孩子，那孩子当时还很小，一直以为只是个游戏，对发生了什么，浑然不觉。可怜那些司机，没翻车的，也吓得不轻，差点轧死人家孩子，想想吧，那些司机的心理阴影有多大！"

"多少起？有没有……人员伤亡？"

"两年，十多起，比较严重的有七起，好在当场没有死人。要是死了人，那结果可能就不会是那样了。有几位司机致残，其中一位高位截瘫，因此妻离子散。事发两年后一个人凄惨地死在自家床上。那年宣判后，受害者及其家属对赔偿非常不满意，还跑去沙坡弯抄过他们家……"程凌云说着叹口气，"唉，还是太穷了。有一起车祸是腊月里的，全村人都参与进来，司机在稻田里醒过来，发现一车火腿肠，一根没剩。"

"十年……作为共同犯罪处理了，是吧？"

"嗯，其实检方有过争议的，主要是因为那车单车。有一辆单车，是他妈妈偷偷藏起来的。警察在村子里搜了两天，最后才从他家屋后的竹林里挖出来。当时他妈妈很激动，情绪失控，警察来了，却只管单车的事，所以……"

邵瑾默默听着。过了一会，她扭头问程凌云："人多大开始有记忆？我不太记得五岁以前的事。"

"那证明你有一个还算平顺的童年。"程凌云看着她，想了想，说，"特别开心和特别可怕的事，都会留下很深的印记的吧。以前飞飞跟我说过，他记得文叔抱着他看流星雨，一颗接一颗，像发光的宝石从天空中划过。我记得我妈被我爸打断腿这事。一个冬夜，我妈正在给我喂奶，我爸喝多了回来，拍门。我妈把我放到炕上，去开门。我爸嫌我妈给他开门迟了，顺手抄起一条板凳砸向我妈。我记得我妈扑倒在炕前的那一瞬，也记得那一声短促凄厉的'啊'。那时我应该才一岁多。"

邵瑾摸了摸程凌云的头。过了好一会后，她方说道："是啊，三岁到五岁多时的事……他可能都记得的，只是，后来不愿想起罢了。"

"嗯，他应该是把那段记忆封存起来了，毕竟年幼。随着年龄增长，新的记忆覆盖旧的，渐渐就像是忘了一样。应该是后来收到狱中来信，也可能是你家爷爷跟他谈过，封存的记忆被激活了，他可能一时无法接受。无法接受也罢，还发现自己不得不去面对，这对他来说可能是承受不起的，所以他选择了逃避。"程凌云想了想，又说，"准确地说应该也不是逃避，是对自己的流放，一徙三千里。"

邵瑾默默看着窗外那片海，她的嘴角牵动了下，露出一个凄凉的笑,"他一定,很厌恶他自己。"

程凌云看着邵瑾。过了好一阵,她重提旧事:"我还记得你第一次把范松涛介绍给我认识时,你俩请我吃的那顿饭。"说着她笑起来,"下了班我踩着单车一路狂奔,去中山路那个叫什么的西餐馆?大老远跑过去,吃了一块咬都咬不动的牛排。"

"红屋西餐馆。"邵瑾也笑,说,"怪谁呢!就你以前吃过牛排,听我俩说全熟,你竟不吭一声。"

程凌云笑着转过头去看海。远处的海面上,有几艘庞大的船,排着队安静驶过。看着那些安静赶路的船,她忽然有些明白,第一次见邵瑾和范松涛在一起时,她隐隐感觉到的他们之间那不可补救的缝隙是什么了。邵瑾像是安静行驶在海面上的小船,范松涛却是在那水里无声挣扎的人——她想起来儿子小时候,带他去上游泳课时,从游泳教练那获得的知识:一种直立式溺水,没有呼叫、没有拍打水面的声响,甚至没有任何挣扎迹象的溺亡——年轻的邵瑾对此毫无察觉,即便有所察觉,也未必有足够的力量能把松涛从那水里捞上来。如果松涛不松手,小船就会侧翻……

想到这,程凌云伸出一只手,把邵瑾揽在了自己臂弯里。

小雪那日，真的下了一场小雪。

仿佛年初许下的一个愿望，得到了实现，大家都很兴奋。走在路上的行人，也纷纷伸出手去接那飘撒的雪花。有人冒雪出来拍照。孩子们也很开心，大呼小叫地在雪中跑来跑去，看上去都像是一个节日了。

雪不大，薄薄地覆盖在山顶、草地和房子上。到傍晚，新雪初霁，天空澄澈如洗，邵瑾按捺不住，拉着松波要出去走走。连日大风，又是雨又是雪的，她已有好几日没出门了。两个人穿戴整齐，便出门去。

邵瑾和范松波出了小区，见门前马路上的雪已经融化了，但路边草地、女贞树篱上的雪还有一指多厚。邵瑾从草地上团了一个小雪球来玩，新雪蓬松、湿润，不一会儿，雪球便在手中融化了。

两人走到山顶，路灯都亮了起来。入冬后，白天越来越短，无端使人觉得光阴如梭。范松波去菜市场找蓬头，邵瑾站在外面等他。雪后北风尚紧，小广场上没人跳舞，只有两位大爷不惧严寒打着太极。教堂的尖顶上没有存下雪，但台阶边的松树上一层雪、一层松针的，被灯光一照，愈加黑白分明起来。

范松波从菜市场出来时，两手不空，每只手里都拎着只塑料袋，每只塑料袋里都装着棵大白菜。邵瑾问松波这大白菜有没给钱。松波说，蓬头不肯收的，说上次标本的钱给得太多了。不收怎么行？我跟蓬头说了，标本做得不错，朋友很满意，钱该给的，这白菜钱，更是该给的，再啰唆以后就不能去他那买菜了。邵瑾说，可不。松波说，蓬头说今年的大白菜比往年贵了不少。邵瑾笑着说，向前看向前看，跟以后比说不定就是便宜的了。松波又说，蓬头还说，今年真是灾年，大白菜抱得不好，不光胶州白菜是这样，哪儿的都这样，都抱得不紧。邵瑾不由得想起爷爷的话来，于是说，明年白菜就会抱紧的。

两人说话间，范松波不时扭头看一眼路边的梧桐树。快走到小区门口时，范松波到底停住了脚步。

"你瞧，"范松波有些惊讶地道，"每棵树都有呢！"

邵瑾单是"嗯"了一声想，今天有，明天也许就没有了。

范松波站在树下，把右手拎着的大白菜换到左手上，掏出手机对着树扫了一下，"吱"一声后，手机上什么也没出现。他看了看手机，又往树上扫了一下，依然只听到"吱"的一声，手机上还是什么也没出现。"咦……"范松波困惑地说。他往前走了两步，换了棵树，又扫了一下，还是只有"吱"的一声，还是什么也没扫出来。

一阵寒风刮过。邵瑾把下巴埋进围巾，说："……回吧。"

再过几天就是大雪，大雪过后，松波就五十而知天命了。而新的一年也马上就要到来了。

邵瑾从红岛回来那天，从地铁站出来后，她也扫了两棵树。自她发现每棵树都有一个二维码后，她再看那些树，便觉得它们一棵是一棵，每一棵都不一样，棵棵仿佛都有许多话要对她讲：多大了，从哪里来，何年何月经何人之手栽种于此……甚至，她还觉得每棵树都有一个长长的故事要讲呢。当然，她也是什么都没扫出来，光是听到几声"吱"的声响。后来在山顶，她又扫过一次，同样也只是"吱"的一声。不过，当北坡的梧桐树都钉上这小牌子后，邵瑾就再没去扫过了。想想也是，又不是什么珍稀、特别的树，终究都只是普通的道旁树，终究都只是普通的道旁梧桐树，有什么特别的东西可将它们彼此区分？

"怎么回事？"范松波困惑不已。

邵瑾什么也没说。"怎么回事？"他指望能听到什么呢？她伸手挽住他的一只胳膊，拉着他往家里走去。不过，后来松波也没再问，可能他也没指望能听到什么。